Klarant Verlag

***Thorsten Siemens*** lebt mit seiner Frau und beiden Kindern in Sande / Landkreis Friesland. Als gebürtiger Ostfriese (Emden) schreibt der Autor mit Vorliebe spannende Krimis, die sowohl in seiner alten, als auch in seiner neuen Heimat spielen. Seine Begeisterung für die Bewohner der ostfriesischen Halbinsel und deren einzigartige Kulissen finden sich in seinen Friesland-Thrillern und Ostfrieslandkrimis wieder. Genau richtig für die Leser, die den ostfriesischen Charme und Lokalkolorit lieben!

Thorsten Siemens

# Tod am Nordseestrand

## Ostfrieslandkrimi

Klarant Verlag

Klarant Verlag, www.klarant.de – www.ostfrieslandkrimi.de
ISBN: 978-3-96586-053-7
1. Auflage 2019
Umschlagabbildung: Klarant Verlag

Printed in the EU.

## 1. Kapitel

## Ein neuer Fall

Seit der Versöhnung mit ihren Familien waren schon wieder fünf Monate vergangen. Eine Zeit, in der sich Hedda und Enno fast schon an so etwas wie ein normales Leben gewöhnt hatten. Schon lange hatten sie keine Leiche mehr gesehen, und auch zu Jörg und den anderen Mitgliedern der Spezialeinheit gab es allenfalls sporadischen Kontakt.

Enno kümmerte sich weiterhin mit Herzblut um seine Aufgaben als Streetworker. Die Arbeit mit den Jugendlichen bedeutete ihm sehr viel und machte ihm meistens auch großen Spaß. Den Wechsel von der Polizei hätte er deshalb selbst dann nicht bereut, wenn er nicht noch ab und an schwierige Mordfälle aufklären dürfte.

Auch Hedda war fleißig gewesen und hatte vor wenigen Wochen ihren ersten Kriminalroman fertiggestellt. Die Erfahrungen aus ihren bisherigen Ermittlungen hatten ihr dabei sehr geholfen. Dennoch hatte sie darauf geachtet, nicht zu viel von ihrem Erlebten in den Roman einfließen zu lassen. Schließlich durfte niemand eine Parallele zwischen der neuen Autorin und der blutjungen Ermittlerin entdecken.

Mit dem Verlag hatte sie sich darauf verständigt, alle ihre Werke unter dem Pseudonym »Hedda Müller« zu veröffentlichen. Ihr gefiel die Kombination, die aus ihrem echten Vornamen und dem Nachnamen der erfundenen Reporterin bestand, deren Scheinidentität ihr bei den Ermittlungen schon mehrfach geholfen hatte.

Aufgeregt klappte Hedda den Laptop auf. Irgendwann in den nächsten Stunden sollte ihr Roman zumindest als E-Book in den Onlineshops erhältlich sein. Sie war so aufgeregt, dass sie schon seit Tagen ein flaues Gefühl im Magen hatte und ungewöhnlich häufig auf die Toilette musste. Würden die Leser ihr Buch mögen oder würde ihr Roman mit bösen und abwertenden Kritiken überzogen werden, wie sie es bei anderen Autoren schon beobachten konnte? Manche Leser schienen ja ihre reine Freude daran zu haben, die Träume der hoffnungsvollen Schreiberlinge mit einem lauten Knall zerplatzen zu lassen.

Mit zitternden Händen gab sie ihr Pseudonym in die Suchleiste eines Online-Buchhändlers ein und betätigte die Enter-Taste.

*Da ist es!* Hedda stieß einen lauten Jubelschrei aus. Am liebsten hätte sie jetzt die ganze Welt oder wenigstens Enno umarmt, aber der war gerade leider beruflich unterwegs. Aber mit irgendjemandem musste sie jetzt unbedingt ihr Glück teilen.

Sie nahm ihr Handy zur Hand und öffnete auf dem kleinen Gerät die gleiche Internetseite, die sie vor sich auf dem Laptop sah. Dann kopierte sie den Link und teilte ihn über WhatsApp und die sozialen Medien mit allen ihren Freunden und Verwandten.

Die erste Reaktion ließ nicht lange auf sich warten. Das Vibrieren ihres Smartphones zeigte einen eingehenden Anruf an. »Gesa«, rief Hedda glücklich in den Hörer. »Wir haben uns viel zu lange nicht mehr gesehen.«

Nachdem Gesa ihr zu der Veröffentlichung gratuliert und versprochen hatte, sich das Buch noch am selben Tag auf ihren E-Book-Reader herunterzuladen, vereinbarten die Freundinnen einen Termin, um mal wieder gemeinsam etwas zu unternehmen.

Sie telefonierten schon fast eine halbe Stunde lang miteinander, als Hedda plötzlich einen Ton vernahm, den sie schon sehr lange nicht mehr gehört hatte. Sie brauchte ein paar Sekunden, bis sie das elektronische Geräusch wieder zuordnen konnte. Es war ihr Diensthandy. Aufgeregt unterbrach sie das Gespräch mit Gesa, versprach aber, sie noch am selben Tag zurückzurufen.

Das Diensthandy klingelte mittlerweile schon fast zwei Minuten ohne Unterbrechung. *Es muss also wirklich wichtig sein*, dachte Hedda aufgeregt und nahm das Gespräch entgegen. »Hallo Jörg.«

»Moin Hedda«, begrüßte sie der Geheimdienstleiter hektisch. »Wie schnell könnt ihr am Emder Außenhafen sein?«

»Enno ist bei der Arbeit … Ich weiß nicht genau … Wieso?« Hedda fühlte sich mit der Beantwortung der Frage leicht überfordert.

»Ruf Enno an und kläre das mit ihm. Ihr müsst die nächstmögliche Fähre nach Borkum nehmen. Ruft mich an, wenn ihr die Zeit abschätzen könnt. Alle weiteren Informationen gebe ich euch dann auf dem Schiff.«

***

Für Enno war es nicht so einfach gewesen, kurzfristig von seiner Arbeitsstelle zu verschwinden. Die Zeit, in der Hedda ungeduldig auf ihren Freund warten musste, hatte die junge Ermittlerin genutzt, um für beide die Koffer zu packen. Dabei war sie sich ständig unsicher gewesen, was sie alles mitnehmen sollten. Schließlich fuhren sie ja nicht zum Urlaubmachen auf die größte Ostfriesische Insel, sondern höchstwahrscheinlich um in einem weiteren Mordfall zu ermitteln. Außerdem war das Wetter Ende Mai an der Nordseeküste keineswegs so beständig, dass man sich auf die bloße Mitnahme von Sommerkleidung beschränken konnte.

Nach etwas über einer Stunde Fahrtzeit erreichten sie endlich den Emder Außenhafen. Enno ließ Hedda direkt am Borkumanleger aussteigen, lud das Gepäck aus und fuhr noch einmal zurück, um für seinen Wagen einen geeigneten Parkplatz zu suchen. Neben Norderney war Borkum zwar die einzige Ostfriesische Insel, auf der auch Autos erlaubt waren, aber Enno sah keinen Sinn darin, seinen Polo mitzunehmen.

Da Hedda die drei vollgepackten Koffer ohnehin nicht alleine schleppen konnte, blieb sie dort stehen, wo Enno sie abgesetzt hatte, und schaute sich suchend um. *Ob Jörg bereits hier ist?*, fragte sie sich. Sie hatte den Geheimdienstleiter per Kurznachricht über ihre ungefähre Ankunftszeit informiert, aber seither keinerlei Reaktion von ihm erhalten.

Unzählige Menschen tummelten sich auf dem Gelände, zogen Koffer hinter sich her oder standen einfach nur herum und erzählten sich die Geschichten von ihrem letzten Borkum-Urlaub. Viele von ihnen schienen Wiederholungstäter zu sein. Die Insel hatte anscheinend eine magische Anziehungskraft auf sie. Einige Touristen kehrten auch ins Fährhaus ein, um sich vor der Überfahrt noch schnell mit einer maritimen Leckerei zu stärken. Das vollkommen verglaste Gebäude mit dem gewölbten Dach lag nur wenige Meter von Heddas aktueller Position entfernt. *Ob Jörg da drinnen auf uns wartet?*

Hedda schaute auf ihre Armbanduhr. Die letzte Fähre hatten sie um etwa eine Stunde verpasst. Jetzt konnten sie nur noch hoffen, einen Platz auf dem Katamaran zu bekommen, der in einer Stunde und fünfundvierzig Minuten ablegen würde. Wenn sie aber der Homepage der Reederei glauben durfte, war das Schiff, das gleichzeitig ihre letzte Chance für eine heutige Überfahrt nach Borkum darstellte, bereits vollkommen ausgebucht.

»Hedda!«

Die junge Ermittlerin erkannte die dunkle Stimme ihres Vorgesetzten sofort. Sie drehte sich um und begrüßte ihren Chef. »Moin Jörg!«

»Moin! Wo ist Enno?« Suchend schaute sich der Geheimdienstleiter in der näheren Umgebung um.

»Er parkt den Wagen, müsste aber jeden Moment wieder hier sein.«

»Bin schon da!« Enno hatte sich den beiden von hinten genähert. Leicht außer Puste begrüßte er seinen Vorgesetzten mit einem kräftigen Händedruck.

Jörg schaute auf die Uhr. »Wir haben noch etwas Zeit, bevor der Katamaran ablegt. Kommt, wir gehen ins Café und suchen uns ein halbwegs ruhiges Plätzchen. Dann kann ich euch alles über eure neue Aufgabe erzählen.« Er schnappte sich einen der Koffer, zog ihn hinter sich her und steuerte auf das Selbstbedienungsrestaurant zu.

Hedda und Enno schnappten sich jeder eines der verbliebenen Gepäckstücke und folgten ihm.

In dem belebten Lokal einen ruhigen Platz zu finden, war ein Akt der Unmöglichkeit. Sowohl im Innenbereich als auch draußen auf der Terrasse waren alle Tische belegt. Die Urlauber versuchten alle, ihre Wartezeit so entspannt wie möglich zu verbringen.

Irgendwie hatten sie es dann aber doch geschafft, sich einen der begehrten Plätze zu sichern. Während Jörg unterwegs war, um Kaffee und Kuchen für die anstehende Besprechung zu besorgen, schaute sich Enno unsicher zu den Leuten an den Nebentischen um. Sie unterhielten sich so lautstark, dass er jedes einzelne Wort mitanhören konnte. *Na ja, so können sie wenigstens nicht verstehen, was wir gleich zu besprechen haben*, dachte er erleichtert und lehnte sich in seinen Stuhl zurück. »Bist du auch so aufgeregt?«

»Was?« Hedda schaute überrascht zu ihrem Freund auf. Sie hatte gerade auf ihrem Handy überprüft, ob bereits irgendjemand ihr Buch gekauft hatte.

»Was machst du da?« Enno neigte seinen Kopf zu ihr herüber und betrachtete das Display ihres Smartphones. »Hat schon jemand dein Buch gekauft?«

Enttäuscht presste Hedda die Lippen aufeinander und schüttelte leicht mit dem Kopf. »Soweit ich sehen kann, leider noch nicht.«

»Woran kannst du das denn erkennen? Zeigt dir das dieses Online-Tool an, von dem du mir erzählt hast?«

»Nein, dort sehe ich immer nur die zusammengefassten Verkäufe des Vortages. Aber einige Online-Händler berechnen für die bei ihnen angebotenen Bücher Verkaufsränge. Leider hat mein Buch noch nirgends einen solchen Rang erhalten. Ich muss also davon ausgehen, dass es noch niemand gekauft hat.«

»Lass den Kopf nicht hängen, das wird bestimmt noch!«, versuchte Enno sie aufzumuntern. »Heute startet doch erst der Verkauf, richtig?«

Hedda nickte.

»Na siehst du. Es muss sich halt erst rumsprechen, dass da ein neuer Stern am Autorenhimmel aufgegangen ist.«

»Wahrscheinlich hast du recht!« Sie lächelte ihren Freund an. Zum Glück war er häufig ein unverbesserlicher Optimist.

»Meine Güte, das geht hier ja zu wie beim Schlussverkauf im Discounter.« Sichtlich genervt stellte Jörg das vollbepackte Tablett auf den Tisch und setzte sich. Dann verteilte er die Kaffeebecher und die Kuchenstücke.

»Sollten wir nicht erst einmal zusehen, dass wir noch drei Tickets für den Katamaran bekommen?« Siedend heiß fiel Hedda der rote Balken ein, der auf der Homepage der AG Ems den ausverkauften Status des Schiffes verdeutlicht hatte.

»Das habe ich doch schon längst erledigt!« Zufrieden grinsend zog Jörg sein Portemonnaie aus der Gesäßtasche, fischte zwei Tickets heraus und legte sie mittig auf den Tisch.

»Zwei?«, fragte Enno ungläubig. »Und was ist mit dir? Kommst du nicht mit?«

»Also zunächst einmal war es schon schwer genug, überhaupt zwei Tickets zu bekommen. Der Kahn war nämlich vollkommen ausgebucht.«

»Und wie bist du dann an die Karten gekommen?«, fragte Hedda.

Der Geheimdienstleiter grinste. »Wisst ihr, was Fluggesellschaften machen, wenn sie ihren Flieger mal wieder überbucht haben?«

»Sie bieten den Passagieren Geld an, damit sie einen späteren Flug nehmen«, beantwortete Enno die Frage.

»Du hast irgendwelchen Urlaubern die Tickets abgekauft?«, fragte Hedda ungläubig. »Wer hat denn das gemacht? Schließlich ist der Katamaran doch auch deren letzte Chance, um heute noch auf die Insel zu kommen.«

»Ich habe ein Auge für Leute, die Geld brauchen. Außerdem wisst ihr ja auch nicht, was mich der Deal gekostet hat. Für mein Angebot hätte ich auch auf einen halben Urlaubstag verzichtet.«

Hedda und Enno schauten sich staunend an. Der vor ihnen liegende Fall musste verdammt wichtig sein, wenn ihr Chef die Portokasse schröpfte, nur um sie einen halben Tag eher auf der Insel zu wissen.

»Was ist denn eigentlich passiert?«, fragte Enno. »Ich habe noch gar nichts über einen Mord auf Borkum gehört.«

»Pst!« Jörg legte einen Zeigefinger vor die Lippen und bedachte seine jüngsten Teammitglieder mit einem stechenden Blick. Er beugte sich über den Tisch und senkte die Stimme. »Davon weiß ja auch noch nicht einmal die Polizei.«

## 2. Kapitel

## Der (un)bekannte Tote

»WIE BITTE?« Heddas Reaktion fiel viel lauter aus, als es dem Geheimdienstleiter lieb war.

»Nicht so laut«, flüsterte Jörg ihr daher im zischenden Tonfall zu. »Auf Borkum wird gerade ein Film gedreht, bei dem Alexander Wagner die Hauptrolle übernehmen sollte.«

»Alexander Wagner?«, wiederholte Hedda den Namen ungläubig. »Der berühmte bayerische Schauspieler, der bereits mit vierundzwanzig Jahren eine Nebenrolle in einem Hollywood-Blockbuster hatte? Man sagt, er wäre so talentiert, dass er es irgendwann vielleicht sogar auf der anderen Seite des Atlantiks schaffen könnte.«

Der Geheimdienstleiter nickte zustimmend. »Das mit der Hollywood-Karriere wird jetzt aber wohl nichts mehr werden.«

»Willst du uns damit sagen, dass Alexander Wagner ermordet worden ist?« Enno war so aufgeregt, dass auch er große Mühe hatte, die Lautstärke seiner Stimme unter Kontrolle zu halten.

»Und wieso weißt du davon und die Polizei noch nicht?«, fragte Hedda, noch ehe Jörg auf Ennos Frage antworten konnte.

»Zufälligerweise gehört Hans auch zu der Filmcrew«, begann der Geheimdienstleiter zu erklären.

»Hans?«, unterbrach Hedda ihn. »Wer ist Hans?«

Ungläubig schaute Jörg seine junge Mitarbeiterin an. Erst dann fiel ihm ein, dass Hedda und Enno Hans zwar schon gesehen, aber noch nie seinen Namen gehört hatten. »Hans ist ein weiteres Mitglied meines Teams. Ihr habt ihn in Norden auf dem Pfingstmarkt getroffen. Er hat euch die Karten für das Riesenrad geschenkt.«

»Der kleinwüchsige alte Mann gehört auch zu unserer Einheit?«, fragte Enno ungläubig.

Jörg musste grinsen. Er war davon ausgegangen, dass seine Jungangestellten seinen damaligen Trick längst durchschaut hatten. »Ja, er hat euch in meinem Auftrag zum Riesenrad …«

»Dann war die rührselige Geschichte, von seiner verstorbenen Frau und wie er sie auf dem Jahrmarkt kennengelernt hatte, nur erfunden?«, unterbrach Hedda ihren Chef.

»Lügen kann Hans verdammt gut.« Jörgs Grinsen wurde noch ein wenig breiter. »Also, Hans ist zufälligerweise auch Teil der Filmcrew …«, versuchte er seinen Erzählfaden wieder aufzunehmen, wurde aber dabei erneut von Hedda unterbrochen.

»Ist er jetzt Schauspieler oder Mitglied unserer Einheit?«

»Bist du jetzt Autorin oder Mitglied meines Teams?«, stellte der Geheimdienstleiter eine Gegenfrage. So langsam wollte er doch ganz gerne seinen Bericht zu Ende erzählen. Nachdem er einige Sekunden lang abgewartet hatte, um sicherzugehen, dass Hedda seinen Wink auch wirklich verstanden hatte, startete er einen neuen Versuch. »Hans hat eine kleine Rolle in dem Film. Gestern Nacht ist er am Strand spazieren gegangen und …«

»Wieso geht er nachts alleine am Strand spazieren?« Hedda verzog ungläubig das Gesicht.

»Hedda! Würdest du mich jetzt bitte mal zu Ende erzählen lassen?« Genervt funkelten Jörgs Augen sie an.

»Tschuldigung.« Hedda zog den Kopf ein, schlug erschrocken die Hand vor den Mund und versuchte anschließend, ihren Vorgesetzten mit einem entschuldigenden Lächeln zu besänftigen.

»Er ist also in der Nacht am Strand spazieren gegangen – keine Ahnung warum …« Er machte eine kurze Pause, drehte seinen Kopf zur Seite und schaute Hedda direkt in die Augen. »Dabei hat er den leblosen Körper von Alexander Wagner gefunden. Hans hat daraufhin seine Vitalzeichen überprüft, wusste aber sofort, dass er tot war. Deshalb hat er mich angerufen.«

Enno hielt die Frage, die ihm auf den Lippen brannte, für einige Sekunden zurück. Er wollte sicher sein, dass sein Chef seinen Bericht tatsächlich beendet hatte. »Und du hast ihm dann gesagt, er soll nicht die Polizei rufen? Warum?«

Jörg betrachtete den ehemaligen Polizisten, den er selbst für sein Team ausgewählt hatte, einige Sekunden lang. Es gefiel ihm nicht, dass er seine Entscheidung infrage stellte. Andererseits hatte er Enno eben auch wegen seiner Art, alles zu hinterfragen, in die Geheimeinheit aufgenommen. »Neben Alexander Wagners Leiche waren eine Zwei und zwei Einsen zu sehen. Wir gehen davon aus, dass er selbst die Zahlen in den feuchten Sand geritzt hat, kurz bevor er verstorben ist. Er war ein junger, durchtrainierter Mann. Karsten hat auf meine Anweisung hin sofort seine Krankenakte gecheckt. Soweit wir das beurteilen können, war er kerngesund. Ein natürlicher

Tod oder gar ein Selbstmord scheint daher nahezu ausgeschlossen zu sein.«

»Zwei, Eins, Eins?«, fragte Hedda verwundert.

»Der Paragraf 211 des Strafgesetzbuches befasst sich mit Mord«, erklärte Enno. »In einem seiner letzten Filme hat Alexander Wagner einen Serienkiller gespielt, der seinen Opfern hinterher genau diese Zahlen auf die Stirn geschrieben hat. Wahrscheinlich wollte er uns so darauf hinweisen, dass ihn jemand umgebracht hat.« Er hielt kurz inne. »Oder könnte auch sein Mörder die Zahlen in den Sand geschrieben haben?«

»Wir gehen davon aus, dass er es selber war. Er hatte noch Sand am Zeigefinger. Außerdem hatte die Zwei eine ungewöhnliche Schlaufe am unteren Ende, wie Alexander Wagner sie auch sonst immer gemacht hat.« Jörg holte einmal tief Luft, um dann erneut auf Ennos Frage einzugehen, warum er die Polizei noch nicht informiert hatte. »Alexander Wagner war in Deutschland schon ein Star und auf dem besten Wege, auch weltweit Karriere zu machen. Wenn bekannt wird, dass er auf Borkum ermordet worden ist, wird das nicht nur für den Tourismus auf der Insel verheerende Folgen haben, sondern auch die Aufklärung des Falls massiv erschweren. Fans und Reporter werden auf die Insel einfallen und alle möglichen Verschwörungstheorien aufwerfen. Wir müssen die kommenden Tage nutzen, um ungestört zu ermitteln. Wenn nur wir und der Mörder von der Tat wissen, kann uns das die Arbeit deutlich erleichtern. Die Welt wird ohnehin noch früh genug von seinem Ableben erfahren.«

»Wo ist der Leichnam jetzt?«, fragte Hedda besorgt. Aus ihrer Praktikumszeit im Bestattungsinstitut von Ennos Vater wusste sie noch genau, wie schnell sich ein Verstorbener verändern konnte, wenn man ihn nicht fachgerecht lagerte.

»Er liegt in einem ungenutzten Kühlraum«, beruhigte Jörg sie. »Wenn ihr auf der Insel angekommen seid, wird Hans euch dorthin führen. Hedda, ich möchte, dass du dir den Leichnam dann ganz genau ansiehst.«

»Okay!« Hedda wusste sofort, worauf Jörg hinauswollte. Ihr Chef spekulierte darauf, dass der Kontakt mit dem Verstorbenen bei ihr wieder ähnliche Gefühle auslösen würde wie die, welche sie beim ersten Kontakt mit der Leiche von Elske Husmann verspürt hatte. Hedda hatte damals noch ein Praktikum im Bestattungsinstitut von Ennos Vater gemacht. Der Anblick der ermordeten jungen Frau löste bei ihr eine starke innerliche Reaktion aus, die letztlich dazu beitrug, dass Enno und sie den Mordfall aufklären konnten.

Enno legte Hedda eine Hand auf den Oberschenkel. Auch er wusste genau, welchen Hintergedanken Jörg hatte. Er wusste aber auch, dass die vermeintlich übersinnlichen Kräfte seine Freundin auch verängstigten. Bei dem Gedanken an ihren Zusammenbruch im Emder Parkhaus breitete sich schlagartig ein mulmiges Gefühl in seiner Magengegend aus. Würde er sie im Zweifel auch vor ihren eigenen Fähigkeiten beschützen können?

»Aber die Filmcrew wird das Fehlen ihres Hauptdarstellers doch auf jeden Fall bemerken«, gab Hedda zu bedenken. »Wahrscheinlich ist ihnen doch schon heute aufgefallen, dass ihr Star nicht am Set erschienen ist.«

»Heute ist ein Feiertag. Glücklicherweise war daher für den heutigen Tag eine Drehpause angesetzt worden«, entkräftete der Geheimdienstleiter Heddas Sorge.

»Aber an ihrem freien Tag werden die Schauspieler doch sicher etwas zusammen unternommen haben. Irgendwem wird dabei doch aufgefallen sein, dass Alexander Wagner sich die ganze Zeit noch nicht hat blicken lassen.« Enno konnte sich einfach nicht vorstellen, dass ein Filmstar versterben konnte, ohne dass es jemandem auffiel.

Jörg lächelte müde. »Unser allseits beliebter und talentierter Herr Wagner muss wohl ein ziemlich arrogantes Arschloch gewesen sein. So wie Hans es mir berichtet hat, hat er am Set wohl ziemlich die Diva raushängen lassen und hat sich damit mehr als unbeliebt bei seinen Kollegen gemacht. Ich glaube, den hat heute wirklich noch keiner vermisst.«

»Aber morgen wird wieder gedreht?«, fragte Hedda.

»Ja, deshalb war es mir ja auch so wichtig, dass ihr noch heute auf die Insel kommt. Vielleicht können wir unser Geheimnis schon morgen nicht mehr vor der Öffentlichkeit verbergen.«

»Mal angenommen, wir können den Tod von Alexander Wagner tatsächlich noch ein paar Tage geheim halten: Wie sollen wir mit den übrigen Schauspielern, Visagisten, Kameraleuten und so weiter in Kontakt kommen? Die werden doch alle voll fokussiert auf den Filmdreh sein. Warum sollten die mit uns über Alexander Wagner sprechen wollen, zumal sie nicht einmal wissen, dass ihr arroganter Superstar inzwischen ermordet worden ist?«, äußerte Enno seine Bedenken.

»Ich habe euch beiden zwei kleine Statistenrollen besorgt.« Erneut präsentierte Jörg seinen jungen Ermittlern ein breites Grinsen. »In der Vorbereitung auf die Arbeit in meinem Team hattet ihr doch auch einige Schauspielstunden. Das schafft ihr schon.«

»Aber ich dachte, wir sollten möglichst unauffällig bleiben.« Hedda erinnerte sich an Jörgs Anweisung, die es ihr untersagte, ihr Gesicht als Autorin der Öffentlichkeit zu präsentieren. »Ist da ein Auftritt im TV nicht irgendwie kontraproduktiv?«

»Ach, das sind nur winzige Rollen. Hauptsächlich seid ihr mal im Hintergrund zu sehen.« Jörg machte eine wegwerfende Handbewegung. »Die Zuschauer werden euch kaum wahrnehmen.«

»Und warum darf Hans sein Gesicht immer wieder im Fernsehen zeigen und ich darf nicht einmal ein Foto von mir auf der Homepage des Verlages veröffentlichen?«, protestierte Hedda.

»Das soll er dir selbst erklären«, schmunzelte Jörg.

## 3. Kapitel

## Leichenschau

Von allen Ostfriesischen Inseln lag Borkum am weitesten vom Festland entfernt. Mit der Fähre brauchte man meist über zwei Stunden, um sein Ziel zu erreichen. Mit dem Katamaran ging es in der Regel mehr als doppelt so schnell.

Die etwa einstündige Überfahrt mit der MS »Nordlicht« hatten Hedda und Enno gut überstanden. Zwei Jet-Triebwerke mit mehr als fünftausend PS ließen das achtunddreißig Meter lange Schiff auf seinen zwei Rümpfen mit bis zu siebzig Kilometern pro Stunde durch die Nordsee pflügen. Durch den böigen Wind hatten die Wellen das Schiff zwar ein wenig durchgeschaukelt, aber als Kinder der Küste wurden beide ohnehin nicht so schnell seekrank. Einigen der Touristen war die rasante Reise allerdings nicht so gut bekommen. Als der Katamaran endlich am Anleger im Borkumer Hafen festmachte, schien ihnen sämtliche Farbe aus dem Gesicht gewichen zu sein.

Nach der Ankunft bestiegen Hedda und Enno sofort einen der bereitstehenden Waggons, die anschließend von »Emma«, einer klassischen kleinen Dampflok aus dem Jahr 1940, zum Bahnhof der Stadt Borkum gefahren wurden. Dort angekommen standen Hedda und Enno mitten auf dem Bahnsteig und hielten nach Hans Ausschau. Doch im Gewimmel der unzähligen Touristen einen Kleinwüchsigen auszumachen, schien nahezu unmöglich. Erst als die Touristen den Fußmarsch zu ihren Hotels angetreten hatten, entdeckten sie das Mitglied ihrer Einheit, dem sie in Norddeich noch die rührselige Geschichte seiner angeblich verstorbenen Ehefrau abgekauft hatten.

Hedda ging mit ihrem Koffer in der Hand auf ihn zu und begrüßte ihn. »Moin Hans!« Sie versuchte, einen leicht vorwurfsvollen Ton anzuschlagen.

»Moin Hedda, schön, dich wiederzusehen!« Hans machte einen Schritt auf sie zu, nahm ihre Hand und hauchte ihr einen Kuss auf den Handrücken. Er war so klein, dass er sich dafür nicht einmal zu bücken brauchte.

Enno kam mit zwei weiteren Koffern im Schlepptau dazu. »Moin Hans! Da hast du uns in Norddeich ja einen dicken Bären aufgebunden.« Anerkennend klopfte er seinem Gegenüber auf die Schulter.

»Wollt ihr länger auf der Insel bleiben?« Verwundert zeigte Hans auf die drei Gepäckstücke.

»Eigentlich nicht!«, antwortete Enno leicht beschämt. Dann schaute er seine Freundin fragend an. »Was hast du eigentlich alles eingepackt?«

Sein provozierender Tonfall gefiel Hedda gar nicht. »Beim nächsten Mal kannst du ja gerne selber packen.« Trotzig verschränkte sie die Arme vor der Brust.

»Ich führe euch dann mal zu eurer Unterkunft. Dort könnt ihr euer Gepäck abstellen.« Hans nahm Enno einen Koffer aus der Hand und lief einer Traube aus Touristen hinterher.

Borkum hatte gerade einmal fünftausend Einwohner, zählte aber pro Jahr um die dreihunderttausend Besucher. Ein Großteil davon schien gerade heute auf der Insel angekommen zu sein.

Der kleinwüchsige alte Mann mit den grauen Haaren führte seine neuen Kollegen zu einer kleinen Pension, in der er kurzfristig noch ein Zimmer für die beiden reservieren konnte. »Auspacken könnt ihr später«, sagte er, nachdem Hedda und Enno ihre Koffer in dem winzigen Wohnzimmer abgestellt hatten. »Wir sollten jetzt schnell los, damit du …« Er unterbrach sich und schaute entschuldigend zu Enno auf. »Damit ihr euch die Leiche ansehen könnt. Wir dürfen keine Zeit verlieren.« Mit einer winkenden Armbewegung forderte er die beiden auf, ihm erneut zu folgen.

Er führte sie zu einem Restaurant, das erstaunlich gut besucht schien. An der Seite des Gebäudes gab es einen Lieferanteneingang. Er zog einen Schlüssel aus der Hosentasche und sperrte die Tür auf.

»Und dieses gut besuchte Restaurant hat einen ungenutzten, funktionstüchtigen Kühlraum übrig, in dem du die Leiche eines bekannten Schauspielers lagern durftest?« Hedda schüttelte ungläubig den Kopf.

Der kleinwüchsige Ermittler zwinkerte ihr zu. »Frag nicht wie, aber der alte Hans macht alles möglich.« Grinsend stieg er die Treppenstufen in den Keller hinab.

Mit einem mulmigen Gefühl im Magen folgte Hedda ihm. An ihre letzten Kellerbesuche hatte sie keine allzu guten Erinnerungen. Zum Glück hatte sie dieses Mal Enno dabei.

»Voilà, da wären wir!« Mit einer größeren Kraftanstrengung entriegelte Hans die Tür zum Kühlraum, stieß sie einige Zentimeter auf, verbeugte sich und machte dabei eine präsentierende Armbewegung.

Hedda betrat den Raum als Erste. Der Gestank schlug ihr wie eine unsichtbare Faust entgegen. Wie bei nahezu jedem Sterbenden hatte auch Alexander Wagners Körper seinen Darm und die Blase im Zeitpunkt des Todes entleert. Reflexartig schlug sie sich die Hand vor Mund und Nase. Sie war angespannt, rechnete jeden Moment damit, von einem undefinierbaren Gefühl übermannt zu werden. Aber selbst als Hans den Lichtschalter betätigte und Hedda den am Boden liegenden Leichnam zu Gesicht bekam, passierte nichts Derartiges. Lediglich die ihr bereits bekannte Faszination für tote Menschen überkam sie sofort wieder. Sie kniete sich neben den Verstorbenen und betrachtete ihn von Kopf bis Fuß.

Hans stellte sich an ihre Seite. Selbst jetzt, da seine junge Kollegin kniete, war er kaum größer als sie.

»Wie hast du den hierher bekommen?«, fragte Enno. Selbst für ihn wäre es nicht leicht gewesen, einen Mann mit durchschnittlichem Körpergewicht vom Strand bis hierher zu schleppen.

Wieder grinste Hans breit. Es schien ihm sichtlich zu gefallen, seine kleinen Geheimnisse zu haben. »Sagen wir mal so, als Zwerg lernt man schon früh, Hilfsmittel zu gebrauchen.«

Enno schluckte die Nachfrage, die ihm auf den Lippen brannte, herunter. Er war sich sicher, dass er keine weiteren Details aus seinem neuen Kollegen herausbekommen würde.

»Hast du ihn schon untersucht?«, fragte Hedda.

Hans schüttelte den Kopf. »Der Chef hat gesagt, ich solle dir die ›Erstinspektion‹ …«, er setzte das letzte Wort symbolisch in Gänsefüßchen, »… überlassen.«

Behutsam wollte Hedda ihre Hand auf die Brust des Leichnams legen, als Hans sie im letzten Moment an der Schulter packte. »Du musst die hier vorher anziehen!«, mahnte er und reichte ihr ein Paar hauchdünne Latexhandschuhe und ein Haarnetz.

»Das wird aber doch nicht alle DNA-Spuren verhindern«, wandte Enno besorgt ein.

»Keine Sorge, die Gerichtsmedizinerin unseres Vertrauens kommt schon morgen auf die Insel. Sie wird sich um alle Spuren kümmern, die wir drei nachträglich auf der Leiche hinterlassen haben. Wir wollen ihr die Arbeit nur nicht unnötig schwer machen.« Jetzt reichte er auch Enno ein Set aus Handschuhen und Kopfbedeckung.

»Der Leichnam müsste eigentlich dringend gereinigt werden«, merkte Hedda kritisch an. Von Ennos Vater Bento hatte sie während ihrer Zeit im Bestattungsinstitut gelernt, dass der menschliche Körper auch nach dem Tod mit Würde behandelt werden sollte. Als sie beim zweiten Anlauf den Brustkorb des Verstorbenen berührte, kniff sie unterbewusst die Augen zusammen. Doch wieder passierte nichts. Kein elektrischer Impuls, keine Vision, nicht einmal eine Gänsehaut überkam sie.

*Ob das bei Elske Husmann einfach nur ein Zufall war?*

Sie tastete den Oberkörper ab und arbeitete sich dann zu den Beinen vor. In der Gesäßtasche des Opfers fand sie eine Brieftasche. Vorsichtig zog sie das lederne Portemonnaie heraus und reichte es Enno. Während sie sich weiter zu den Schuhen vortastete, untersuchte ihr Freund den Inhalt der Geldbörse.

»Der Typ hatte fünfzehntausend Euro in bar dabei!«, rief Enno erstaunt und wedelte mit einem Bündel Fünfhunderter herum, die er gerade erst aus dem Portemonnaie gefischt hatte.

»Und das ist noch nicht alles!«, sagte Hedda. »In jeder Socke hatte er noch das hier versteckt.« Sie reichte zwei weitere Geldbündel an ihren Freund.

Enno zählte die Scheine. »Das sind nochmal fünfunddreißigtausend Euro«, präsentierte er schließlich sein Ergebnis.

»Wieso hatte er so viel Bargeld bei sich? Borkum ist sicher kein günstiges Pflaster, aber so viel Geld kann man hier nur schwerlich ausgeben.« Nachdenklich kratzte sich Hans am Kopf.

»Ich frage mich vielmehr, warum der Mörder das Geld nicht mitgenommen hat«, überlegte Hedda laut.

»Wahrscheinlich hat er nichts davon gewusst. Auf jeden Fall scheint das Geld nicht das Mordmotiv gewesen zu sein«, stieg Enno in die Überlegungen mit ein.

»Damit könntest du recht haben, aber …« Im Eiltempo tastete Hedda noch einmal den vor ihr liegenden Körper ab.

»Was suchst du?«, fragte Hans.

»Ich suche sein Handy«, antwortete Hedda. »Fast jeder hat doch heute ein Mobiltelefon bei sich. Aber ich kann es einfach nicht finden.«

»Das ist ungewöhnlich«, bestätigte Hans. »Ich habe Alexander Wagner am Set nie ohne das Ding gesehen. Er hat es selbst bei den Dreharbeiten nur unter Protest zur Seite gelegt.«

»Aber warum sollte sein Mörder ihm das Handy stehlen, das Bargeld aber zurücklassen?« Fragend schaute Enno in die Runde.

»Zieh mal das Hemd aus!«, wies Hans die neben der Leiche kniende Kollegin an.

»Wieso?«

»Mach einfach!«

Hedda knöpfte die obersten Knöpfe des blau-weiß karierten Hemdes auf.

»Hat er eine Kette um den Hals?«, fragte Hans aufgeregt.

»Was für eine Kette meinst du?« Hedda schob ihre Hand tiefer unter den Stoff, konnte aber auch dort das besagte Schmuckstück nicht ertasten. Sie schaute zu Hans auf und schüttelte verneinend den Kopf.

»Neben seinem Handy trug er auch immer eine goldene Kette mit einem Amulett bei sich. Die Kette hat er selbst bei den Dreharbeiten nie abgenommen. Er hat sich geweigert, wollte einmal sogar den ganzen Film schmeißen, als der Regisseur ihn darum gebeten hat«, erklärte Hans sein plötzliches Interesse an dem Halsschmuck.

»Was kann an einer Kette so wichtig sein, dass man sie nicht einmal für einige Minuten zur Seite legen kann? War sie so wertvoll?« Enno schaute Hans fragend an.

»Ich glaube, es ging ihm nicht um den Wert des Schmuckstücks, sondern vielmehr um den Inhalt des Amuletts. Angeblich war da ein Foto seiner verstorbenen Mutter drin«, beantwortete Hans die Frage.

»Aber warum klaut der Mörder das Handy und ein Amulett, lässt aber fünfzigtausend Euro einfach links liegen? Um das Foto der verstorbenen Mutter wird es ihm wohl kaum gegangen sein, oder?« Hedda schaute ihre männlichen Mitstreiter an, als habe sie Angst, den wesentlichen Punkt, der für den Diebstahl des Amuletts sprach, übersehen zu haben.

»Es sei denn, in dem Amulett war vielleicht etwas ganz anderes als eine Fotografie«, warf Enno ein.

»Was dann auch erklären würde, warum er die Kette nie abnehmen wollte«, stimmte Hans Ennos Vermutung zu.

»Vielleicht sollten wir die Leiche noch weiter entkleiden«, schlug Hedda vor und erntete dafür die skeptischen Blicke ihrer männlichen

Kollegen. »Um nach weiteren Hinweisen zu suchen, meine ich natürlich«, fügte sie deshalb noch schnell hinzu. Sie spürte, wie ihr die Wärme ins Gesicht schoss. »Vielleicht entdecken wir Wunden, weitere Geldbündel oder was weiß denn ich«, verteidigte sie ihren Vorschlag weiter.

Hans kniete sich neben Alexander Wagners Füße und begann damit, ihm behutsam die Schuhe auszuziehen. »Was ist?«, sagte er zu Enno, als er dessen skeptischen Gesichtsausdruck bemerkt hatte. »Ich habe doch gesagt, wir wollen es unserer Gerichtsmedizinerin nicht unnötig schwer machen.«

Während Hedda die verbliebenen Hemdknöpfe öffnete und Hans dem Mordopfer vorsichtig die Jeanshose von den Beinen streifte, begann der unschlüssige Enno damit, die Untersuchung des Portemonnaies fortzusetzen.

»Ich habe etwas gefunden!«, rief Enno. »Sieht aus wie die Zimmerkarte eines Hotels.« Er präsentierte eine weiße Plastikkarte ohne jeglichen Aufdruck.

Hans sprang auf, nahm die Karte an sich und betrachtete sie. »Alexander Wagner hat als Einziger von uns im Strandhotel Nordseetraum residiert. Soweit ich weiß, hat der feine Herr Superstar dort sogar eine Suite gehabt.« Die Verachtung in seiner Stimme war nicht zu überhören. Auch Hans hatte in den wenigen Tagen eine regelrechte Antipathie gegen den arroganten Schauspielerkollegen entwickelt.

»Dann sollten wir uns als Nächstes mal in seinem Zimmer umsehen«, schlug Hedda vor. »Aber das hier solltet ihr euch vorher unbedingt noch ansehen.«

## 4. Kapitel

## Der Clown

»Was hast du entdeckt?«, fragten Enno und Hans im Chor.

Mit spitzen Fingern hatte Hedda die Unterhose des Verstorbenen so weit hinuntergeschoben, dass man dessen Schambehaarung sehen konnte. Den mittleren Teil, direkt oberhalb der Peniswurzel, hatte er jedoch rasiert, um Platz für eine Tätowierung zu schaffen. Dort hatte ihm ein talentierter Tätowierer einen böse dreinblickenden Clown unter die Haut gestochen, der große Ähnlichkeit mit dem Monster hatte, welches in der Neuverfilmung von Stephen Kings Meisterwerk »ES« Angst und Schrecken verbreitete. Die verbliebene rotbräunliche Schambehaarung passte sich dabei so gut an das Tattoo an, dass es so aussah, als wären es die echten Haare des bösartigen Wesens.

»Die Leute kommen aber auch auf blöde Ideen!«, kommentierte Enno das Gesehene trocken. Dann wandte er sich seiner Freundin zu. »Soll ich mir auch so eins machen lassen?«

»Bloß nicht!« Heddas Gesicht lief erneut rot an. Irgendwie war es ihr unangenehm, in Gegenwart ihres neuen Kollegen Scherze über das beste Stück ihres Freundes zu machen.

***

Sich in das Strandhotel Nordseetraum zu schleichen, war einfacher gewesen, als Hedda gedacht hatte. Da sie und Enno noch relativ jung und zudem noch in Begleitung eines Kleinwüchsigen unterwegs waren, hatte sie befürchtet, in dem gediegenen Etablissement wie bunte Hunde aufzufallen. Doch Hans war, mit ihnen im Schlepptau, einfach an der Rezeption vorbeigeschlendert und hatte per Knopfdruck den Fahrstuhl gerufen, als wisse er ganz genau, wohin er wollte.

*Wahrscheinlich ist es sein auffälliges Äußeres, das gerade ihn besonders unauffällig macht*, überlegte Hedda, während sie der Fahrstuhl in das oberste Stockwerk beförderte.

Zielsicher steuerte Hans die Flure entlang, bis er schließlich vor einer der Türen stehen blieb. Er hatte am Set zufällig mitbekommen, auf welcher Etage sich die Suite von Alexander Wagner befand.

Enno zückte die Zugangskarte und steckte sie in den dafür vorgesehenen Schlitz. *Klack!*

Hedda drückte die Türklinke herunter. »Sesam öffne dich!« Sie betrat den schmalen Flur, von dem aus vier weitere Türen in die angrenzenden Räume der Suite führten. Auf der linken Seite befand sich das weiß gekachelte Badezimmer mit den großen, schwarz marmorierten Fußbodenfliesen. Bis auf einen Kulturbeutel, der seitlich neben dem Waschbecken lag, wirkte der Raum unbenutzt. Die Reinigungskräfte hatten ihn wahrscheinlich erst am Morgen wieder ordentlich hergerichtet.

Rechts neben der Eingangstür lag ein kleiner Raum, in dem nur ein frisch bezogenes Einzelbett, ein Spiegel und ein hölzerner Schrank zu finden waren. Hedda betrat den Raum und öffnete den Kleiderschrank. »Was haben wir denn hier?«, sagte sie erstaunt und scannte schnell noch alle übrigen Bereiche des Möbelstücks mit ihren Augen ab. Der Schrank war vollkommen leer, wenn man mal von der kleinen Kamera absah, die, auf einem Stativ befestigt, in den Schrank gestellt worden war.

»Was er wohl damit aufnehmen wollte?« Hans war unter Heddas rechtem Arm hindurchgetaucht und stand jetzt direkt vor ihr, um ebenfalls den Fund seiner jungen Kollegin zu inspizieren.

»Das werden wir gleich wissen!« Enno schob Hedda behutsam zur Seite und griff nach dem Stativ.

»Halt!«, schrie Hans ihn mahnend an. Dann reichte er ihm ein weiteres Paar Silikonhandschuhe. »Wir wollen doch nicht, dass die Spurensicherung uns auf die Liste der Verdächtigen setzt, oder?«

Leicht genervt streifte Enno sich die Handschuhe über. Dann griff er erneut nach dem Stativ, holte die Kamera aus dem Schrank und platzierte sie direkt neben dem Bett. Nach ein paar routinierten Blicken hatte er den Knopf gefunden, mit dem er das Gerät einschalten konnte. Anschließend öffnete er den kleinen Monitor, auf dem der jeweilige Kameramann das Geschehen vor der Linse im Auge behalten konnte. »Bitte fügen Sie ein Speichermedium ein«, las er die Schrift auf dem Display vor. »Anscheinend hat Alexander Wagner noch keine Aufnahmen gemacht, seit er auf die Insel gekommen ist.«

»Oder aber er hat etwas aufgenommen, was seinem Mörder überhaupt nicht gefallen hat«, kombinierte Hedda. »Das würde dann auch das Fehlen der SD-Karte erklären.«

Hans legte skeptisch seine Stirn in Falten. »Aber er wurde doch am Strand ermordet. Wenn der Täter es auf die Speicherkarte in seiner Kamera abgesehen hätte, hätte er ihn doch hier im Zimmer umgebracht oder aber er hätte die Zugangskarte zu dieser Suite selbst an sich genommen.«

»Vielleicht ist er gestört worden, bevor er Zeit hatte, sein Opfer zu durchsuchen.«

»Das glaube ich nicht«, sagte Hans. »Ich habe ihn an einem abgelegenen Platz gefunden. Da war weit und breit keine Menschenseele außer mir.«

»Wir sollten nicht außer Acht lassen, dass er vielleicht überhaupt nicht ermordet worden ist«, gab Enno zu bedenken. »Oder habt ihr an der Leiche irgendwelche Spuren externer Gewalteinwirkung gefunden?«

Hedda und Hans schauten sich fragend an. Auch wenn sie keinerlei Anzeichen für eine Gewalttat gefunden hatten, waren sich beide dennoch absolut sicher, dass Alexander Wagner ermordet worden war. Warum sonst sollte er die Nummer des Mordparagrafen in den Sand geschrieben haben?

»Vielleicht finden wir in den übrigen Zimmern noch weitere Hinweise, die für die Mordtheorie sprechen.« Hans drehte sich im Türrahmen um und ging ins schräg gegenüberliegende Schlafzimmer.

Das Doppelbett war ebenfalls gemacht. Auf dem Fußboden stand ein offenstehender, mit Kleidungsstücken gefüllter Reisekoffer.

»Offensichtlich hatte er keine Lust zum Auspacken«, kommentierte Hedda, nachdem sie zuvor einen prüfenden Blick in den vollkommen leeren Kleiderschrank geworfen hatte.

»Was machst du da?« Entsetzt sah Enno dabei zu, wie Hans sich durch die Wäsche des Verstorbenen wühlte.

Der Kleinwüchsige antwortete seinem jungen Kollegen, ohne dabei zu ihm aufzusehen. »Ich suche … nach …« Seine Augen verengten sich zu schmalen Schlitzen. Irgendetwas schien er zwischen den Kleidungsstücken ertastet zu haben. »Nach genau so etwas hier!« Er hielt ein durchsichtiges Tütchen voller weißem Pulver in die Luft.

»Was ist das?«, fragte Hedda.

»Ich tippe auf Kokain.« Enno nahm das Tütchen in die Hand und betrachtete es genauer. Während seiner Tätigkeit bei der Polizei hatte er schon ein paar Male mit dieser Droge zu tun gehabt. Einen

Geschmackstest, wie ihn die Kommissare im Fernsehen oft machten, würde er aber niemals vornehmen. Die gesundheitlichen Risiken waren viel zu groß. Schließlich kannte er die genaue Zusammensetzung des Pulvers überhaupt nicht.

»Ich denke, da hast du recht.« Hans nahm Enno das Tütchen wieder aus der Hand und steckte es an seinen ursprünglichen Platz zurück. »Er wäre schließlich nicht der Erste, der versucht hätte, dem Druck des Rampenlichts mithilfe dieses Teufelszeugs zu entfliehen.«

»Könnte auch eine Überdosis zu seinem Tod geführt haben?« Hedda schaute ihre beiden männlichen Kollegen fragend an.

»Wäre möglich«, antwortete Hans zögerlich. »Genaueres werden wir wissen, nachdem unsere Gerichtsmedizinerin sich die Leiche angesehen hat.«

Zuletzt untersuchten die drei den Wohnbereich der Suite, über dessen doppelseitige Terrassentür auch der Balkon erreichbar war. Neben einer Küchenzeile und einer Couchgarnitur gab es auch einen kleinen Schreibtisch, auf dem sich einige Unterlagen befanden.

»Seht mal, was ich gefunden habe!«, rief Hedda aufgeregt, nachdem sie die diversen Papiere gesichtet hatte. Sie ging zum Couchtisch hinüber, platzierte ihren Fund mitten auf der Tischplatte und tippte mit ihrem Finger auf die entscheidende Stelle des Dokuments.

## 5. Kapitel

## Bestandsaufnahme

Nach der Durchsuchung von Alexander Wagners Suite waren Hedda und Enno in ihr kleines Pensionszimmer zurückgekehrt. Der Tag war aufregend und äußerst anstrengend gewesen. Ihre Körper fühlten sich müde an, aber ihre Gedanken waren noch immer hellwach.

»Denkst du immer noch, dass er ermordet wurde?«

»Du meinst, wegen des Kokains?«, fragte Hedda nach. Sie legte den Flyer zur Seite, den sie auf einem kleinen Beistelltisch gefunden hatte. Es ging darin um ein spezielles Angebot für Verlobte, die sich auf Borkum das Ja-Wort geben wollten.

Enno nickte. »Wie gesagt, er wäre nicht der erste Medienstar, der sich versehentlich das Leben genommen hätte.«

»Das mag sein«, gestand die junge Ermittlerin ein. »Absicht war es auf jeden Fall keine. Warum sollte er sonst ein Rückfahrticket gebucht haben?« Sie nahm ihr Smartphone zur Hand und öffnete das Foto von der Buchungsbestätigung, die sie in dem Hotelzimmer gefunden hatte. Mit Daumen und Zeigefinger vergrößerte sie den entscheidenden Ausschnitt. »Hier steht es schwarz auf weiß: Alexander Wagner hat bereits für übermorgen eine Rückfahrt mit dem Katamaran gebucht.«

»Ich verstehe das nicht«, sagte Enno kopfschüttelnd. »Die Dreharbeiten haben doch erst vor wenigen Tagen begonnen. Wie kann der Hauptdarsteller denn schon so viele Tage vor dem letzten Drehtag wieder abreisen?«

»Das ist eine der Fragen, die wir schnellstmöglich klären müssen«, stimmte Hedda ihrem Freund zu. »Außerdem müssen wir herausfinden, warum er so viel Bargeld bei sich hatte, wo sein Handy und das Amulett abgeblieben sind und warum er eine Kamera ohne Speichermedium in seinem Schrank versteckt hat.«

»Das klingt nach einer Menge Arbeit«, stöhnte Enno. »Ich glaube, ich gehe mal Zähne putzen und versuche, danach ein wenig zu schlafen.« Schwerfällig erhob er sich von dem kleinen Zweiersofa und ging zum Badezimmer hinüber.

»Das klingt vernünftig«, sagte Hedda, folgte ihm aber nicht etwa, sondern griff stattdessen erneut nach ihrem Handy. Durch die nervenaufreibende Ermittlungsarbeit hatte sie ganz vergessen, den

Status ihres Buches zu überprüfen. Aufgeregt öffnete sie die Internetseiten diverser Online-Händler, um abermals ihren Verkaufsrang zu überprüfen. Enttäuscht musste sie jedoch feststellen, dass noch immer niemand ihr Buch gekauft zu haben schien. Traurig legte sie ihr Smartphone zur Seite. Da sie eine vollkommen unbekannte Autorin war, hatte sie nun wirklich keinen fulminanten Verkaufsstart erwartet, aber ein bisschen mehr hatte sie sich schon erhofft.

Als Enno aus dem Bad kam, bemerkte er sofort, dass mit seiner Freundin etwas nicht stimmte. »Ist alles okay mit dir? Du siehst so traurig aus.« Er setzte sich neben sie und legte ihr eine Hand auf das Knie.

»Es ist nur wegen meinem Krimi.« Hedda bemühte sich nicht, ihre Enttäuschung vor Enno zu verbergen. Er kannte sie inzwischen so gut, dass sie für ihn ohnehin ein offenes Buch war.

»Da kann was nicht stimmen!«, protestierte Enno energisch. »Ich bin mir sicher, dass dein Buch schon mindestens einmal gekauft wurde.« Er zog sein Handy aus der Hosentasche und tippte auf dem Display herum.

»Was machst du da?« Ennos entschlossener Gesichtsausdruck war Hedda durchaus vertraut. Er musste auf der Suche nach etwas ganz Konkretem sein.

»Ich wollte es dir eigentlich nicht sagen, aber als du im Fährhaus so traurig warst, weil noch niemand dein Buch gekauft hatte, da habe ich …«

»Da hast du mein Buch gekauft?«, fiel Hedda ihm ins Wort.

Mit zusammengepressten Lippen nickte Enno. Er war sich nicht sicher, ob seine Freundin deswegen vielleicht verärgert reagieren könnte. »Ich habe dir auch gleich noch eine Bewertung geschrieben«, schob er noch hinterher, um nicht noch weitere Details vor ihr zu verheimlichen.

»Du bist ein Schatz!« Hedda sprang auf und fiel ihm um den Hals.

»Du … du bist nicht sauer?«, fragte Enno sicherheitshalber nach.

»Sauer? Warum sollte ich sauer sein? Du bist so süß. Du hast das nur gemacht, damit ich mich besser fühle.« Sie gab ihm einen innigen Kuss.

Nachdem sich ihre Lippen wieder voneinander gelöst hatten, holte Enno zunächst tief Luft. Dann schaute er seiner Freundin tief in die

Augen. »Was offensichtlich ja auch geklappt hat. Wenn auch anders als geplant.«

Hedda strahlte ihn glücklich an. Sie hatte wirklich den tollsten Mann der Welt an ihrer Seite. Dann kam ihr plötzlich eine Idee.

»Was hast du vor?« Enno kannte den Gesichtsausdruck und das Funkeln in den Augen seiner Freundin ganz genau.

Ein breites Grinsen erstrahlte auf dem Gesicht der jungen Ermittlerin. Kokett neigte sie den Kopf zur Seite und fing an, mit ihren Fingern an Ennos Hemdkragen herumzunesteln. »Du bist noch nicht wirklich müde und in meinem Kopf dreht sich gerade alles um mein Buch. Was hältst du davon, wenn ich mich ein wenig ablenke und gleichzeitig dafür sorge, dass du schlagartig ganz schläfrig wirst?« Der Tonfall ihrer Stimme ließ keinen Zweifel daran, worauf sie hinauswollte.

»Das klingt nach einer ausgezeichneten Idee«, antwortete Enno, packte sie bei den Hüften und zog sie ganz dicht an sich heran.

***

Die Kirche war von innen fast noch schöner als von außen. Die Sonne schien durch die bunten Glasmosaikfenster ins Innere des Gotteshauses. Hedda legte den Kopf in den Nacken und schaute sich staunend um. Unter den stabilen Deckenbalken hingen riesige gläserne Kronleuchter.

Plötzlich setzte Orgelmusik ein. Erschrocken wirbelte die junge Ermittlerin herum und schaute in die Richtung, aus der die Musik kam. Die Kirchenbänke, die vor wenigen Augenblicken noch vollkommen leer gewesen waren, waren auf einmal bis auf den letzten Platz besetzt. Alle Leute hatten ihre Köpfe über die Schultern gedreht und schauten sie mit staunenden Blicken an.

Hedda schaute an sich hinab. Erst jetzt bemerkte sie das Hochzeitskleid, das sie trug. Was war hier nur los? Würde sie etwa gleich heiraten? Sie schaute den schmalen Gang entlang. Vor dem Altar wartete ein Mann im schwarzen Anzug auf sie. Es war Enno. Er lächelte sie glücklich an, und Hedda konnte nicht anders, als ebenfalls über das ganze Gesicht zu strahlen.

Trotzdem riet ihr ein innerer Impuls zur Flucht. Sie liebte Enno, da bestand überhaupt kein Zweifel. Aber heiraten – nach nur so kurzer Zeit? Sie drehte ihren Kopf über die Schulter und schaute Richtung

Ausgang. Die große hölzerne Eingangstür stand noch immer weit offen.

Sollte sie einfach davonrennen? Durfte sie Enno das antun? Nein, das hatte er auf keinen Fall verdient. Langsam schritt sie auf ihren Zukünftigen zu. Als sie ihn fast erreicht hatte, sah sie ihre Familie und Freunde, die allesamt in den vorderen Kirchenbänken Platz genommen hatten. Ihre Eltern, ihr Onkel Willm nebst Doris, Bento Frerichs, Gesa, sogar Jörg, Hans und Karsten waren gekommen.

Sie atmete tief durch, stellte sich neben Enno und griff nach seiner Hand. *Warum eigentlich nicht?*, dachte sie, und schlagartig schienen alle ihre Bedenken vergessen.

Der Pastor hatte ihnen den Rücken zugewandt und den Kopf gesenkt. Er schien mit einem Gebet oder einer anderen Art der spirituellen Vorbereitung beschäftigt zu sein. Die Orgelmusik verstummte und Hedda hörte in ihrem Rücken vereinzelte Gäste miteinander tuscheln. *Worüber sie wohl sprechen?*

Ruckartig breitete der Geistliche seine Arme aus. Erst jetzt bemerkte Hedda den breiten schwarzen Umhang, der ihn plötzlich eher wie Batman, den Superhelden aus Gotham City, aussehen ließ. *Warum trägt er eigentlich eine Kapuze?* Auch die schwarze Kopfbedeckung war ihr bisher nicht aufgefallen.

Ohne Vorwarnung wirbelte der vermeintliche Pastor herum und riss sich im selben Moment die Kapuze vom Kopf. Sein komplettes Gesicht war weiß, die Lippen blutrot und die Augen pechschwarz geschminkt. Er sah genauso aus wie der Joker in der Batman-Verfilmung, in der der Comicbösewicht von dem verstorbenen Schauspieler Heath Ledger verkörpert wurde.

Schweißgebadet wachte Hedda auf. Sie nahm ihr Handy vom Nachttisch und checkte die Uhrzeit. *03:33 Uhr. Geht das jetzt etwa schon wieder los?* Hilfesuchend schaute sie zu Enno hinüber, doch der schien dieses Mal überhaupt nichts mitbekommen zu haben. Mit pochendem Herzen ließ sie sich auf die Matratze sinken. Sie dachte an den verstorbenen Schauspieler Alexander Wagner, dessen Tattoo und den Hochzeitsprospekt, den sie vor wenigen Stunden noch in der Hand gehalten hatte. *Erstaunlich, was man im Schlaf für Geschichten erfinden kann. Schade nur, dass man den Großteil davon gleich wieder vergisst. Mein Unterbewusstsein wäre auf jeden Fall ein großartiger Autor.*

In diesem Moment fiel ihr ihr eigenes Erstlingswerk ein. Erneut prüfte sie die Verkaufsränge der Online-Buchhändler. *Ja*, triumphierte sie innerlich. Ihr Buch hatte gleich auf mehreren Seiten eine offizielle Chartplatzierung erhalten. *Außer Enno muss es also noch weitere Käufer gegeben haben*, dachte sie zufrieden, schloss die Augen und versuchte, wieder einzuschlafen.

## 6. Kapitel

## Der erste Drehtag

Am nächsten Morgen holte Hans sie in der Pension ab. Bei einem gemeinsamen Frühstück erklärte er ihnen kurz, welche Aufgabe sie bei dem Film hatten. Er war nämlich nicht nur Mitglied ihrer Spezialeinheit und eine kleinwüchsige Leinwandgröße, sondern besaß nebenbei auch noch eine Schauspielagentur.

»Wir sind also offiziell nur hier, um ab und zu im Hintergrund der Filmszenen herumzulaufen«, fragte Enno noch einmal nach.

Hans nickte. »Ganz genau«, antwortete er mit vollem Mund. »Ihr seid das Fußvolk der Produktion. Als Statisten müsst ihr den ganzen Tag am Set parat stehen, auch wenn ihr vielleicht überhaupt nicht gebraucht werdet. Diese Rollen ermöglichen euch aber, euch unauffällig zwischen den Crewmitgliedern zu bewegen und dabei eure Nachforschungen anzustellen.«

»Und was machst du?«, fragte Hedda. In diesem Moment fiel ihr wieder ein, dass sie ihren zu klein geratenen Kollegen ja ohnehin noch fragen wollte, warum er im Fernsehen auftreten durfte, während sie als Autorin nicht einmal ein Foto von sich im Internet hochladen durfte.

»Ich?« Hans schluckte den letzten Bissen seines Brötchens herunter. »Ich spiele meine Rolle.«

»Du ermittelst nicht mit uns?«, fragte Hedda nach.

»Ich soll ermitteln?« Hans lachte so laut, dass er die Blicke aller Umherstehenden auf sich zog. »Wisst ihr eigentlich, welche Aufgabe ich in unserem Team habe?«, sprach er mit gesenkter Stimme weiter.

Enno zuckte unwissend mit den Schultern. »Du bist der kleine Kerl, der erfundene Geschichten erzählt, um unwissende Bürger in verhängnisvolle Riesenräder zu locken?«

Hans wackelte gleichzeitig mit dem Kopf und seinem erhobenen Zeigefinger. »Das trifft es eigentlich ganz gut. Ich bin kein Ermittler. Ich werde nur dann gerufen, wenn Jörg jemanden braucht, der für ihn in eine bestimmte Rolle schlüpfen muss. In diesem Moment treten dann ich oder irgendeiner meiner loyalsten Schauspielklienten auf den Plan. Außerdem habe ich … nun ja … sagen wir, ich habe ein Talent dafür, Lösungen zu finden und Dinge zu organisieren.« Er grinste vielsagend.

»Okay«, murmelte Hedda nachdenklich. So langsam verstand sie, welche Rolle Hans in der Spezialeinheit einnahm.

Nach dem informativen Frühstück brachte der kleinwüchsige Kollege sie zu dem heutigen Drehort. »Die Jugendherberge auf Borkum ist mit ihren 580 Betten die größte in ganz Deutschland«, sagte er, als die Gruppe vor dem ehemaligen Marine-Gebäude stehen blieb. »Meine Rolle ist die des skurrilen Herbergsvaters. Ich werde daher heute oft vor der Kamera stehen und kann mich nicht wirklich um euch kümmern. Wenn wir also gleich da reingehen, werde ich euch nur kurz mit den anderen Statisten aus meiner Agentur bekannt machen. Danach seid ihr dann auf euch allein gestellt. Verstanden?«

Hedda und Enno nickten synchron. Dann betrat das Dreiergespann das Gebäude. Direkt hinter der Eingangstür wies ihnen ein einlaminiertes Schild den Weg. Für die Dreharbeiten wurde extra ein Teil des Gebäudes abgesperrt, sodass die Filmcrew ungestört arbeiten konnte.

»Moin Leute, das sind Hedda und Enno. Sie ergänzen unser Statisten-Ensemble«, stellte Hans die beiden kurz vor. Kurz darauf war er bereits verschwunden.

Das junge Ermittler-Duo setzte sich auf einen der unzähligen Sitzsäcke, die überall auf dem Flur verteilt lagen. Etwas unsicher schauten sie sich um. Wo – und vor allem wie – sollten sie nur anfangen?

»Hi, ich bin Christiane.« Die junge Frau mit den blonden, schulterlangen Haaren saß direkt neben Hedda und reichte ihr lächelnd die Hand. »Ist das auch euer erster Dreh?«, fragte sie und begrüßte danach auch Enno.

»Ja, deiner auch?«

Christiane nickte. »Ja, ich bin allerdings schon seit dem ersten Drehtag hier. Wieso kommt ihr erst jetzt?«

»Wir … wir konnten …«, stotterte Hedda verlegen.

»Wir haben erst gestern den Anruf von Hans bekommen. Er hat uns erst vor wenigen Tagen in seiner Kartei aufgenommen«, kam Enno seiner Freundin zur Hilfe. »Durftest du schon in irgendeiner Szene mitspielen?« Er hielt es für klüger, den aktiven Fragepart an sich zu reißen. Wenn Christiane sie irgendetwas über ihre schauspielerischen Ambitionen fragen würde, wären sie wahrscheinlich sofort aufgeschmissen.

»Ja!« Die angehende Schauspielerin strahlte bis über beide Backen. »Ich durfte am ersten Drehtag im Hintergrund durchs Bild laufen, als Alexander Wagner mit seinem Surfbrett am Strand entlanggelaufen ist.« Verträumt schaute sie Richtung Zimmerdecke.

*Die scheint das wahre Ekelpaket noch nicht kennengelernt zu haben*, deutete Hedda den verträumten Blick ihrer Sitznachbarin und beschloss, die Situation gleich für sich zu nutzen. »Echt? Du hast Alexander Wagner kennengelernt? Ist der wirklich so toll wie in seinen Filmen?«

»Na ja, kennengelernt ist übertrieben, aber ich bin gerade einmal fünf Meter hinter ihm gestanden.« Sie machte eine kleine Pause und rückte etwas näher an Hedda heran. »Und er hatte nur eine Badehose an, wenn du verstehst, was ich meine.« Verschwörerisch zwinkerte sie der jungen Ermittlerin zu.

Als Hedda den Oberkörper des verstorbenen Schauspielstars untersucht hatte, war ihr sein durchtrainierter Körper durchaus aufgefallen. In Badeshorts – und dazu noch lebendig – hatte er sicherlich eine sehr gute Figur gemacht. »Das hätte ich auch gerne gesehen«, log sie. »Ist er eigentlich auch schon hier?« Scheinbar suchend schaute sie sich um.

»Bisher habe ich ihn noch nicht gesehen«, antwortete Christiane. »Aber er wird sicherlich bald kommen, schließlich ist er ja der Star des Films.«

*Anscheinend gibt es bisher weder Gerüchte über seinen Tod noch über sein unentschuldigtes Fernbleiben vom Set.* Enno dachte an das gefundene Rückfahrticket. *Und morgen Vormittag wollte er ohnehin mit dem Katamaran zurück aufs Festland fahren. Irgendetwas stimmt hier doch nicht.*

»Wer ist eigentlich der Regisseur?«, hielt Hedda das Gespräch mit der blonden Statistin am Laufen.

»Ach, da bin ich aber beruhigt. Ihr kanntet Philipp Büchler bisher auch nicht?« Sie schaute sich kurz um, dann deutete sie mit dem Finger auf einen kleinen, rundlich gebauten Mann. »Da steht er!«

Der übergewichtige Filmemacher mit der lockigen Vokuhila-Frisur trug ein buntes Hawaiihemd, braune kurze Hosen und Flip-Flops. Irgendwie sah er so aus, als wäre er in den Siebzigerjahren hängen geblieben. Dabei schätzte Hedda sein Alter auf gerade mal Anfang dreißig.

»Er hat bisher nur bei drei kleineren Produktionen Regie geführt, die nicht einmal im TV zu sehen gewesen sind. Wieso der jetzt auf einmal mit Alexander Wagner arbeiten darf, ist uns allen hier ein Rätsel.« Christiane zog die Schultern hoch und schob die Unterlippe leicht vor.

»Den müssen wir uns genauer ansehen.« Mühsam erhob sich Enno aus dem tiefen Sitzsack und reichte seiner Freundin die Hand, um ihr das Aufstehen zu erleichtern. »Sonst treffen wir unseren Regisseur irgendwann noch zufällig auf der Straße und erkennen ihn nicht einmal. Wie peinlich wäre das denn?« Er zwinkerte Hedda zu.

Sie gingen näher an das aktuelle Set heran. Philipp Büchler saß mittlerweile in einem Klappstuhl, auf dessen schwarzer Rückenlehne das Wort »Regie« geschrieben stand. In der linken Hand hielt er einen großen Becher Cola, aus dem ein bunter Strohhalm herausragte. Mit der freien Hand gab er ein Zeichen, woraufhin ein weiterer Assistent die Filmklappe vor dem Kameraobjektiv zusammenschnappen ließ.

Die beiden Ermittler richteten ihre Augen auf die Schauspieler, die gerade vor der Kamera standen. Es handelte sich um eine junge Frau und einen etwa gleichaltrigen Mann. Hedda schätzte beide auf Anfang zwanzig, aber der Szene nach zu urteilen, spielten sie in diesem Film eher Teenager.

»Du willst wirklich deinen Urlaub damit verbringen, diesen komischen Surfer ausfindig zu machen?« Der männliche Protagonist machte ein verständnisloses Gesicht und stemmte demonstrativ die Hände in die Seiten.

»Komm schon, bitte. Ich glaube wirklich, dass er der Eine für mich sein könnte.« Wie ein angeschossener Hundewelpe schaute die weibliche Darstellerin ihren größeren Drehpartner an.

»CUT!«, schrie auf einmal der Regisseur dazwischen und sprang so hektisch aus seinem Stuhl auf, dass sein Getränkebecher auf den Boden fiel.

Die beiden Schauspieler schauten ihn mit einer Mischung aus Überraschung und Furcht an.

»Ich glaube wirklich, dass er der Eine für mich sein könnte«, äffte der Filmemacher die junge Frau nach. »Lea, in dieser Szene bist du davon überzeugt, dass du am Strand den Mann fürs Leben getroffen hast. So wie du das aber spielst, könnte man meinen, du bist lediglich auf der Suche nach einem besonders hübschen Vibrator, den du zufällig im Internet gesehen hast.«

Die junge Darstellerin lief knallrot an. Die meisten Frauen am Set reagierten entsetzt auf die Äußerung des Regisseurs, während sich einige Männer nur schwerlich ein Lachen verkneifen konnten.

»Ich werde beim nächsten Mal …«, begann Lea verlegen zu stottern, doch Philipp Büchler hatte ihr bereits den Rücken zugekehrt und lief nachdenklich auf und ab. Dabei musterte er die Umherstehenden, die nahezu ausnahmslos seinem Blick auswichen. Hedda jedoch war eine dieser Ausnahmen, die nicht verunsichert zu Boden blickten, als der Regisseur sie im Vorbeigehen musterte.

»Du!« Philipp Büchler blieb direkt vor der jungen Ermittlerin stehen, zeigte mit dem ausgestreckten Arm auf sie und fixierte ihren Blick. »Was machst du hier?«

Für einen kurzen Augenblick zuckte Hedda erschrocken zusammen. Ihr wurde jedoch schnell klar, dass sich seine Frage auf ihre Rolle beim Film und nicht auf ihre Ermittlungsarbeit bezog. »Ich bin als Statistin hier«, antwortete sie, ohne den Blickkontakt zu lösen.

»Statistin also. Ach so.« Nachdenklich kratzte sich der Regisseur über seinen Bartflaum. Er schien sich seit mehreren Tagen nicht rasiert zu haben. »Dann wollen wir doch mal sehen, wie eine Statistin diese Szene spielen würde.« Mit einer einladenden Armbewegung forderte er Hedda auf, das Set zu betreten.

»Aber … ich …« Jetzt begann die junge Ermittlerin doch zu stottern. Hilfesuchend schaute sie zunächst Enno und dann Lea an. Doch von Letzterer erntete sie nur einen vernichtenden Blick.

»Nun komm schon! Du willst doch nicht dein Leben lang Statistin bleiben. Das ist deine Chance! Zeig uns, was in dir steckt.« Aufmunternd klatschte Philipp Büchler in die Hände und schaute dabei auffordernd in die Runde der Schaulustigen. Die Augen aller Anwesenden waren inzwischen auf die prekäre Situation gerichtet.

Unsicher tat Hedda einen Schritt nach vorne. Im selben Moment zog sich die bisherige Darstellerin mit einem unzufriedenen Schnauben zurück und reihte sich in die Gruppe der Zuschauer ein. Mit pochendem Herzen stellte sich Hedda vor ihren Drehpartner. Sie hatte das Gefühl, als würde ihr ganzer Körper vor Aufregung zittern.

»Hi, ich bin Hedda«, begrüßte sie ihn.

»Marvin, sehr erfreut.« Er lächelte sie aufmunternd an.

Erleichtert stellte Hedda fest, dass ihr Gegenüber zumindest nicht offensichtlich etwas gegen die spontane Auswechslung seiner Drehpartnerin zu haben schien.

Der Regisseur hatte inzwischen wieder auf seinem Stuhl Platz genommen. Ungeduldig schaute er seine beiden Akteure an. »Seid ihr so weit?«

Hedda und Marvin nickten.

»Und … Action!« Erneut gab er ein Zeichen, die Klappe fiel und die rote Lampe oberhalb der Kamera leuchtete auf.

»Du willst wirklich deinen Urlaub damit verbringen, diesen komischen Surfer ausfindig zu machen?«, wiederholte Marvin seinen Text.

»Komm schon, bitte. Ich glaube wirklich, dass er der Eine für mich sein könnte«, entgegnete Hedda und dachte dabei an Enno.

»CUT!«

Gebannt schauten die beiden Schauspieler und alle Anwesenden auf den Regisseur. Der saß regungslos in seinem Stuhl und verzog keine Miene. Erst nach endlos wirkenden Sekunden erhob er sich, ging auf Hedda zu und schloss sie spontan in die Arme. »Genau so wollte ich das haben«, sagte er, zunächst nur zu ihr, dann lauter an alle Übrigen gewandt. »Du bist meine neue Hauptdarstellerin!«

## 7. Kapitel

## Rollentausch

»Aber … ich kann doch nicht. Es ist doch unfair …« Hedda schaute sich nach der Schauspielerin um, der sie soeben unabsichtlich die Rolle abspenstig gemacht hatte.

»Ich habe schon in fünf Filmen mitgespielt. Zuletzt hatte ich sogar zwei Mal die Hauptrolle. Und jetzt soll mich diese Anfängerin ersetzen?« Lea hob das Kinn leicht an, verschränkte die Arme vor der Brust und schaute abschätzig auf Hedda herab.

»Ich will dich doch gar nicht ersetzen«, versuchte die junge Ermittlerin sie zu beschwichtigen. Dann wandte sie sich direkt an den Regisseur. »Das ist wirklich ein fantastisches Angebot, aber ich möchte die Rolle wirklich nicht.«

»Wenn du die Rolle nicht willst, dann will ich dich hier am Set nie wieder sehen.« Philipp Büchler neigte seinen Kopf zur Seite und schaute stur an Hedda vorbei.

Hedda wusste nicht, was sie tun sollte. Einerseits durfte sie auf keinen Fall ins Rampenlicht, andererseits konnte sie nur schwerlich im Mordfall Alexander Wagner ermitteln, wenn sie sich nicht mehr in der Nähe der Dreharbeiten aufhalten durfte.

»Du hast es gehört. Nun verpiss dich endlich!« Die geschasste Hauptdarstellerin baute sich direkt vor der jungen Ermittlerin auf und schubste sie mit beiden Händen. »Die Nummer hier wäre ohnehin viel zu groß für dich!«

»Das entscheide ja wohl immer noch ich!« Der Regisseur positionierte sich wie ein Ringrichter zwischen den beiden Frauen.

»Aber diese Trulla hat doch überhaupt keine Erfahrung!«, keifte Lea trotzdem weiter. Sie war nicht bereit, ihren Job kampflos aufzugeben. »Eine Hauptrolle neben Alexander Wagner. Das könnte mein großer Durchbruch werden. Diese Chance darfst du mir doch nicht nehmen, nur weil ich in einer Szene nicht ganz nach deinen Vorstellungen performt habe.« Sie legte Philipp Büchler eine Hand auf die Schulter und schaute ihn mit einem Blick an, der sicherlich schon viele Männer hatte weich werden lassen.

»Diese junge Dame …« Der Regisseur machte eine kurze Pause und schaute Hedda an. »… hat vielleicht noch nicht besonders viel Erfahrung, dafür hat sie eine ganz besondere Ausstrahlung.« Er formte mit den Daumen und den Zeigefingern seiner Hände ein Rechteck und schaute hindurch, als wäre es das Objektiv einer Kamera. Dann umkreiste er Hedda, so als ob er sie von allen Seiten filmen würde. »Sie ist einfach perfekt, nur an den Haaren müssen wir etwas machen. Mit dem pechschwarzen Kurzhaarschnitt und dem langen Pony sieht sie einfach nicht aus wie eine Siebzehnjährige. MASKE!«

Sofort kamen zwei Frauen mittleren Alters angerannt.

»Könnt ihr sie …« Der Regisseur nickte in Heddas Richtung. »… ein paar Jahre jünger machen?«

»Kein Problem! Wir setzen ihr einfach eine Perücke auf«, schlug die Kleinere der beiden vor.

»Ein paar verspielte Ohrringe und eine Zahnspange könnten auch helfen«, ergänzte die andere.

»Dann zaubert mal los, aber keine Zahnspange! Ich will das Mädchen in zwanzig Minuten wieder hier haben.«

Bevor Hedda wusste, wie ihr geschah, packten sie die beiden Visagistinnen an den Armen und führten sie in einen der Schlafräume, der provisorisch zur Maske umgestaltet worden war.

***

Exakt zwanzig Minuten später stand Hedda wieder am Filmset. Die Maskenbildnerinnen hatten ihr eine langhaarige blonde Perücke verpasst, mit der sie jetzt etwa so aussah wie zu der Zeit, bevor sie sich selbst für einen radikalen Frisurenwechsel entschieden hatte. Neben den angekündigten Ohrringen gab es zudem ein komplett neues Outfit, in dem sich Hedda überhaupt nicht gefiel.

»Wow, du siehst toll aus!« Anerkennend betrachtete Enno das neue Äußere seiner Freundin.

»Na, vielen Dank auch!«, maulte Hedda genervt. *Jetzt gefällt ihm mein altes Ich vielleicht sogar noch besser als mein aktueller Look, oder was?*

Christiane kam dazu und sorgte durch ihre Anwesenheit dafür, dass Enno nicht mehr nachfragen mochte, was er denn nun Falsches gesagt hatte. »Wow, jetzt hast du Lea die Rolle geklaut, genauso wie es Alexander Wagner mit Marvin gemacht hat.« Ungläubig schüttelte sie den Kopf. »Diese Filmproduktion ist ja wie eine Reise nach Jerusalem. Bin gespannt, wer als Nächstes keinen Stuhl mehr findet.«

Ehe Hedda reagieren konnte, hatte Philipp Büchler sie schon zu sich zitiert. Er packte sie an den Schultern, betrachtete sie von oben bis unten und drehte sie dabei einmal um die eigene Achse. »Perfekt!«, zog er ein abschließendes Fazit und setzte sich wieder auf seinen Regiestuhl. »Ich bin echt froh, dass ich dich so früh entdeckt habe«, sagte er zu seiner neuen Hauptdarstellerin. »Wir müssen eigentlich nur die Strandszene mit Alexander Wagner und dir neu drehen«, ergänzte er noch, schien dabei aber schon in Gedanken versunken zu sein. Dann murmelte er leise etwas vor sich hin: »Oder kann ich die Szene einfach neu zusammenschneiden?«

Nachdem sie die Sequenz, mit der Hedda die ehemalige Hauptdarstellerin ausgebootet hatte, noch ein weiteres Mal gedreht hatten, ging es gleich zur nächsten Szene über. Dabei musste Hedda den Herbergsvater durch einen kurzen Dialog ablenken, damit Marvin sich in dessen Büro schleichen konnte, um heimlich etwas in einer Akte nachzusehen. Dass der Herbergsvater dabei von ihrem Kollegen Hans verkörpert wurde, machte die Sache für sie nicht gerade leichter.

In einem unbeobachteten Moment nahm der kleinwüchsige Darsteller sie zur Seite. »Ihr seid doch gerade einmal ein paar Stunden am Set. Wie um alles in der Welt konnte das denn passieren?«

Hedda presste die Lippen zusammen und zuckte entschuldigend mit den Schultern.

Hans stöhnte und rollte genervt mit den Augen. »Das wird Jörg sicherlich gar nicht gefallen.«

Auch die Szene mit ihrem kleinwüchsigen Kollegen war nach lediglich zwei Versuchen im Kasten. Als Nächstes stand eine Aufnahme an, in der weder Hedda noch Marvin benötigt wurden.

*Das ist die Gelegenheit, meinen Filmpartner mal ein wenig über seine verlorene Hauptrolle auszuquetschen. Vielleicht hat er ja gedacht, durch das Ableben von Alexander Wagner bekäme er sie wieder zurück*, kombinierte Hedda. Ungebeten folgte sie ihrem Drehpartner zu seinem Sitzsack und setzte sich direkt neben ihn. »Dass ich Lea die Rolle gestohlen habe, tut mir echt leid.«

Marvin schaute sie gleichgültig an. »Das muss es nicht! Sie ist weder die netteste noch die talentierteste Schauspielerin.«

»Aber das war trotzdem eine ganz blöde Situation. Die Arme ist doch bestimmt total fertig. Wie hättest du dich denn an ihrer Stelle gefühlt?«

»Ich bin mir nicht einmal sicher, ob sie überhaupt Gefühle hat.« Marvin nahm eine Trinkflasche zur Hand, öffnete den Drehverschluss und trank einen kleinen Schluck.

*Er weicht meinen Fragen aus. Na warte, so einfach gebe ich mich nicht geschlagen.* »Kommt so etwas denn öfter vor?«, bohrte Hedda weiter in der verborgenen Wunde herum.

Ihr Drehpartner nahm einen weiteren Schluck. »Hin und wieder. Das gehört halt auch zum Job dazu.« Scheinbar gleichgültig zuckte er mit den Schultern.

*Jetzt reicht es mir aber!* Die junge Ermittlerin hatte keine Lust mehr, um den heißen Brei herumzureden. »Ist dir so etwas denn auch schon mal passiert?«

Erneut setzte Marvin die Flasche an seine Lippen. Doch dieses Mal trank er deutlich länger als bei den vorherigen Malen. Es war offensichtlich, dass er über seine Antwort erst nachdenken musste. »Ein einziges Mal«, antwortete er schließlich, nachdem er sein Getränk wieder abgesetzt hatte.

»Scheiße!« Hedda tat so, als hätte sie diese Antwort nicht erwartet. »Das war sicher ein doofes Gefühl, oder? War es eine wichtige Rolle?«

Marvin neigte den Kopf zur Seite und schaute seiner neuen Filmpartnerin direkt in die Augen. »Du weißt es wirklich nicht, oder?«

*Endlich kommen wir auf den Punkt*, dachte Hedda erleichtert. »Nein, was meinst du denn?«

»Ich habe die Hauptrolle für diese Produktion an Alexander Wagner verloren. Das weiß doch jeder hier. Allerdings war das nicht ganz so dramatisch wie bei dir und Lea. Ich habe davon bereits einige Wochen vor Drehbeginn erfahren und ersatzweise diese Rolle angeboten bekommen.«

Hedda machte ein betretenes Gesicht. »Sorry, wir sind gestern erst auf die Insel gekommen. Davon wusste ich wirklich nichts.«

»Ist schon gut«, winkte Marvin ab. »Diese Rolle ist auch nicht schlecht. Außerdem gibt es sicher Schlimmeres, als seinen Job an einen der angesagtesten deutschen Nachwuchsschauspieler zu verlieren.«

»Das mag schon sein. Trotzdem musst du doch eine riesige Wut auf den Typen haben. Wenn das meine Rolle gewesen wäre, ich glaube, ich würde den Kerl erwürgen. Was bildet der sich denn ein. Nur weil er schon mal in Hollywood war, kann der sich doch nicht alles erlauben.« Während Hedda sprach, achtete sie genau auf die Mimik ihres Gegenübers. Sah er wütend aus oder lächelte er vielleicht sogar selbstgefällig, da er seine Rache bereits genossen hatte?

»Nun, wir werden sicherlich keine Freunde mehr werden, aber das wäre wohl auch so gewesen, wenn er mir die Rolle nicht gestohlen hätte.«

»Wie meinst du das?«, fragte Hedda nach.

Marvin schaute sich um, um sicherzugehen, dass niemand seine folgenden Worte hören konnte. »Er ist ein richtig arrogantes Arschloch. Er ist nicht nur der große Star, er führt sich auch gerne wie einer auf. Sein schlechter Ruf eilte ihm in der Branche bereits voraus, aber was ich in den wenigen Drehtagen bisher erleben musste …« Marvin brach den Satz ab. »Ach, vergiss es einfach. Durch deine neue Rolle wirst du ihn ja noch persönlich kennenlernen. Mach dir einfach dein eigenes Bild. Aber sei vorsichtig.«

»Wieso soll ich vorsichtig sein? Ist er gefährlich?« Erstaunt riss Hedda ihre Augen weit auf.

»Ich habe schon zu viel gesagt.« Marvin schwang sich aus seinem Sitzsack. »Ich muss mal mein Wasser wegbringen«, sagte er und machte sich auf den Weg zu den Toiletten.

Hedda wartete noch einige Minuten vergeblich auf seine Rückkehr, dann ging sie zurück zu Enno und berichtete ihm von dem Gespräch.

## 8. Kapitel

### Eine weitere Verdächtige

In der Mittagspause gingen alle Crewmitglieder in den großen Speisesaal der Jugendherberge. Ein Bereich des großflächigen Raumes war extra für sie abgesperrt worden, damit sie ungestört von den übrigen Herbergsbewohnern ihre Mahlzeiten einnehmen konnten.

Trotzdem fühlten Hedda und Enno sich permanent beobachtet, während sie ihre Spaghetti aßen. Unzählige weibliche Teenager schauten immer wieder unverhohlen in den Bereich der Schauspieler hinüber. Einige von ihnen trugen selbst bemalte T-Shirts, deren Botschaften sich ausschließlich an Alexander Wagner richteten.

»Die werden ganz schön enttäuscht sein«, sagte Hedda zu Christiane, als sie gerade ihre letzte Nudel vom Teller aufgesogen hatte.

Christiane schaute über ihre Schulter hinweg zu einer Gruppe junger Mädels hinüber, die besonders stark für Alexander Wagner zu schwärmen schienen. »Das werden sie wohl auch bleiben«, antwortete sie trocken und drehte danach ein Bündel Nudeln um ihre Gabel.

Bei dem Wort »bleiben« wurde Hedda hellhörig. *Weiß sie etwa über den Mord Bescheid?* »Wie meinst du das?«

»Wie meine ich was?«, fragte Christiane schmatzend. Sie hatte sich gerade die vollgeladene Gabel in den Mund geschoben.

»Dass die Mädels enttäuscht bleiben werden.«

»Ach so.« Christiane kaute schneller und schluckte die verbliebenen Reste zunächst hinunter, bevor sie weitersprach. »Alexander Wagner hat bisher noch nie mit uns zusammen gegessen. Ich glaube, er ist zur Mittagszeit immer in seine Suite gefahren worden. Wahrscheinlich hat er dort etwas Feineres vorgesetzt bekommen.«

»Das ist aber nicht sehr kollegial«, kommentierte Enno das Verhalten des verstorbenen Stars.

»Das mag schon sein, aber irgendwie kann ich ihn auch verstehen. Schau dich doch einmal um. Glaubst du, er könnte hier in Ruhe essen?« Christiane deutete auf die hormongesteuerten Teenager mit den bemalten T-Shirts.

»Vielleicht hast du recht, aber gehört das als Prominenter nicht auch irgendwie dazu? Schließlich sind es die Fans, die einem die Karriere und damit auch einen gewissen finanziellen Wohlstand ermöglichen«, gab Hedda zu bedenken.

»Keine Ahnung. Die wenigen Male, an denen ich ihn am Set gesehen habe, wirkte er auf mich auch irgendwie abwesend. Vielleicht hat er ja auch private Sorgen und möchte daher aktuell lieber etwas für sich sein.« Christiane zuckte mit den Schultern und widmete sich wieder den verbliebenen Nudeln auf ihrem Teller.

»Du glaubst, er hat Sorgen?«, fasste Enno nach, ehe auch er sich eine Ladung Spaghetti in den Mund schaufelte.

Hedda gab Enno mit den Augen ein Zeichen. Als dieser sie daraufhin nur verständnislos anschaute, legte sie mit einem Kopfnicken noch einmal nach. Irgendwie war ihr Freund einfach nicht in der Lage, Pasta zu essen, ohne dabei die komplette Lippenregion mit Soße zu beschmieren. Sie wusste selbst nicht warum, aber dieser Anblick machte sie regelmäßig wahnsinnig.

*Was will sie denn von mir? Habe ich etwas Falsches gesagt?* Während Enno auf seinen Nudeln herumkaute, schaute er seiner Freundin tief in die Augen, um so vielleicht irgendwie eine erklärende Rückmeldung zu bekommen. Doch anstatt von Hedda bekam er zunächst eine Antwort von Christiane.

»Das war nur so ein Eindruck«, sagte sie. »Aber wenn ihr es so genau wissen wollt, solltet ihr euch vielleicht lieber an Lisa wenden. Es gibt das Gerücht, dass sie einmal mittags mit Alexander Wagner in seiner Suite gegessen haben soll. Vielleicht hat er sich ihr dabei ja anvertraut?«

»Wer ist denn Lisa?«, fragte Hedda neugierig, nahm zeitgleich eine Serviette zur Hand und wischte ihrem Freund damit den Mund sauber. Dabei war sie so schnell, dass Enno nur mit einem erstaunten Blick reagieren konnte.

»Das ist die Dunkelhaarige da vorne.« Christiane versuchte, unauffällig auf die besagte Kollegin zu zeigen.

»Welche Rolle hat sie bei unserem Film?«, fragte Enno nach.

»Nur eine kleine Nebenrolle. Aber wenn man dem Getratsche der anderen glauben darf, fühlt sie sich zu Höherem berufen.«

Hedda schaute sich Lisa genauer an. Sie war erstaunlich hübsch. Ihr schwarzes Haar fiel sanft über ihre Schultern. Ihre Gesichtskonturen, der Körperbau und die Ausstrahlung waren makellos. »Du meinst, sie hat versucht, sich an Alexander Wagner heranzumachen, um so die mittleren Sprossen der Karriereleiter zu überspringen?«

»Da wäre sie nicht die Erste.«

Hedda und Enno tauschten einen vielsagenden Blick aus. Ob sie Alexander Wagner ermordet hatte, weil er sich nahm, was sie ihm anbot, aber seinerseits zu keiner Gegenleistung bereit war?

»Puh, ich bin pappsatt.« Christiane schob den Teller ein paar Zentimeter nach vorne und streckte die Beine aus. »Ich glaube, ich brauche jetzt einen Verdauungsspaziergang. Kommt ihr mit?«

»Ich muss leider ablehnen.« Hedda wedelte mit der gehefteten Blättersammlung herum, die ihr der Regisseur noch kurz vor der Mittagspause in die Hand gedrückt hatte. »Ich muss noch voll viel Text lernen.«

»Wenn du willst, frage ich dich ab«, nahm Enno die Gelegenheit zur Ausrede gleich auf.

»Alles klar!«, sagte Christiane, ohne dabei beleidigt zu wirken. »Dann gehe ich alleine. Wir sehen uns!« Sie hob die Hand zum Abschied und verließ den Speisesaal.

Im selben Moment vibrierte Heddas Smartphone. Sie nahm es aus der Tasche, öffnete die eingegangene E-Mail und las die Nachricht. »Shit, wann soll ich das denn noch machen?«, fluchte sie leise, nachdem sie zu Ende gelesen hatte.

»Ist die Nachricht von Jörg?«, fragte Enno besorgt.

»Nein, vom Verlag. Ich soll für einige Buchblogs Interviewfragen beantworten.«

»Wow! Muss ich dich jetzt bald wieder siezen, Frau Star-Autorin?« Enno grinste.

»Das ist nicht witzig«, reagierte Hedda gereizt. »Sag mir lieber, wann ich das noch machen soll. Ich muss schließlich noch den Text lernen und Kontakt zu dieser Lisa aufnehmen.«

»Zeig mal her!« Enno streckte seine Hand nach den gehefteten Zetteln aus, blätterte sie kurz durch und überflog die darin abgedruckten Dialoge. »Das ist alles?«, fragte er ungläubig, nachdem er damit fertig war.

Hedda machte eine wegwerfende Handbewegung. »Ja, der Text ist nicht das Problem. Das sind ja auch nur die heutigen Dialoge. Den Rest bekomme ich erst an den kommenden Tagen. Ich mache mir viel mehr Gedanken um Lisa und um diese Interviews.«

»Wieso bekommst du die weiteren Dialoge erst später?« Irritiert legte Enno die Stirn in Falten.

»Der Regisseur hat mir erklärt, dass er so die Spannung im Team aufrechterhalten will. Da keiner seine zukünftigen Dialoge kennt und die Szenen auch nicht in chronologischer Reihenfolge gedreht werden, weiß außer ihm niemand ganz genau, worum es in dem Film eigentlich geht. Er ist davon überzeugt, dass die schauspielerischen Darbietungen realistischer rüberkommen, wenn die Darsteller das Ende des Films noch nicht kennen«, versuchte Hedda die Gedanken von Philipp Büchler zu erklären.

»Merkwürdig. So etwas habe ich ja noch nie gehört.«

»Künstler, die haben doch irgendwie alle einen an der Waffel«, kommentierte die junge Ermittlerin das seltsame Verhalten kopfschüttelnd.

»Das kann ich nur bestätigen«, feixte Enno und machte zeitgleich eine abwehrende Handbewegung.

Hedda brauchte einen Moment, ehe sie begriff, dass ihr Freund sie in diesem Zusammenhang auch als Künstlerin betrachtete. »Du Blödmann«, schimpfte sie zum Spaß, beugte sich zu ihm herüber und versuchte, ihn unter den Armen zu kitzeln.

Nachdem Enno sich laut lachend mehrfach bei seiner Freundin entschuldigt hatte, kam er erneut auf den Ernst der Lage zu sprechen. »Was hältst du davon: Du lernst deinen Text und beantwortest in deinen Drehpausen die Interviewfragen, und ich kümmere mich um Lisa.«

»Du willst Lisa alleine aushorchen?« Hedda warf einen erneuten Blick auf die schwarzhaarige Schönheit. An Alexander Wagners Stelle hätte sie diesen heißen Feger auch nicht von der Bettkante gestoßen. Aber was war, wenn an den Gerüchten überhaupt nichts dran war? Konnte sie es riskieren, ihren Enno in die Nähe dieser Nymphe zu lassen? »Denkst du nicht, dass ich bei ihr mehr erreichen kann … also, so von Frau zu Frau, wenn du verstehst, was ich meine.«

Enno kannte den eifersüchtigen Blick seiner Freundin nur zu gut. »Normalerweise würde ich dir recht geben, aber in diesem Fall denke ich, dürfte ich die besseren Karten haben.« Er zwinkerte ihr grinsend zu.

»Wie meinst du das?«

»Nun ja, die Gute hat schon einige Male zu mir rübergeschaut. Einmal habe ich sie sogar dabei erwischt, wie sie mir auf den Hintern gestarrt hat. Ich stand direkt vor dem großen Spiegel im Eingangsbereich, als sie gerade …«

»Sie hat was?«, unterbrach Hedda ihn entsetzt. Mit der flachen Hand schlug sie auf die Tischplatte, drehte ihren Kopf in Lisas Richtung und schickte ihr per Luft-Expresspost einen bösen Blick.

Enno packte seine Freundin sanft am Handgelenk. »Das war doch nur Spaß!«, beruhigte er sie. »Aber ich habe wirklich gesehen, wie sie sich mit Lea unterhalten hat, als sie gerade wegen dir die Rolle verloren hat. Die beiden schienen recht vertraut zu sein. Vielleicht sind sie sogar befreundet. Es könnte also durchaus sein, dass Lisa dich nicht gerade freundschaftlich empfangen würde.«

Nachdenklich presste Hedda die Lippen zusammen. »Wahrscheinlich hast du recht«, gab sie zähneknirschend zu.

»Ich weiß, aber ich höre es immer wieder gerne.« Enno grinste sie frech an. Dann gab er ihr einen entschuldigenden Kuss.

## 9. Kapitel

## Schauspielerinnen

Unsicher ging Enno auf Lisa zu. Er war noch nie besonders gut darin gewesen, Kontakt zu fremden Frauen aufzunehmen. Wie sollte er sie nur ansprechen, ohne dass sie dabei das Gefühl bekam, er wollte etwas von ihr? Oder war gerade das die richtige Taktik?

»Hallo Lisa, dürfte ich dich um ein Autogramm bitten? Meine kleine Schwester hat dich in ›Charlotte & Cleo – Eine Freundschaft fürs Leben‹ gesehen. Es ist ihr absoluter Lieblingsfilm.« Glücklicherweise hatte der junge Ermittler kurz zuvor noch im Internet nach den Filmen recherchiert, in denen die schwarzhaarige Schauspielerin bisher mitgewirkt hatte.

»Aber sicher«, reagierte Lisa überrascht, aber gleichzeitig auch stolz. Sie hatte in dem Pferdefilm zwar auch nur eine Nebenrolle gehabt, aber das schien der Schwester ihres Gegenübers ja ziemlich egal zu sein. »Wie heißt sie denn?«

»Ihr Name ist Mia«, log Enno.

Lisa kramte eine Autogrammkarte aus ihrer Handtasche hervor, nahm einen wasserfesten Stift zur Hand und schrieb etwas darauf. »Hier!«, sagte sie und reichte Enno das Foto. »Richte deiner Schwester liebe Grüße von mir aus.«

Enno nahm seinen ganzen Mut zusammen und setzte sich auf den Sitzsack neben sie. Auch wenn er kein amouröses Interesse an ihr hatte, hatte er irgendwie trotzdem das Gefühl, bei ihr abblitzen zu können. »Hast du eigentlich schon viele Filme gedreht?«

»Es waren schon ein paar«, antwortete Lisa und hob dabei ihre Nase unbewusst ein wenig an. Auch ihre übrige Körpersprache offenbarte deutlich, dass sie kein großes Interesse an einer längeren Unterhaltung mit Enno hatte. Sie hatte die Beine überschlagen und ihre Hüfte leicht von Enno weggedreht. Ihr Mund glich einem schmalen, waagerechten Strich, und ihre Augen suchten lieber die Umgebung nach spannenderen Darbietungen ab, anstatt sich auf ihren aktuellen Gesprächspartner zu fokussieren.

Enno versuchte, schnell auf den Punkt zu kommen, bevor die hübsche Nebendarstellerin gänzlich das Interesse an ihm verlor. »Aber mit Alexander Wagner zu drehen ist sicherlich der Höhepunkt deiner bisherigen Karriere, oder?«

»Hm«, brummte Lisa geistesabwesend. Sie schien nach irgendjemandem Ausschau zu halten.

*Vielleicht wartet sie ja auf Alexander Wagner*, dachte Enno und überlegte, wie er diesen Umstand nutzen konnte, um sie über das gemeinsame Mittagessen mit dem Filmstar auszufragen.

»Sorry, aber ich muss da mal ganz dringend mit jemandem sprechen.« Ohne eine weitere Verabschiedung sprang Lisa von ihrem Sitzsack auf und lief davon.

Hilflos schaute Enno der davoneilenden Schauspielerin hinterher. *Das habe ich ja mal sowas von verbockt!*, stellte er ernüchtert fest.

»Mach dir nichts draus!« Eine andere junge Frau ließ sich schwungvoll auf den Sitzsack plumpsen, der zuvor noch von Lisa besetzt gewesen war.

Neben ihren Dreadlocks fielen Enno sofort die unzähligen Piercings in ihrem Gesicht auf. Ihre Unterarme, die Unterschenkel und sogar ihr Dekolleté waren nahezu vollständig tätowiert.

»Du bist ein süßer Kerl, aber bei Lisa steht gerade ein ganz besonderes Beutetier auf dem Speiseplan. Da hast du leider keine Chance.« Sie reichte Enno eine Zigarettenschachtel.

»Vielen Dank, aber ich rauche nicht!«

»Ich auch nicht!«, sagte sie grinsend. »Das sind Kaugummizigaretten. Ich steh schon seit der Kindheit auf diese Dinger.« Sie hielt ihm die Schachtel erneut hin. »Ich bin übrigens Chantal.«

Enno nahm sich eine der Kaugummistangen. »Das ist ein Künstlername, oder?«

»Ne, leider nicht.« Chantal wickelte das Papier von ihrem Kaugummi, zerknüllte es und warf sich die gummiartige Masse in den Mund. »Meine Eltern fanden den Namen bei meiner Geburt echt total cool. Damals haben sie aber auch noch gedacht, ihr kleines Mäuschen würde mal Abitur machen und einen Arzt heiraten.« Mit einem breiten Grinsen auf dem Gesicht malträtierte sie das Kaugummi zwischen ihren Zähnen.

*Ob sie sich gerade vorstellt, das Kaugummi wären ihre Eltern?* Dieser Gedanke zauberte auch Enno ein Lächeln auf die Lippen.

»Schade, dass so Typen wie du immer auf so hochnäsige Zicken wie die Lisa stehen. Mit einer wie mir hättest du definitiv mehr Spaß.« Sie zwinkerte Enno zu.

*Baggert die mich etwa gerade an?* »Ich …« Enno wollte ihr gerade verraten, dass er eine Freundin hatte und keineswegs zu Lisa gekommen war, um sie für sich zu gewinnen, als ihm gerade noch rechtzeitig einfiel, dass er die Informationen, die er benötigte, vielleicht auch aus seiner neuen Gesprächspartnerin herausbekommen könnte. »Du meinst also, Lisa hat schon einen Freund?«

»Das habe ich nicht gesagt.« Chantal machte eine bewusste Pause und grinste Enno frech an.

»Wie hast du es denn gemeint?«

»Sie ist zwar zurzeit Single, aber sie hat da jemand ganz Bestimmten im Auge. Jemanden, der mehr in der Öffentlichkeit steht und diesen gewissen Glamour hat, auf den solche Tussen halt abfahren.« Sie schaute ihm tief in die Augen. »So wie Filmstars, wenn du verstehst, was ich meine.« Sie zwinkerte ihm verschwörerisch zu.

»Du meinst, sie hat was mit Alexander Wagner?« Scheinbar überrascht riss Enno die Augen auf. »Woher weißt du das? Ich habe den Eindruck, als ob du Lisa nicht besonders leiden kannst.«

»Kann ich auch nicht. Aber ich bin Schauspielerin … und außerdem extrem neugierig. Da kann ich mich schon mal ein wenig verstellen, wenn ich auf diese Art an interessante Informationen herankomme.«

*Die könnten wir gut in unserem Team gebrauchen*, dachte Enno anerkennend. *Neben Hans würde sie nicht einmal besonders auffallen.* »Und was hast du nun herausgefunden?« Er beugte sich zu ihr hinüber, damit niemand etwas von ihrem Gespräch mitbekam.

»Willst du mich etwa küssen?«

Erschrocken zuckte Enno zurück. War er zu weit gegangen? Hatte er Chantal Hoffnungen gemacht? »Ich … nein. Ich wollte nicht …«

Chantal lachte laut auf. »Schon gut, Alter. Ich verarsch dich doch nur die ganze Zeit. Dachtest du echt, ich steh auf so einen Schwiegermutter-Traum wie dich? Nichts für ungut, aber da fehlen für meinen Geschmack ein paar Tattoos, und deutlich älter dürftest du auch gerne sein.«

Anerkennend nickte Enno seiner Gesprächspartnerin zu. »Du bist wirklich eine gute Schauspielerin.«

»Danke!« Chantal lächelte ihn zufrieden an. »Aber jetzt mal ohne Flachs. Lisa hat mir erzählt, sie habe mit Alexander Wagner in seiner Suite zu Mittag gegessen und dabei seien sich die beiden ›nähergekommen‹.« Sie setzte das letzte Wort symbolträchtig mit ihren Fingern in Gänsefüßchen.

»Nähergekommen?«, fasste Enno nach. »Du meinst, die hatten Sex?«

Chantal zuckte mit den Schultern. »Sie hat auch genau dieses Wort benutzt, und wenn ich ihren Gesichtsausdruck richtig gedeutet habe, ging es zwischen den beiden so richtig zur Sache. Zumindest wenn man es nach dem Maßstab dieser Spießbürger bewerten würde.« Laszív leckte sich Chantal mit ihrer Zunge über die Oberlippe. »Kann aber natürlich auch sein, dass sie nur angeben wollte. Zuzutrauen wäre es ihr allemal.«

»Hör auf, mich zu verarschen«, lachte Enno. Ihm war Chantals provozierendes Zungenspiel natürlich nicht entgangen.

»Okay, du bist ein cooler Typ. Darum will ich mal nicht so sein. Nur deinen schlechten Frauengeschmack solltest du überdenken.«

Enno beugte sich erneut zu ihr vor, neigte seinen Kopf zur Seite, schloss die Augen und öffnete dabei leicht die Lippen. Für einen Augenblick lang tat er so, als wolle er Chantal dieses Mal wirklich küssen. Doch bevor ihre Münder sich zu nahe kamen, riss er schlagartig die Augen auf und streckte ihr die Zunge raus. »Reingelegt!«

Anerkennend schob Chantal die Unterlippe vor. »Respekt! Du bist offensichtlich auch ein guter Schauspieler.«

»Danke! Ich steh übrigens gar nicht auf Lisa. Meine Freundin sitzt da vorne!« Er zeigte mit dem Finger auf Hedda, die mit gesenktem Kopf auf ihr Smartphone starrte und mit beiden Daumen auf das Display einhämmerte. »Wir hatten auch nur Gerüchte gehört und … nun ja … du bist nicht die Einzige, die neugierig ist.«

»Guter Geschmack! Viel besser als diese Zicke Lisa«, sagte Chantal und scannte Hedda von oben bis unten. »Wenn ihr mal Lust auf einen Dreier habt, sagt mir Bescheid.«

»Du wolltest mich doch nicht mehr verarschen«, lachte Enno.

»Das war kein Scherz«, antwortete Chantal trocken, stand auf und ließ Enno mit der Ungewissheit zurück, dass sie ihr unmoralisches Angebot vielleicht doch ernst gemeint haben könnte.

## 10. Kapitel

## Eiszeit

Nachdem Enno zu Hedda zurückgekehrt war, hatte er ihr von seinen Gesprächen mit Lisa und Chantal berichtet.

»Wenn Lisa wirklich mit Alexander Wagner in der Kiste gewesen ist, dann sollten wir sie auf jeden Fall im Auge behalten«, fasste Hedda ihre Überlegungen zusammen.

»Das sehe ich genauso«, sagte Enno. »Aber auch deinen Marvin sollten wir nicht vorschnell von der Liste der Verdächtigen streichen. Immerhin hat er seine Hauptrolle verloren. Vielleicht hat er nur so getan, als ob ihn das nicht weiter stören würde.«

»Das ist nicht ›mein‹ Marvin«, protestierte Hedda und knuffte ihrem Freund in die Seite. »Obwohl ich wirklich den Eindruck hatte, dass ihn der Verlust seiner Hauptrolle nicht allzu sehr belastet hat.«

»Mag sein. Auf mich machte Lisa zwar keinen sympathischen Eindruck, aber wie eine Mörderin kam sie mir auch nicht gerade vor. Dennoch sind die beiden unsere heißesten Spuren bis hierher.«

»Ich muss jetzt eine Szene drehen. Magst du bitte mal die Antworten auf das Interview durchlesen und mir hinterher sagen, ob ich die so abschicken kann?« Hedda drückte ihrem Freund ihr Smartphone in die Hand und einen Kuss auf den Mund. Dann verschwand sie Richtung Filmset.

Enno wäre ihr zwar gerne gefolgt, um mit anzusehen, wie sich seine Freundin als Schauspielerin machte, aber er tat wie ihm geheißen und las sich stattdessen die Antworten auf die Interviewfragen durch.

»Finde ich gut, ich habe nur ein paar Rechtschreibfehler verbessert«, sagte er, als Hedda von ihrem Dreh zurückgekehrt war.

»Vielen Dank!« Zur Belohnung gab sie ihm einen weiteren Kuss. »Dann sende ich das jetzt so ab.« Mit einem Fingerklick schickte Hedda die E-Mail an ihren Verlag zurück.

»Und jetzt?«, fragte Enno.

»Was?« Ertappt schaute Hedda von ihrem Smartphone auf.

»Was machst du denn jetzt schon wieder?«, fragte Enno genervt. »In letzter Zeit hängst du dauernd an deinem Handy rum. Ich werde langsam echt eifersüchtig.«

»Sorry, ich wollte nur schnell gucken, wie es um meinen Krimi steht und ob vielleicht noch irgendjemand eine Bewertung geschrieben hat.« Schuldbewusst legte Hedda das Handy zur Seite und umarmte stattdessen ihren Freund. »Es ist doch nur so verdammt aufregend, verstehst du das nicht?«

Beim Anblick ihrer grünen Augen konnte Enno ihr nicht lange böse sein. »Klar verstehe ich das. Trotzdem darfst du nicht vergessen, warum wir eigentlich hier sind.«

»Du hast ja recht. Der Fall hat absolute Priorität. Also, wie machen wir jetzt weiter?« Angestrengt nachdenkend massierte sie sich die Schläfen. Dann schlug sie sich plötzlich mit der flachen Hand vor die Stirn. »Dass ich da nicht gleich draufgekommen bin.«

»Was meinst du?«

»Das Handy! Alexander Wagner hatte doch kein Handy bei sich. Karsten muss es für uns orten.« Sofort griff sie nach ihrem Diensthandy, mit dem sie jederzeit den Kontakt zu ihrem Vorgesetzten herstellen konnte. »Moin, ich bin es, Hedda. Kann Karsten für uns das Mobiltelefon von Alexander Wagner orten?«, fragte sie, nachdem Jörg das Gespräch entgegengenommen hatte.

»Er ist schon dabei«, antwortete der Chef der geheimen Spezialeinheit. »Die Sache scheint aber etwas komplizierter zu sein. Sobald ich etwas weiß, melde ich mich wieder bei euch.«

»Okay, vielen Dank!« Hedda wollte das Telefonat direkt wieder beenden.

»Hast du mir sonst nichts zu sagen?« Jörgs Stimme klang so, als wollte er auf eine ganz bestimmte Sache hinaus.

Deshalb zögerte Hedda auch mit ihrer Antwort. »Meinst du, ob ich in Gegenwart der Leiche etwas gespürt oder seitdem wieder etwas Seltsames geträumt habe?«, fragte sie unsicher.

»Das interessiert mich zwar auch, aber vielmehr möchte ich gerne wissen, wie es passieren konnte, dass aus deiner kleinen unauffälligen Statistenrolle plötzlich eine Hauptrolle geworden ist.« Mit jedem Wort war seine Stimme immer lauter geworden.

*Hans, du olle Petze*, dachte Hedda verärgert. Sie hatte gehofft, dass ihre erhöhte Filmpräsenz sich irgendwie von ganz alleine regeln würde. Schließlich konnte der Film ohne seinen verstorbenen Hauptdarsteller ohnehin gar nicht zu Ende gedreht werden. »Der Regisseur hätte mich vom Set verbannt, wenn ich die Rolle nicht angenommen hätte«, begann sie ihre Entscheidung zu rechtfertigen.

Jörg seufzte in den Hörer. »An deine unkonventionellen Methoden muss ich mich wohl langsam gewöhnen.«

»Deshalb hast du mich doch auch ins Team geholt!?« Hedda war sich selbst nicht sicher, ob sie ihre Worte als Aussage oder als Frage formuliert hatte.

»Hast du denn jetzt etwas gespürt, nachdem du die Leiche gesehen hast?«, fragte Jörg, ohne dabei auf Heddas vorherige Worte einzugehen.

Enttäuscht realisierte die junge Ermittlerin, dass ihr Chef sie nicht wegen ihrer unkonventionellen Methoden, sondern einzig und allein wegen ihrer vermeintlich übersinnlichen Fähigkeiten in die Spezialeinheit geholt hatte. Sie dachte an den Traum zurück, in dem sie Enno heiraten sollte. Sollte sie Jörg davon erzählen, obwohl sie fest davon überzeugt war, dass es sich dabei um eine ganz normale Illusion ihres Unterbewusstseins gehandelt hatte? Was würde ihr Chef denken, wenn sie abermals nicht die erhofften Fähigkeiten zeigte? Würde er sie mit der Zeit vielleicht sogar wieder aus dem Team werfen?

»Hedda?«, fragte Jörg nach, nachdem seine Mitarbeiterin mehrere Sekunden lang nur geschwiegen hatte.

»Ich hatte da einen Traum, kann ihn aber leider noch nicht wirklich zuordnen.« Erschrocken über ihre eigenen Worte, zuckte die junge Ermittlerin innerlich zusammen. Hatte sie ihren Vorgesetzten etwa gerade angelogen?

»Sehr gut! Versuche weiterhin den Traum zu deuten. Vielleicht werden die Bilder im Laufe der Ermittlungen ja auch noch aussagekräftiger.«

Die plötzliche Euphorie in Jörgs Stimme gefiel Hedda überhaupt nicht. War sie denn nicht auch ohne diesen Hokuspokus eine erfolgreiche Ermittlerin?

***

Am Ende eines langen Drehtages ließ Hedda sich erschöpft auf das kleine Sofa in ihrem Pensionszimmer fallen. Sie hatte heute sechs verschiedene Szenen gedreht, diverse Interviewfragen beantwortet, mehrfach die Rankings ihres Debütromans kontrolliert und ganz nebenbei auch noch im Fall Alexander Wagner ermittelt. Sie wollte jetzt nur noch warm duschen, etwas Leckeres essen und dann so schnell wie möglich ins Bett.

Doch als das Diensthandy in ihrer Handtasche klingelte, ahnte sie bereits, dass daraus wohl nichts werden würde. Jörg teilte ihnen mit, dass Karsten ihm gerade das Ergebnis der Handyortung mitgeteilt hatte. Die SIM-Karte des ermordeten Schauspielers war demnach zuletzt an einem Sendemast in der Nähe des Borkumer Stadtzentrums eingeloggt. Doch noch bevor Hans die Leiche gefunden hatte, war die Verbindung zu dem Gerät vollkommen abgebrochen. Bei der Suche nach dem Mobiltelefon des Verstorbenen konnten Hedda und Enno dieses Mal also nicht auf die technische Unterstützung ihres Kollegen setzen.

Der Geheimdienstleiter hatte aber noch eine weitere Neuigkeit für sie. Die Gerichtsmedizinerin der Einheit hatte ihre Untersuchung der Leiche beendet und wollte sich jetzt mit den beiden Ermittlern treffen, um ihnen die Ergebnisse persönlich mitzuteilen. Hedda und Enno sollten zu diesem Zweck gemeinsam mit Hans zu dem Kühlraum kommen, in dem die Leiche von Alexander Wagner noch immer versteckt lag.

Etwa zwanzig Minuten später traf sich das Ermittler-Paar mit Hans vor dem Restaurant, in dessen Kellerräumen auch das vorübergehende Grab des Schauspielstars lag. Das Lokal war erneut sehr gut besucht. Beim Blick durch die Fenster des Restaurants lief Hedda das Wasser im Mund zusammen. Die Zeit hatte nur für eine kurze Dusche gereicht, gegessen hatte sie immer noch nichts.

»Da kommt sie ja schon!« Hans ging auf eine Frau mit grauen, lockigen Haaren zu und umarmte sie zur Begrüßung.

Hedda und Enno mussten beide ein aufsteigendes Schmunzeln unterdrücken. Der Anblick des kleinwüchsigen Schauspielers, dessen Kopf der Gerichtsmedizinerin gerade einmal bis zur Brust reichte, hatte schon etwas Komisches.

»Moin, ich bin Enno. Das ist meine Freundin Hedda.«

»Schön, euch kennenzulernen. Ich heiße Renate.« Ihre Stimme klang so, als habe sie jeden Tag ihres bisherigen Lebens mindestens eine Schachtel Zigaretten geraucht.

Nachdem sich alle zur Begrüßung die Hände gereicht und ein wenig Smalltalk betrieben hatten, gingen sie gemeinsam hinunter in den Kühlraum. Der Leichnam von Alexander Wagner lag noch immer auf dem Fußboden. Durch den halbdurchsichtigen Sack, in dem er jetzt aufbewahrt wurde, konnte Hedda jedoch erkennen, dass er inzwischen komplett entkleidet und sicherlich auch gereinigt worden war.

»Wollt ihr euch die Leiche nochmal ansehen?«, fragte Renate, nachdem sie die forschenden Blicke der jungen Ermittler bemerkt hatte.

»Halten Sie das hinsichtlich Ihrer Erkenntnisse für ratsam?«, fragte Hedda nach.

Renate schüttelte den Kopf. »Nein«, sagte sie. »Aber ich denke, wir sollten vorher noch etwas Grundlegendes klären. Auch wenn ich schon siebzig Jahre alt bin, dürft ihr gerne ›du‹ zu mir sagen.« Lachend klopfte sie Hans auf die Schulter. »Wir Geheimagenten machen das so untereinander, stimmt's?«

Mit schmerzverzerrtem Gesicht stimmte Hans zu und rieb sich dabei die Schulter.

»Sehr gerne«, nahm Enno das Angebot sofort an.

»Sie sind erst siebzig?«, platzten die Worte aus Heddas Mund heraus, ohne dass sie vorher über deren Wirkung nachgedacht hatte.

Renate lachte laut auf. Es war ein raues, kehliges Lachen. »Das kommt vom Rauchen, Schätzchen. Das schädigt nicht nur die Lunge, sondern lässt auch die Haut schneller altern. Lass also lieber die Finger davon.« Sie schien über die unbedachte Äußerung der jungen Ermittlerin keineswegs verärgert zu sein.

»Warum arbeiten Sie …« Enno bemerkte seinen Fehler sofort und korrigierte sich. »Warum arbeitest du mit siebzig Jahren überhaupt noch?«

»Weil ich diesen Job liebe.« Sie machte eine kurze Pause und schaute verträumt auf den am Boden liegenden Leichensack hinunter. »Verrückt, oder?«

»Ganz und gar nicht!«, sagte Hedda. Sie meinte es ehrlich, hatte aber auch das Gefühl, etwas gutmachen zu müssen.

»Mit dreiundsechzig hat man mir die Altersteilzeit aufgenötigt, weil ich damals einen schwerwiegenden Fehler gemacht habe. Den einzigen in meiner ganzen beruflichen Laufbahn übrigens.«

Hedda brannte darauf zu erfahren, was das für ein Fehler gewesen war, aber sie hielt den Moment für ungeeignet. Sie würde irgendwann schon noch herausbekommen, was Renate damals falsch gemacht hatte.

»Aber zum Glück habe ich ja vor zwei Jahren einen Anruf von Jörg bekommen. Seitdem kann ich zumindest ab und zu meiner Leidenschaft nachgehen.« Renate strahlte über das ganze Gesicht. »Also, wie sieht es aus, will jemand raten, wie unser Superstar ermordet worden ist?«

»Gift?«, rief Hedda laut in die Runde und konnte gerade noch den Impuls unterdrücken, ihren Arm dabei wie ein Schulkind nach oben zu recken.

»Nicht schlecht. Aber welches?«

»Rattengift?« Diese Antwort kam Hedda bereits deutlich zögerlicher über die Lippen.

»Es war Frostschutzmittel«, löste Renate das Rätselraten auf.

»Frostschutzmittel?«, fragte Enno nach. »Das gleiche Zeug, das man sich im Winter in die Scheibenwischanlage vom Auto kippt?«

Renate nickte zustimmend. »Ganz genau! Unser Opfer hat davon eine ganze Menge geschluckt. Ich schätze, es war mindestens ein Liter.«

»Einen Liter? Wie könnte ihn sein Mörder gezwungen haben, einen ganzen Liter davon zu trinken?« Hans runzelte verwirrt die Stirn.

»Vielleicht hat er ja Selbstmord begangen? Es gibt einige prominente Beispiele, die ihr Leben auf diese Art und Weise beendet haben«, brachte Renate die Selbstmordtheorie zurück ins Spiel, die Hedda, Enno und Jörg bereits früh verworfen hatten.

»Aber was ist mit der Zahl, die neben der Leiche in den Sand geschrieben wurde?«, gab Hedda zu bedenken.

»Vielleicht hat er es nur zu unserer Verwirrung dorthin geschrieben«, mutmaßte Enno. »Ein letzter großer Auftritt sozusagen.«

»Wäre es denkbar, dass jemand einen Liter Frostschutzmittel trinkt, ohne es zu merken?«, richtete Hedda eine Nachfrage an die erfahrene Gerichtsmedizinerin.

Renate dachte kurz nach. »Das Gift im Frostschutzmittel heißt Ethylenglykol. Schon kleine Mengen davon können zum Tod führen. Es ist geruch- und farblos, mit Wasser mischbar und schmeckt oft süßlich. Es wird illegalerweise manchmal auch zum Süßen von Weinen verwendet. In Russland wird Frostschutzmittel sogar recht häufig als billige Alkohol-Alternative missbraucht. An diesem gefährlichen Genuss sterben immer wieder Menschen. Wer zu viel davon trinkt, riskiert Atmungs- und Nierenfunktionsstörungen. Die Anzeichen der Vergiftung zeigen sich jedoch erst nach ungefähr dreißig Minuten. Die Symptome ähneln dabei einem Alkoholrausch.

Die Betroffenen torkeln herum, fühlen sich extrem müde oder müssen sich vor Übelkeit erbrechen.«

»Ich glaube nicht, dass Alexander Wagner das Zeug getrunken hat, um sich selbst das Leben zu nehmen.« Hedda schüttelte entschlossen den Kopf. »Wir müssen also herausfinden, wie sein Mörder es geschafft hat, ihm eine solche Menge Frostschutzmittel einzuflößen.«

## 11. Kapitel

## Vermisstenmeldung

Am nächsten Tag machten sich Hedda und Enno noch vor den Dreharbeiten auf den Weg, um nach der möglichen Quelle der tödlichen Substanz zu suchen. Da auf Borkum auch Autos fahren durften, gab es zwei Kfz-Werkstätten auf der Insel. Um Zeit zu sparen, teilten sich die beiden Ermittler auf, und jeder von ihnen besuchte einen anderen Betrieb.

Nur wenig später trafen sie sich bereits wieder. Beide Werkstätten wurden von alteingesessenen Insulanern geführt. Keiner von ihnen hatte jedoch in den letzten Wochen Frostschutzmittel an einen Kunden verkauft.

»Im Frühsommer Kälteschutz auf Vorrat zu kaufen, ist ja auch derart ungewöhnlich, da hätte der Mörder ja auch gleich ein Foto von sich neben die Leiche legen können«, kommentierte Hedda ihren missglückten Ermittlungsversuch.

»Sollen wir noch einige Geschäfte abklappern?«, fragte Enno. »Vielleicht hatten die ja noch Restbestände im Angebot und können sich an einen auffälligen Käufer erinnern.«

Hedda schüttelte den Kopf. »Ich glaube nicht, dass irgendwelche Geschäfte zu dieser Jahreszeit noch Frostschutzmittel in ihrem Sortiment führen. Außerdem scheint es ja auch nicht gerade eine Tat im Affekt gewesen zu sein. Wenn unser Mörder nicht zufällig strohdumm ist, wird er das Mittel bestimmt nicht hier auf der Insel gekauft haben.«

»Du hast recht!«, stimmte Enno ihr zu. »Er könnte es auch mit der Fähre auf die Insel transportiert haben. Wir sollten mit unseren Ermittlungen lieber an einer anderen Stelle ansetzen.«

***

Am späten Vormittag wurde auf der »Borkumriff« gedreht. Das rotweiße Museumsschiff lag im Schutzhafen der Insel und war 1998 als letztes deutsches Feuerschiff außer Dienst gestellt worden. An Bord war es sehr beengt, weshalb alle Mitglieder der Filmcrew, die nichts mit der aktuellen Szene zu tun hatten, an Land auf ihren nächsten Einsatz warten mussten.

Während Hedda gerade gemeinsam mit Marvin vor der Kamera stand, saß Enno auf einem mobilen Klappstuhl und starrte gedankenverloren auf den roten Schiffsrumpf. Er fragte sich, was seine Freundin wohl gerade machte.

In diesem Moment fielen ihm zwei uniformierte Polizisten auf, die sich dem Schiff näherten. Enno setzte sich aufrecht hin und versuchte, die Beamten möglichst unauffällig zu beobachten. *Ob sie Alexander Wagners Leiche gefunden haben?*

»Moin! Ich bin Hauptkommissar Pankok«, sprach der ältere der beiden Polizisten eine der Statistinnen an, die ebenfalls auf ihren Einsatz wartete. »Wir sind auf der Suche nach Alexander Wagner.«

Die angehende Schauspielerin schaute den Beamten verunsichert an. »Ich … ich habe ihn heute noch nicht gesehen. Weißt du, wo er steckt?« Hilfesuchend wandte sie sich an ihre Freundin, die direkt neben ihr stand und unwissend mit den Schultern zuckte.

Enno sprang aus seinem Klappstuhl auf und ging zügigen Schrittes auf die Beamten zu. »Herr Büchler, der Regisseur, wird Ihnen sicherlich mehr über den Aufenthaltsort von Herrn Wagner sagen können. Kommen Sie, ich bringe Sie zu ihm.« Mit einer winkenden Handbewegung forderte er die Polizisten auf, ihm zu folgen.

Da er das Feuerschiff zuvor noch nie betreten hatte, wusste Enno überhaupt nicht, wohin er die Beamten führen musste. Glücklicherweise hörte er den Regisseur laut »Action« rufen, als er gerade den ersten Fuß an Deck des schwimmenden Leuchtturms gesetzt hatte. Er schlug die Richtung ein, aus der die Stimme gekommen war, und erreichte bald eine eng stehende Menschentraube, die den schmalen Flurbereich vor der Kabine blockierte, in der gerade gedreht wurde.

Enno legte seinen Zeigefinger auf die Lippen und signalisierte den Polizisten so, dass sie zunächst noch die Dreharbeiten abwarten mussten, bevor sie den Regisseur ansprechen konnten. Dann versuchte er, durch die vor ihm befindlichen Köpfe hindurch etwas von den Geschehnissen vor der Kamera zu erkennen. Aber er konnte lediglich das flauschige Mikrofon sehen, das an einer langen Teleskopstange oberhalb der Schauspieler zu schweben schien.

»CUT!« Begeistert klatschte Philipp Büchler in die Hände. »Das war großartig!«, lobte er. »Einfach nur großartig!«

Während Enno noch überlegte, ob dieses Lob wohl auch Hedda galt, bahnten sich die beiden Beamten bereits den Weg durch die ebenfalls applaudierende Menge.

»Polizei, lassen Sie uns bitte mal hier durch«, murmelte Hauptkommissar Pankok immer wieder vor sich hin, während er die vor ihm stehenden Leute entschlossen beiseiteschob.

Enno war blitzschnell in die Schneise eingeschert, die von den Beamten in die Menge geschlagen worden war, und stand jetzt ebenfalls unmittelbar vor dem Filmemacher. Doch während die Polizisten direkt das Gespräch mit Philipp Büchler suchten, fiel ihm sofort eine attraktive junge Frau ins Auge. Sie saß auf einem Stuhl in der Ecke der kleinen Kabine und sah total verheult aus. Mit der blonden, langhaarigen Perücke hatte er Hedda zunächst überhaupt nicht erkannt.

Plötzlich waren ihm die Polizisten vollkommen egal. Hastig hockte er sich neben seine Freundin und legte ihr die Hände auf die Knie. »Was ist denn los? Ist dir was passiert?«, fragte er besorgt und schaute ihr dabei in die von unzähligen Tränen geröteten Augen.

»Es ist alles okay!«, schluchzte Hedda leise. »Die haben mir so eine Creme auf die Wangen geschmiert, damit ich in der Szene auch so richtig heulen kann.« Sie rieb sich mit den Fäusten die Augen. »Dummerweise kann ich immer noch nicht damit aufhören.«

Erleichtert streichelte Enno ihr über den Oberschenkel. Für einen Moment hatte er wirklich geglaubt, seiner Freundin wäre etwas passiert. Dann fiel ihm wieder ein, warum er eigentlich an Bord gekommen war. Er drehte den Kopf über die Schulter und sah die beiden Beamten direkt vor Philipp Büchler stehen. Alle anderen hatten den Raum inzwischen verlassen. *Anscheinend stört es die Polizeibeamten nicht, dass wir noch immer in der Kabine sind*, mutmaßte Enno. Er entschied sich dennoch dafür, in seiner hockenden Position zu verharren und weiterhin so zu tun, als ob er sich ausschließlich um seine weinende Freundin kümmern würde. Er wollte unbedingt mitbekommen, was die Polizisten mit dem Regisseur zu besprechen hatten, und durfte daher keinesfalls riskieren, doch noch des Raumes verwiesen zu werden.

»Das Zeug ist echt …«, begann Hedda zu fluchen.

»Pst!« Enno legte ihr sanft die Hand vor den Mund und hinderte sie so daran, weiterzusprechen.

Hedda verstand sofort. Sie schloss die Augen und versuchte, sich ebenfalls auf die Stimmen in ihrer unmittelbaren Umgebung zu konzentrieren.

»Herr Wagner hat sämtliche Filmszenen bereits abgedreht. Ich weiß auch nur, dass er heute mit der Fähre aufs Festland zurückfahren wollte«, hörten sie Philipp Büchler auf die vorherige Frage der Beamten antworten.

»Aber er hat seine Hotelsuite verlassen, ohne seine Sachen mitzunehmen. Und die Zimmerrechnung hat er wohl auch nicht bezahlt«, warf der jüngere Polizist ein.

Der Filmemacher überlegte kurz. »Sie kennen doch die Stars. Die sind teilweise noch wie kleine Kinder. Die kriegen in ihrem Leben alles abgenommen und vergessen dabei manchmal vollkommen das Nachdenken.«

»Aber er war auch nicht auf dem Katamaran, den er für die Rückfahrt gebucht hatte. Das haben wir bereits überprüft.«

Wieder machte Philipp Büchler ein nachdenkliches Gesicht. »Er hatte wahrscheinlich nur keine Lust, während der Fahrt Autogramme zu schreiben. Er hat mir erzählt, dass die Hinfahrt in dieser Hinsicht schon eine Katastrophe gewesen war. Wahrscheinlich hat er sich spontan ein Flugzeug genommen und ist damit Richtung Festland geflogen.«

»Nein, geflogen ist er auch nicht. Haben wir auch schon überprüft.« Mit einem stolzen Grinsen im Gesicht warf der jüngere Beamte einen Blick in seinen kleinen Notizblock.

»Dann weiß ich es auch nicht! Ich bin doch nicht sein Kindermädchen!« Die Stimme des Regisseurs klang plötzlich gereizt. »Vielleicht hatte er ein kleines Stelldichein mit einem weiblichen Fan und liegt noch immer neben ihr in irgendeinem Hotelzimmer. Was weiß denn ich?« Er verdrehte die Augen und machte eine wegwerfende Handbewegung.

»Vielleicht hatte die Frau ja auch ein Boot im Yachthafen liegen und hat ihn damit über die Nordsee an Land gebracht«, spekulierte der junge Polizist weiter.

»Und vor lauter Schmetterlingen im Bauch hat der Herr Filmstar alle seine Sachen im Hotel vergessen?« Ungläubig schaute der Hauptkommissar seinen Kollegen an. »Das glaubst du doch selbst nicht.«

»Vielleicht ist er ja auch per Yacht entführt worden?« Die Augen des jungen Polizisten begannen zu leuchten. Endlich passierte auf der Insel mal etwas wirklich Spannendes.

»Du guckst zu viele Filme«, kommentierte Hauptkommissar Pankok die Spekulationen seines Untergebenen. Dann wandte er sich wieder dem Filmemacher zu. »Wenn Sie Herrn Wagner sehen, sagen Sie ihm bitte, dass er sich unverzüglich bei uns melden soll.«

Philipp Büchler nickte. »Das mache ich. Um seine Sachen und die Hotelrechnung werde ich mich auch kümmern. Darauf können Sie sich verlassen.«

## 12. Kapitel

## Offene Rechnung

Tatsächlich unterbrach Philipp Büchler die weiteren Dreharbeiten, ließ gegenüber den übrigen Crewmitgliedern jedoch lediglich verkünden, dass er sich um eine dringende Angelegenheit kümmern musste.

Heimlich folgte Enno dem Regisseur, während Hedda bei den übrigen Schauspielern, Visagisten und Assistenten wartete, um zu beobachten, ob irgendjemand sich merkwürdig verhielt. Denn dass die Polizisten gekommen waren, um nach Alexander Wagner zu suchen, hatte sich schnell herumgesprochen. Dass Philipp Büchler sich persönlich um die Sache kümmern wollte, war jedoch allenfalls eines von vielen Gerüchten, die im Laufe der Wartezeit kursierten.

*Wenn sich außer Enno noch irgendwer auf den Weg zum Hotel von Alexander Wagner macht, hat derjenige höchstwahrscheinlich auch etwas mit dem Mord zu tun*, mutmaßte die junge Ermittlerin und überprüfte immer wieder, ob sich jemand heimlich von der Gruppe entfernte.

Zehn Minuten nachdem der Regisseur in dem Hotel verschwunden war, wagte sich auch Enno in das imposante Gebäude hinein. Da er nicht wusste, was er als Nächstes tun sollte, setzte er sich zunächst an die Bar.

»Moin, was darf ich Ihnen bringen?« Der freundliche Barkeeper trug ein weißes Hemd und eine schwarze Weste. Er schien nicht viel älter als Enno zu sein.

»Ich nehme …« Während der junge Ermittler scheinbar überlegte, schaute er zu dem Fahrstuhl hinüber, der nach oben zur Suite von Alexander Wagner führte. »Ich nehme ein Wasser.«

»Sehr gerne!« Der Barmann nahm ein Glas zur Hand, füllte es mit Mineralwasser und stellte es vor seinem Gast auf den Tresen.

»Danke!«, sagte Enno, schaute dabei aber unbewusst schon wieder in Richtung des Fahrstuhls.

»Der ist schon weg!«, sagte der Barkeeper und zuckte dabei entschuldigend mit den Schultern.

»Wer ist weg?«, fragte der junge Ermittler verunsichert.

»Na, Alexander Wagner. Sie sind doch hier, weil Sie gehofft hatten, ihn zufällig anzutreffen, oder etwa nicht?«

»Nein, ich …« Enno hielt kurz inne. *Vielleicht ist es gar nicht so schlecht, wenn ich den Barmann in diesem Glauben lasse*, überlegte er. »Erwischt«, antwortete er deshalb und schaute seinen Gesprächspartner ertappt an.

»Habe ich es doch gewusst.« Der Barmixer setzte ein Gewinnerlächeln auf. »Aber wie schon gesagt, der Typ ist schon weg.«

»Aber das kann doch gar nicht sein. Ich habe doch eben noch seinen Regisseur hier reingehen sehen. Soviel ich weiß, wohnt der aber nicht in diesem Hotel. Aus welchem Grund sollte er also sonst hier sein, wenn nicht, um seinen Hauptdarsteller zu besuchen?«

Der Barkeeper beugte sich über die Theke. »Siehst du die hübsche Brünette da an der Rezeption?«, flüsterte er Enno ins Ohr.

Enno drehte seinen Kopf in die besagte Richtung und nickte, als er eine junge Frau im Blick hatte, auf welche die Beschreibung seines Gegenübers zutraf. Er hatte kein Problem damit, dass ihn der Hotelangestellte plötzlich nicht mehr förmlich siezte, sondern ihn stattdessen eher wie einen alten Kumpel behandelte.

»Das ist meine Freundin.« Vor Stolz schwoll die Stimme des Barmanns leicht an. »Sie hat mir eben verraten, dass Alexander Wagner wohl abgehauen ist, ohne zu bezahlen. Sein Regisseur hat gerade wohl zähneknirschend die Zimmerrechnung beglichen. Der feine Herr Filmstar hat während seines kurzen Aufenthaltes die Minibar wohl gleich mehrfach geplündert und auch sehr regelmäßig den Zimmerservice bemüht. Außerdem hat er wohl rund um die Uhr kostenpflichtige TV-Programme geschaut. Wenn du verstehst, was ich meine.« Er zwinkerte Enno vielsagend zu.

Der junge Ermittler wartete noch so lange an der Hotelbar, bis Philipp Büchler wieder aus dem Fahrstuhl kam und zur Rezeption ging. Im Schlepptau hatte er einen Rollkoffer sowie eine Umhängetasche. Ansonsten schien es so, als habe er nichts aus der Hotelsuite mitgenommen.

*Besonders lange war er ja nicht da oben*, überlegte Enno und dachte dabei an den gepackten Koffer, den sie in Alexander Wagners Zimmer vorgefunden hatten. *So ordentlich, wie es in der Suite aussah, dürfte das Packen tatsächlich nicht lange gedauert haben. In der Umhängetasche befindet sich wahrscheinlich die Kamera. Ob er auch das Kokain zwischen den Kleidungsstücken gefunden hat?*

»Ich habe die Sachen von Herrn Wagner zusammengepackt. Wären Sie so freundlich, sein Gepäck irgendwo unterzustellen, bis er sich wieder meldet?« Philipp Büchler reichte der jungen Rezeptionistin den Koffer, die Umhängetasche und einen grünen Geldschein.

Die junge Dame lächelte zuvorkommend, ließ die Banknote geschickt in ihrer Hosentasche verschwinden und brachte das Gepäck in einen separaten Raum, der direkt hinter dem Rezeptionstresen lag.

Anschließend machte sich Philipp Büchler schnellen Schrittes auf den Rückweg zum Schutzhafen. Enno folgte ihm unauffällig. Als sie ihr Ziel erreicht hatten, sah er Hedda etwas abseits der übrigen Crewmitglieder stehen. Sie hatte ihr Smartphone in der Hand und schaute traurig auf das Display.

»Ist etwas passiert?«, fragte Enno besorgt.

Erschrocken zuckte Hedda zusammen. Sie hatte überhaupt nicht mitbekommen, dass ihr Freund bereits von seiner Observation zurückgekehrt war. »Nein. Ich habe nur …«

»Hat sich jemand von der Gruppe abgesetzt und du konntest ihm nicht folgen?«

»Nein, das ist es nicht! Außer dem Regisseur und dir hat niemand den Drehort verlassen.«

»Was ist denn dann los? Irgendetwas stimmt doch nicht mit dir.« Besorgt schaute Enno seiner Freundin tief in die Augen. Das fröhliche Strahlen, das er sonst fast immer dort finden konnte, war einfach nicht mehr da.

Mit gesenktem Blick reichte Hedda ihm das Handy. »Hier, lies selbst!«

Er nahm das Gerät in die Hand und las den Text auf dem Display. Dann reichte er es mit einem verächtlichen Schnauben an Hedda zurück. »Der hat doch keine Ahnung! Lass dich davon bloß nicht entmutigen.«

»Das sagst du so leicht. Es ist meine erste Bewertung …«

»Deine zweite!«, korrigierte Enno sie.

»Aber es ist meine erste echte Rezension. Deine zählt doch nicht. Die hast du doch mit einer rosaroten Brille geschrieben.«

»Mag sein, dass ich dein Buch mit den Augen eines schwer verliebten Mannes gelesen habe. Aber der Typ hier, der hätte auf jeden Fall eine Brille bitter nötig. Nur ein Stern, und dann auch noch dieser abwertende Text. Wenn ich den in die Finger kriege!« Vor

Wut lief Ennos Gesicht rot an. Er konnte es nicht ertragen, wenn irgendjemand seine Freundin ungerecht behandelte. »Du wirst schon sehen, da kommen sehr bald noch viele gute Bewertungen hinzu.«

»Meinst du wirklich?« Hoffnungsvoll schaute Hedda zu ihrem Freund auf.

»Da bin ich mir ganz sicher!« Enno nahm ihr Gesicht in beide Hände, beugte sich zu ihr hinunter und küsste sie.

»Polizei! Irgendjemand muss sofort die Polizei rufen!« Wie ein aufgebrachter Gockel irrte Philipp Büchler von einem Crewmitglied zum nächsten. »Warst du das? Hast du etwas gesehen? Irgendwer muss doch etwas gesehen haben!«, waren dabei nur einige der Sätze, die er von sich gab.

»Was ist denn passiert?«, fragte Hedda den Regisseur, als dieser sich bis zu ihnen vorgearbeitet hatte.

»Während ich weg war, hat irgendjemand die Kamera umgeworfen, meinen Regiestuhl zertrümmert und einen der Scheinwerfer demoliert. Und obwohl hier unzählige Leute unnütz herumsitzen, will niemand von denen auch nur irgendetwas gesehen haben.« Ungläubig schüttelte er den Kopf, dann schlug er verzweifelt die Hände vors Gesicht und lief einfach weiter.

»Wer könnte das gewesen sein? Ob das irgendetwas mit unserem Fall zu tun hat?« Enno schaute Hedda fragend an.

»Das kann ich mir nicht vorstellen. Warum sollte der Mörder von Alexander Wagner das Risiko eingehen, sich an so vielen Leuten vorbeizuschleichen, nur um ein wenig Filmausrüstung kaputt zu machen?«

»Vielleicht ging es dem Täter ja gar nicht vordergründig darum, Alexander Wagner zu töten, sondern vielmehr darum, den Filmdreh zu sabotieren.«

Nachdenklich schaute Hedda auf das Hafenbecken hinaus. »Wenn du mit der Theorie recht hast, dann war es auf jeden Fall einer aus der Crew. Ein völlig Fremder hätte sich niemals auf das Schiff schleichen und anschließend unbemerkt wieder verschwinden können«, führte Hedda den Verdacht ihres Freundes weiter aus. »Aber wieso sollte jemand den Dreh sabotieren? Welche Gründe könnte er haben, dass er dafür sogar einen Mord in Kauf genommen hat?«

»Keine Ahnung!« Enno zuckte ratlos mit den Schultern. »Aber vielleicht sollten wir uns ein wenig unter die Leute mischen, um rauszubekommen, ob nicht doch irgendjemand etwas Verdächtiges gesehen hat.«

»Gute Idee!«, sagte Hedda und schaute sich suchend in der Menge der Umstehenden um. Fast alle hatten ihre Köpfe in Richtung des Regisseurs gewandt, der immer noch vollkommen aufgeregt zufällig ausgewählte Crewmitglieder befragte. *Oder ich nutze die Gelegenheit, um unseren aufgebrachten Hawaiihemd-Hobbit ein wenig auszuquetschen. Ich habe das Gefühl, dass er irgendetwas zu verheimlichen hat,* überlegte die junge Ermittlerin weiter und steuerte direkt auf den rundlichen Filmemacher zu.

»Habt ihr jemanden während der letzten eineinhalb Stunden an Bord gehen sehen?«, fragte Philipp Büchler eine Gruppe junger Statisten und schüttelte einen von ihnen.

Behutsam packte Hedda den Filmemacher von hinten an den Schultern und lenkte ihn mit sanftem Druck zurück zum Schiff. »Das bringt doch nichts! Viele haben bestimmt die langweilige Wartepause genutzt, um sich die Museumsausstellung auf dem Feuerschiff anzusehen. Außerdem befinden sich an Bord auch die Toiletten. In deiner Abwesenheit werden daher etliche Leute auf dem Schiff gewesen sein. Wenn das Equipment unverschlossen in der Kabine stand, war es für den Täter sicherlich ein Leichtes, unbemerkt dort hinein zu gelangen.«

»Aber …«, begehrte Philipp Büchler kurz auf.

Doch Hedda schob ihn unbeirrt weiter in Richtung Feuerschiff zurück. »Nichts aber!«, schnitt sie ihm das Wort ab, als spräche sie gerade mit einem kleinen, trotzigen Jungen. »Wir gehen jetzt erst einmal zurück und du trinkst zur Beruhigung einen Tee. Vielleicht ist der Schaden ja auch überhaupt nicht so schlimm, wie es beim ersten Anblick aussah.«

Auf dem Schiffsflur kam ihnen bereits George, der aus Amerika stammende Kameramann, entgegen. »Ich habe die Kamera gecheckt«, sagte er mit einem charmanten Akzent, der eindeutig seine Herkunft verriet. »Sie ist durch den Sturz anscheinend nicht beschädigt worden.«

»Gott sei Dank!« Erleichtert ließ der Regisseur die angestaute Luft aus seinen Lungen entweichen. »Und der Scheinwerfer?«

»Der Beleuchter kümmert sich gerade darum, er klang aber recht zuversichtlich«, konnte George weitere beruhigende Nachrichten verkünden. »Nur für deinen Regiestuhl kommt wohl jede Rettung zu spät.«

*Wollte der Täter die Geräte überhaupt nicht zerstören oder hatte er nur Sorge, dass die scheppernden oder klirrenden Geräusche ihn hätten verraten können?*, überlegte Hedda. *Oder steckt Philipp Büchler vielleicht selbst hinter dem Ganzen, um so zusätzliche PR für seinen Film zu bekommen?*

## 13. Kapitel

## Weitere Verdächtige

Während Hedda mit Philipp Büchler auf dem Feuerschiff war, schlenderte Enno am Pier entlang.

*Wer könnte etwas gesehen haben?* Aufmerksam suchte er in den Gesichtern der übrigen Crewmitglieder nach verräterischen Anzeichen.

»Hey!« Eine Hand packte ihn beim Vorbeigehen an der Schulter.

»Chantal«, überrascht blieb der junge Ermittler stehen. Ihm war die junge, tätowierte Frau mit den Dreadlocks zuvor gar nicht aufgefallen.

»Versteckst du dich jetzt vor mir?« Sie legte den Kopf leicht schief und schaute ihn aus zusammengekniffenen Augen herausfordernd an.

Enno schüttelte den Kopf. »Nein! Warum sollte ich?«

»Na, wegen meinem Angebot. Ich hatte das Gefühl, ich wäre da vielleicht etwas zu forsch an die Sache herangegangen.« Sie machte eine kurze Pause, in der sie genau die Reaktion ihres Gesprächspartners checkte. Als sie zufrieden feststellte, dass es Enno die Sprache verschlagen hatte, setzte sie noch einen drauf. »Hast du schon mit deiner Freundin über meinen Vorschlag gesprochen?«

Der junge Ermittler spürte, wie ihm die Wärme ins Gesicht schoss. Unsicher schaute er sich um. *Ob uns irgendjemand zuhört?* Er wusste einfach nicht, wie er auf Chantals offensive Anmache reagieren sollte. Wie wahrscheinlich jeder andere Mann hatte natürlich auch er schon einmal von genau so einer Situation fantasiert. Dabei war er aber natürlich davon ausgegangen, dass ihm so etwas niemals im echten Leben passieren würde.

»Über mangelnde Erfahrung müsst ihr euch keine Sorgen machen«, unterbrach seine Gesprächspartnerin erneut die Stille. »Ich hatte schon so viele Dreier, dass ich sie nicht einmal mehr zählen kann. Ich werde euch schon zeigen, wie es geht.« Sie legte den Kopf in den Nacken und wischte sich mit einer lasziven Handbewegung ein paar Dreadlocks aus dem Gesicht.

»Also … Verstehe mich jetzt bitte nicht falsch … Du bist wirklich …« Enno versuchte, Chantal einen Korb zu geben, ohne dabei ihre Gefühle zu verletzen. Für ihn gab es einfach nur Hedda, auch wenn ein kleiner Teil in seinem tiefsten Inneren heftig gegen seine monogame Entscheidung protestierte.

»Du müsstest dein Gesicht sehen!« Chantal konnte das Lachen, das sie die ganze Zeit über krampfhaft zurückgehalten hatte, nicht mehr länger unterdrücken. »Hast du mir das wirklich abgekauft?«, fragte sie ungläubig und wischte sich einige Tränen aus dem Gesicht. »Vielleicht sollte ich ins Pornogewerbe wechseln. Ich scheine ein Talent dafür zu haben, Männern unrealistische Fantasien vorzuspielen.«

Mit offen stehendem Mund und hochrotem Kopf betrachtete Enno die vor ihm stehende Schauspielerin. Er schämte sich, war aber gleichzeitig auch verärgert. Am liebsten wäre er sofort weitergegangen. Doch genau in diesem Moment erinnerte er sich an Chantals Worte aus ihrem letzten Gespräch: ›Aber ich bin Schauspielerin … und außerdem extrem neugierig. Da kann ich mich schon mal ein wenig verstellen, wenn ich auf diese Art an interessante Neuigkeiten herankomme‹, hatte sie gesagt, als sie ihm erklärt hatte, wie sie an Lisas Informationen gelangt war, obwohl sie ihre arrogante Kollegin überhaupt nicht ausstehen konnte.

»Bist du sauer? Ich habe es zu weit getrieben, oder? Tut mir echt leid!« Sie presste die Zähne aufeinander und grinste ihn verlegen an.

»Nein, ich bin nur enttäuscht, dass du dein Angebot nicht ernst gemeint hast«, scherzte Enno. Er hatte entschieden, ihr nicht böse zu sein. Für seine weiteren Ermittlungen konnte sie ihm nämlich durchaus noch nützlich sein.

»Jetzt willst du mich aber verarschen, oder?« Chantal lachte.

»Vielleicht.« Enno zog die Augenbrauen hoch und zwinkerte ihr übertrieben auffällig zu. Dann entschloss er sich, das sinnlose Geplänkel zu beenden und das Gespräch endlich in die entscheidende Richtung zu lenken. »Hast du mitbekommen, wer auf dem Schiff die Filmausrüstung zerstört haben könnte?«

Auch Chantal schaute sich zunächst zu allen Seiten um, um sicherzugehen, dass niemand sonst ihre Antwort hören konnte. »Es ist zwar nur ein Verdacht, aber als Lisa auf das Schiff ging, habe ich gesehen, wie sie sich immer wieder total angespannt umgeguckt hat. Ich will ihr nichts unterstellen, aber du kennst ja bereits meine persönliche Meinung über sie.«

»Aber warum sollte sie das getan haben?«, überlegte Enno laut.

»Ich muss gestehen, ich liebe Gerüchte und bringe gerne selbst welche in Umlauf. Ich habe halt eine überschäumende Fantasie. Meine Mutter sagt immer, ich solle unbedingt Bücher schreiben. Angeblich habe ich mir als Kind schon immer die absurdesten Geschichten einfallen lassen. Ich behaupte jetzt einfach mal, dass sie es für ihre Freundin Lea getan hat.«

»Für Lea?«, fragte Enno nach.

»Ja, die beiden sind sehr gut befreundet. Wahrscheinlich ist Lea noch immer stinksauer, weil deine Freundin ihr die Rolle geklaut hat. Sie hat schon immer gerne andere die Drecksarbeit machen lassen. Außerdem konnte sie ja wohl schlecht persönlich hier auftauchen. Nach ihrem Rausschmiss wäre das viel zu auffällig gewesen«, erklärte Chantal ihren Verdacht.

*Damit könnte sie sogar recht haben. Mit ihrem schauspielerischen Talent und ihrer kreativen Vorstellungskraft würde sie wirklich gut in unser Team passen. Außerdem würde niemals jemand vermuten, dass eine Frau, die so auffällig anders aussieht, in irgendeiner Form staatlich unterstützte Ermittlungen durchführt*, überlegte Enno. »Wollen wir sie ein wenig in die Mangel nehmen?«

In Chantals Augen leuchtete die Vorfreude auf. Nachdenklich zupfte sie sich an ihrem Nasenpiercing. »Das könnte Spaß machen«, sagte sie, packte Enno am Arm und zog ihn mit sich.

Lisa lag etwas abseits der anderen. Sie hatte ein Handtuch ausgebreitet, sich rücklings daraufgelegt und die Augen geschlossen.

»Hi Lisa!« Ohne eine Reaktion abzuwarten, setzte sich Chantal direkt neben ihre Kollegin.

Enno blieb etwas verunsichert neben den beiden Frauen stehen. Er konnte sich noch gut daran erinnern, wie ihn Lisa bei seinem ersten Gesprächsversuch hatte abblitzen lassen.

Die junge Schauspielerin schlug erschrocken die Augen auf und richtete sich wie ein Klappmesser auf. »Hi Chantal!« In ihrer Stimme war Verwunderung, aber auch Verunsicherung zu hören.

»Hast du mitbekommen, was da an Bord passiert ist?«, kam Chantal ohne Umschweife auf den Punkt. »Du warst doch auch an Deck. Hast du was gesehen?« Ihre Stimme klang verschwörerisch, aber keinesfalls anklagend.

»Nein, ich habe weder etwas gesehen noch gehört«, war Lisas zögerliche Antwort.

»Ist schon merkwürdig, oder? Warum zerstört jemand die Kamera und den Regiestuhl? Und dann noch diese Aktion mit dem Drehbuch.« Scheinbar verständnislos schüttelte Chantal den Kopf.

»Drehbuch?« Aus zusammengekniffenen Augen schaute Lisa ihre Sitznachbarin fragend an. »Was ist denn mit dem Drehbuch?«

*Raffiniert!* Enno hatte Lisas verwunderten Gesichtsausdruck sofort bemerkt. War sie nur überrascht, weil sie bisher noch nichts von einem Drehbuch gehört hatte, oder weil sie genau wusste, dass das Drehbuch überhaupt nicht dort gewesen war? Philipp Büchler ließ es nämlich nie unbeaufsichtigt herumliegen. Schließlich war es ihm besonders wichtig, dass nur er den genauen Ablauf der Dreharbeiten kannte. Das wusste jeder, der auch nur eine Szene unter seiner Regie gedreht hatte.

»Irgendwie hat es der Typ geschafft, an das Drehbuch zu kommen. Er hat alle Seiten herausgerissen und Papierschiffchen daraus gefaltet. Krasse Aktion, oder?«, log Chantal, ohne auch nur eine Miene zu verziehen. Sie war wirklich eine großartige Schauspielerin.

»Woher weißt du das?« Lisa schaute ihre Schauspielkollegin weiterhin fassungslos an.

*Da ist viel mehr als nur das Staunen über einen bisher unbekannten Fakt*, war sich Enno sicher.

»Habe ich irgendwo gehört.« Scheinbar gleichgültig schob Chantal ihre Unterlippe vor. »Vielleicht hat da aber irgendjemand auch einfach nur rumfantasiert.« Sie machte eine wegwerfende Handbewegung. »Ich finde es ohnehin viel spannender, dass Alexander Wagner einfach von der Insel verschwunden ist. Hast du eigentlich noch Kontakt zu ihm?«

»Ich?« Lisa warf Chantal einen vorwurfsvollen Blick zu. »Warum sollte ich …«

»Hi Babe!« Ein großgewachsener, durchtrainierter Mann stand plötzlich neben ihnen. Er beugte sich zu Lisa hinunter und reichte ihr ein Eis. Dann wandte er sich Chantal und Enno zu. »Sorry, wenn ich gewusst hätte, dass ihr hier seid, hätte ich euch auch eins mitgebracht.«

»Macht nichts! Du konntest ja nicht wissen …«, wollte Enno sein Gewissen beruhigen, als Chantal ihm bereits ins Wort fiel.

»Dich habe ich hier noch nie gesehen. Bist du auch Schauspieler?«, fragte sie. Sie musste den Kopf in den Nacken legen und sich die

Hand schützend vor die Augen halten, um gegen das grelle Sonnenlicht dem Unbekannten in die Augen sehen zu können.

»Ich bin kein Schauspieler!« Er lachte laut auf. »Ich bin Lisas Freund. Hat sie euch etwa noch nicht von mir erzählt? Ich wohne während der Dreharbeiten in einem kleinen Hotel. Da meine Prinzessin sich während des Drehs konzentrieren muss, sehe ich sie im Moment nur selten. Aber als sie mir geschrieben hat, dass sie dringend eine Erfrischung braucht, bin ich sofort hergedüst.« Er grinste bei diesen Worten so stolz, als habe er gerade eine wahre Heldentat vollbracht.

*Gedüst!* Enno musste innerlich schmunzeln. Lisas Freund sah zwar gut aus und schien auch einigermaßen nett zu sein, aber er gehörte definitiv nicht zu den hellsten Kerzen auf dem Kuchen.

»Marcel und ich sind schon seit einem Jahr zusammen«, sagte Lisa schnell und schickte einen weiteren stechenden Blick in Chantals Richtung.

»Dreizehn Monate«, korrigierte ihr Freund sie stolz. »Und ich liebe sie noch immer wie am ersten Tag! Für sie würde ich alles tun!«

*Alles?*, überlegte Enno. *Auch einen vermeintlichen Nebenbuhler umbringen?*

## 14. Kapitel

## Fundsachen

Hedda hatte es geschafft, Philipp Büchler in die Kabine zu lotsen, in der er für den heutigen Drehtag seinen privaten Rückzugsbereich eingerichtet hatte. Der Regisseur saß immer noch vollkommen aufgelöst in einem Sessel und klammerte sich an dem Becher Ostfriesentee fest, den die junge Ermittlerin für ihn zubereitet hatte. Die gute Nachricht, dass die Funktionstüchtigkeit der Kamera noch immer gegeben war, schien nur kurzfristig für ein wenig Entspannung bei ihm gesorgt zu haben.

»Hast du denn keine Idee, wer das getan haben könnte?«, fragte Hedda.

»Ich weiß nicht, wer das war, aber warum. Irgendwer will meinen Film sabotieren!« Der Regisseur nahm einen weiteren Schluck Tee.

»Aber wer könnte daran ein Interesse haben?« Hedda schaute ihrem Gesprächspartner tief in die Augen. Sie hatte immer noch den Verdacht, dass er selbst der Saboteur seines eigenen Films sein könnte.

Nachdenklich schaute Philipp Büchler aus dem Bullauge der Kabine. »Keine Ahnung! Vielleicht ein eifersüchtiger Berufskollege. Was weiß denn ich?«

»Aber ein Fremder wäre bestimmt aufgefallen, wenn er sich an Bord des Feuerschiffes geschlichen hätte. Es muss jemand aus deiner Crew gewesen sein.«

Fassungslos schaute der Filmemacher seine neue Hauptdarstellerin an. »Wer sollte das denn gewesen sein?«

*Tut er nur so oder kann er wirklich nicht glauben, dass irgendjemand aus seinem Filmteam der Täter sein könnte?* »Was ist mit Lea? Sie ist bestimmt immer noch sauer, weil sie ihre Hauptrolle verloren hat. Wieso hast du ihr den Job eigentlich so schnell weggenommen?«

Überrascht schaute der Regisseur Hedda an. »Willst du ihre Rolle etwa nicht mehr?«

»Doch!«, log Hedda und versuchte, dabei so überzeugend wie möglich zu klingen. Ihre unerwartete Schauspielkarriere hätte sie lieber heute als morgen an den Nagel gehängt. Wenn ihr der Job nicht bei der Ermittlungsarbeit geholfen hätte, hätte sie die Rolle ohnehin von vornherein abgelehnt. »Aber ich glaube, Leas Ego hat das einen enormen Dämpfer versetzt. Immerhin hast du eine erfahrene Schauspielerin durch eine unbekannte Statistin ersetzt. Warum hast du das getan? Es war doch auch für dich ein hohes Risiko. Du wusstest doch gar nicht, ob ich überhaupt schauspielern kann.«

Entrüstet schaute Philipp Büchler seine Hauptdarstellerin an. »Natürlich habe ich gewusst, dass du Talent hast. Ich habe ein Auge für so etwas!« Er atmete so tief durch die Nase ein, dass dabei ein pfeifender Ton entstand. »Genauso habe ich gewusst, dass Lea eine Fehlbesetzung für die Rolle ist. Ich habe sie nur genommen, weil Alexander Wagner es verlangt hatte. Als er dann …« Ruckartig verstummte er. Er sah aus wie jemand, der beinahe ein gut gehütetes Geheimnis verraten hätte.

»Als er dann?«, wiederholte Hedda seine letzten Worte und hoffte, ihn so doch noch zur Beendigung seines Satzes zu bringen.

In diesem Moment klopfte es an der Tür. Philipp Büchlers Assistentin streckte ihren Kopf durch den Türspalt, nachdem ihr Chef sie hereingebeten hatte. »Der Herr von der Zeitung ist da!«

»Ich komme!«, antwortete der Regisseur, erhob sich schwerfällig aus seinem Sessel und ging ohne einen Kommentar zur Tür hinaus.

Hedda hatte den Eindruck, dass ihm diese Fluchtmöglichkeit durchaus gelegen kam. Außerdem hatte sie nicht das Gefühl gehabt, dass Philipp Büchler von dem eingetroffenen Pressebesuch überrascht gewesen war. Hatte er den Reporter vielleicht sogar selbst bestellt? *Jeder Bericht über ihn oder einen seiner Filme steigert seine Bekanntheit*, überlegte sie.

In Gedanken versunken schaute sich Hedda in der Schiffskabine um. *Was ist denn das?* Sie stand auf und ging zu dem kleinen Tisch hinüber, auf dem ein flacher Blätterstapel lag. Der graue Umschlag, in den das Papier eingebunden war, trug die Aufschrift ›Drehbuch – V2‹. Neugierig schlug sie die erste Seite auf und überflog den Text. Sofort erkannte sie die Szene wieder, die sie mit Marvin in der Jugendherberge gespielt hatte. Vor ihr lag das streng geheim gehaltene Drehbuch von Philipp Büchlers aktuellem Borkum-Film.

Die junge Ermittlerin blätterte sich weiter durch die Seiten. Einige Passagen waren mit Textmarker gegilbt worden. Es schien sich dabei um die Szenen des Filmes zu handeln, die bereits abgedreht worden waren.

*Komisch, Alexander Wagner hat in diesem Film wirklich nur verdammt wenige Szenen*, stellte Hedda irritiert fest. *Er scheint viel mehr einen kleinen Gastauftritt zu haben und keinesfalls die Hauptrolle zu spielen.* Sie hatte bisher gerade einmal zwei Szenen entdeckt, in denen der bekannte Schauspielstar mitwirken durfte. Beide waren markiert und dementsprechend bereits abgedreht.

Hedda konzentrierte sich jetzt ausschließlich darauf, in dem Skript nach Alexander Wagners Filmcharakter zu suchen. Sie konnte einfach nicht glauben, dass der angehende Superstar nach Borkum gekommen war, nur um in dem Film eines unbekannten Regisseurs in zwei kleinen Szenen mitzuwirken. Doch erst auf der allerletzten Seite des Drehbuches fand sie seinen Filmcharakter zum dritten und letzten Mal.

*Meine Filmfigur sucht also die ganze Zeit über nach ihrem Traummann vom Strand, nur um sich am Ende doch in ihren besten Kumpel zu verlieben.* Hedda schüttelte ungläubig den Kopf. Mit diesem Ende hatte sie nun wirklich nicht gerechnet. Aber noch mehr wunderte sie sich über die letzte Szene von Alexander Wagner. *Er hat sich mit Tabletten das Leben genommen? Nur weil ich nicht am vereinbarten Treffpunkt erschienen bin?*

Gemäß Drehbuch hatte der attraktive Surfer, der von Alexander Wagner verkörpert wurde, in einer abgelegenen Hütte am Ostende der Insel Suizid begangen. Der vermeintlich lebenslustige Traummann hatte demnach heimlich unter Depressionen gelitten. Als dann noch seine Angebetete vom Strand nicht am vereinbarten Treffpunkt erschienen war, war auch sein letzter Lebenswille verflogen. Tragisch wurde das Ganze dadurch, dass er als Treffpunkt selbst den Leuchtturm der Insel vorgeschlagen hatte, ohne seiner Traumfrau dabei zu erklären, dass es auf Borkum einen alten, aber auch einen neuen Leuchtturm gab.

*Dann hat also jeder von ihnen vergeblich bei einem anderen Leuchtturm auf das Eintreffen seines Dating-Partners gewartet.* Hedda stellte sich vor, ihr wäre solch ein Missverständnis passiert. Ob sie – genau wie ihr Filmcharakter – auch auf der ganzen Insel nach ihrem Traummann gesucht hätte? *Und während ich noch überall nach ihm suche, bringt er sich in seiner depressiven Stimmung einfach um*, fasste Hedda die Tragik des Films noch einmal für sich zusammen. *Was für ein beschissenes Ende!*

Enttäuscht klappte sie das Drehbuch wieder zu. Sie hatte lediglich herausgefunden, dass Alexander Wagner in überraschend wenigen Filmszenen zu sehen sein würde. Aber inwiefern ihr das bei den Mordermittlungen helfen konnte, wusste sie nicht.

Hedda warf einen erneuten Blick auf das Deckblatt des Drehbuches. *Was hat wohl dieses V2 zu bedeuten?* Sie warf einen vorsichtigen Blick zur Tür und fragte sich, wie lange Philipp Büchler wohl noch mit dem Reporter beschäftigt sein würde. Ob ihr noch genug Zeit blieb, die Kabine nach weiteren Hinweisen zu durchsuchen?

Die junge Ermittlerin schaute sich weiter in dem kleinen, kaum möblierten Raum um. Erst nach einigen Sekunden bemerkte sie dabei die lederne Aktentasche, die irgendjemand zwischen die Kabinenwand und eine kleine Kommode geschoben hatte. Vorsichtig zog sie die Tasche aus ihrem Versteck und legte sie auf die Tischplatte. Es folgte ein weiterer nervöser Kontrollblick zur Tür, dann ließ sie die beiden mechanischen Metallverschlüsse aufschnappen.

Behutsam griff sie mit der Hand in den Innenraum der Tasche und durchsuchte den Inhalt, der sich auf zwei durch eine Ledereinlage abgetrennte Bereiche verteilte. In einem der Fächer fand sie ein altes Handy, ein Röhrchen mit Schlaftabletten und ein Rumänisch-Deutsches Wörterbuch.

Der Inhalt der anderen Seite war jedoch viel brisanter. Sie fischte ein Bündel Fünfhunderter aus der Aktenmappe und zählte die Scheine. *Merkwürdig, genau die gleiche Summe haben wir auch bei Alexander Wagners Leiche gefunden.* Vorsichtig legte sie das Geld wieder zurück und nahm stattdessen eine blaue Mappe heraus. *Volltreffer!*, dachte sie, als sie die Beschriftung auf der Vorderseite las. *Drehbuch – V1*.

Hektisch durchblätterte sie die Seiten. Dass Alexander Wagner in dieser Version des Drehbuches deutlich mehr Szenen hatte, fiel ihr dabei sofort ins Auge. *Dann steht das »V« also für Version*, fiel bei Hedda plötzlich der Groschen. Hatte der Regisseur etwa ein komplett neues Drehbuch geschrieben, nachdem sein Star ermordet worden war? Wusste er also doch von dem Mord? Aber war es denn überhaupt möglich, ein Drehbuch in derart kurzer Zeit umzuschreiben?

Während sie in Gedanken über die Mordmotive des Regisseurs rätselte, blätterte sie sich mechanisch weiter durch das Skript. Als sie die letzte Seite erreicht und den Inhalt gelesen hatte, schlug sie sich erschrocken die Hand vor den Mund. Hektisch griff sie nach der anderen Version des Drehbuches und schlug auch hier die letzte Seite auf. Wie ein Tennisball sprangen ihre Augen von dem einen Manuskript zu dem anderen. Sie konnte einfach nicht glauben, was sie gerade entdeckt hatte.

## 15. Kapitel

## Cliffhanger

Nachdem der Dreh auf dem Feuerschiff doch noch fortgesetzt und erfolgreich abgeschlossen werden konnte, hatten Hedda und Enno eine kleine Pause, ehe gegen Abend noch weitere Szenen am Borkumer Musikpavillon aufgenommen werden sollten. Die beiden Ermittler hatten sich in ihr Pensionszimmer zurückgezogen, um sich gegenseitig auf den neuesten Stand zu bringen.

»Erzähl du zuerst!«, sagte Hedda. »Meine Neuigkeiten werden dich so umhauen, dass du hinterher sowieso keinen klaren Gedanken mehr fassen kannst.«

»Jetzt machst du mich aber neugierig! Aber okay, dann fange ich halt an.« Enno berichtete seiner Freundin von Chantals Beobachtung, ihrer gemeinsamen Befragung von Lisa und deren Freund.

Gebannt hing Hedda an Ennos Lippen. »Und er hat wirklich ›Für sie würde ich alles tun‹ gesagt?«

Enno nickte. »Vielleicht hat Marcel ja herausgefunden, dass seine Freundin etwas mit Alexander Wagner am Laufen hatte, und hat seinen Nebenbuhler aus purer Eifersucht umgebracht. Obwohl ich ihm das eigentlich nicht zutraue. Auf mich wirkte er eher wie ein sanftmütiger Idiot. Der würde die Untreue seiner Freundin wahrscheinlich noch nicht einmal bemerken, wenn sie ihm erzählen würde, dass sie die ganze Nacht mit einem männlichen Kollegen auf dessen Hotelzimmer verbringen müsste, um für ihre Rollen zu proben.« Bei dem Gedanken an diese absurde Szene huschte ein Grinsen über Ennos Gesicht.

»Oder aber seine Freundin hat ihn beauftragt, Alexander Wagner umzubringen. Würdest du ihm das denn zutrauen?«

»Wenn sie ihm gleichzeitig auch einen guten Grund geliefert hat, dann vielleicht. So wie er sie angesehen hat, vergöttert er diese Frau. Dieser Zustand, gepaart mit seiner kindlichen Naivität, ist unter Umständen eine gefährliche Mischung. Aber was für einen Grund könnte sie ihm denn geliefert haben?«

Beide schauten sich für einen Moment gedankenverloren an.

»Jetzt bist du aber dran!«, durchbrach Enno die Stille. Er brannte darauf, zu erfahren, was seine Freundin herausgefunden hatte.

Hedda erzählte ihm von dem Gespräch mit Philipp Büchler, der gefundenen Aktentasche, dem Bargeld und dem zweiten Drehbuch.

»Das kann doch kein Zufall sein, dass er und das Mordopfer jeweils fünfzigtausend Euro in bar bei sich getragen haben. Ob die einen gemeinsamen Deal abgewickelt haben, für den sie entsprechend abkassieren konnten?« Enno dachte an die gefundenen Drogen in Alexander Wagners Koffer. »Vielleicht haben die zusammen das Zeug vertickt und sich hinterher die Einnahmen geteilt«, mutmaßte er weiter.

»Ja, genau! Und die Käufer waren enttäuscht von der Ware. Vielleicht haben sie hinterher festgestellt, dass der Stoff gestreckt war oder so etwas in der Art«, stieg Hedda in seine Theorie mit ein.

»Aber warum haben die Käufer dann nur Alexander Wagner ermordet und nicht auch noch Philipp Büchler?«

Hedda dachte an das Röhrchen Schlaftabletten, das sie in der Aktentasche des Regisseurs gefunden hatte. »Vielleicht konnte Alexander Wagner vor Aufregung nicht schlafen und ist deshalb nochmal zu einem nächtlichen Spaziergang aufgebrochen. Das könnte ihm zum Verhängnis geworden sein.« Sie machte eine kurze Pause und dachte an die Reaktion des Regisseurs, als er von der Verwüstung auf dem Feuerschiff erfahren hatte. Ob er Panik bekommen hatte, weil er befürchtete, dass ihr verärgerter Abnehmer jetzt auch ihn beseitigen wollte? War ihm vielleicht genau in diesem Moment klar geworden, dass Alexander Wagner mehr als nur verschwunden sein könnte?

Sie wollte gerade Enno von ihren Gedanken berichten, als ihr wieder einfiel, warum sie eigentlich Philipp Büchler für den Hauptverdächtigen in diesem Mordfall hielt. »Ich glaube, der Regisseur war es!«, platzte es entsprechend aus Hedda heraus.

»Was? Aber wir haben doch gerade …«

»Ich habe in seiner Kabine auf dem Schiff zwei Drehbücher gefunden. In einem spielt Alexander Wagner kaum eine Rolle. Er erscheint nur in drei Szenen, die auch alle schon abgedreht sind.«

»Und in dem anderen?«, fragte Enno. Er platzte fast vor Neugierde.

»In dem anderen spielt er eine wirkliche Hauptrolle und ist in nahezu jeder Szene dabei.«

»Du meinst, Philipp Büchler hat die Story schnell umgeschrieben, nachdem ihm klar geworden ist, dass sein Star keine weiteren Szenen mehr würde drehen können?«, kombinierte Enno.

»Das war auch mein erster Gedanke, bis ich das Datum am Ende der letzten Seite gesehen habe. Demnach ist das abgeänderte Drehbuch vor über drei Monaten fertiggestellt worden.«

»Das bedeutet ja, dass er schon vor Alexander Wagners Tod die Story geändert hat.« Ennos Augen weiteten sich. Hatte der Regisseur den Mord etwa von langer Hand geplant?

»Davon ist auszugehen«, bestätigte Hedda. »Zumal das Datum unter dem ersten Drehbuch sechs Wochen jünger ist.«

»Dann hat er Version zwei vor Version eins geschrieben? Das kann doch nur bedeuten, dass er bereits vor einigen Monaten gewusst hat, dass sein Star nur wenige Szenen würde abdrehen können.«

»Ganz genau! Und es gibt noch ein weiteres Indiz, das ihn belastet. In der ersten Version wird Alexander Wagners Charakter am Ende des Filmes ermordet. Und jetzt rate mal, wie er dort umgebracht wurde!«

»Frostschutzmittel?!« Enno wusste selbst nicht, ob er dieses Wort als Antwort oder als Frage betont hatte.

Hedda nickte. »Ganz genau!«

## 16. Kapitel

## Eifersucht

Direkt an der Borkumer Strandpromenade stand der berühmte Musikpavillon der Insel. Das runde Gebäude, das 1911 erbaut wurde, war komplett in Gelb und Weiß gehalten. Auf dem dunklen Dach des Bauwerkes zeigte eine Wetterfahne die aktuelle Windrichtung an. Hinter den hohen Schiebefenstern saßen tagsüber diverse Musiker und spielten für die Touristen ihre aktuellsten Stücke. Rings um den Pavillon luden mehrere Sitzbänke zum Verweilen und Lauschen ein.

Auch in diesem Moment spielte eine Band in dem historischen Gebäude. Das Besondere war nur, dass der Bereich vor dem Musikpavillon abgesperrt worden war, damit Philipp Büchler und seine Crew hier in aller Ruhe eine Szene drehen konnten.

Hinter der provisorischen Absperrung hatten sich unzählige schaulustige Urlauber versammelt, um das Treiben vor und hinter der Kamera zu beobachten. Auf Borkum wurde den Touristen zwar so einiges geboten, aber einen Filmdreh gab es hier nun wirklich nicht jeden Tag zu bestaunen.

Während Hedda und Marvin sich mit dem Regisseur in eine ruhigere Ecke zurückgezogen hatten, um den Text und die Instruktionen für die anstehende Szene zu besprechen, stand Enno neben Hans in der vordersten Reihe. Dieses Mal wollte er aus nächster Nähe betrachten, wie sich seine Freundin als Schauspielerin schlug.

Hans zupfte Enno am Unterarm und winkte ihn mit dem Zeigefinger zu sich herunter. »Morgen, spätestens übermorgen, wird die Polizei eingeweiht«, flüsterte er Enno ins Ohr.

»Was? Wieso das denn?«, fragte der junge Geheimdienstmitarbeiter überrascht und auch etwas zu laut.

»Anweisung vom Chef. Alexander Wagner hatte wohl für heute auch auf dem Festland einige Verabredungen getroffen. Sein Verschwinden ist also auch außerhalb dieser Insel nicht unbemerkt geblieben. Es sind wohl schon dutzende Reporter hierher unterwegs, wenn nicht sogar schon einige von denen längst hier sind.«

»So ein Mist«, zischte Enno leise zwischen seinen zusammengepressten Zähnen hervor. »Dann wird das Ermitteln für uns sicherlich nicht leichter. Wir haben zwar einige Verdächtige, aber keiner von denen hat bei uns bisher den Anschein erweckt, als ob er von Alexander Wagners Tod Bescheid wüsste.«

»Dann müsst ihr euch halt beeilen«, war die lapidare Antwort des Kleinwüchsigen. »Auf der anderen Seite bietet euch die neue Situation auch die Möglichkeit, euren Verdächtigen ganz andere Fragen zu stellen. Und vielleicht bekommt die Polizei ja auch noch etwas heraus, was euch bisher verborgen geblieben ist. Es war schließlich das erste Mal, dass unsere Einheit ermitteln durfte, noch bevor die Polizei eingeweiht wurde. Jörg ist mit diesem Wagnis ein enormes Risiko eingegangen. Wenn er zu lange abwartet und damit vielleicht sogar den Ermittlungserfolg riskiert, kann das seinen Job und den Bestand der ganzen Spezialeinheit gefährden.«

In diesem Moment kamen Hedda, Marvin und Philipp Büchler zurück. Das Eintreffen der drei sorgte am Set gleich für hektische Betriebsamkeit. Der Kameramann postierte sich hinter seinem Arbeitsgerät, der Lichttechniker leuchtete die Parkbank aus, auf der die beiden Schauspieler jetzt Platz nahmen. Der Verantwortliche für den Ton ließ sein flauschiges Mikrofon oberhalb von Heddas und Marvins Köpfen schweben. Die Regieassistentin rief sämtliche Zuschauer, die gespannt direkt hinter dem Absperrband warteten, zur absoluten Ruhe auf.

Das Gemurmel der Leute verstummte immer mehr, bis man schließlich nur noch die vereinzelten Windböen hören konnte, die von der Wasserseite her über die Promenade wehten. Dann gab Philipp Büchler der Band, die oberhalb der Parkbank – im Inneren des Pavillons – saß, ein Zeichen. Die Musiker zauberten mit ihren Instrumenten eine wundervoll klingende, rein instrumentale Melodie.

»Und … ACTION!«, rief der Regisseur und ließ seine Hand nach unten sausen, als hielte er bei einem Wettrennen die Startflagge in der Hand.

»Klingt das nicht toll?«, fragte Marvin, warf einen schüchternen Blick zu Hedda hinüber, schaute aber im nächsten Augenblick schon wieder auf den Boden zu seinen Füßen.

»Ja, total romantisch«, bestätigte sie und strich sich eine Strähne ihrer blonden Perücke hinter das Ohr. »Wenn doch nur Josch hier wäre«, seufzte sie, lehnte ihren Kopf an Marvins Schulter und schaute verträumt in den nahezu wolkenfreien Abendhimmel.

»Kannst du denn nicht mal für einen Moment diesen Surfer vergessen?«

Hedda setzte sich wieder auf, rutschte ein wenig auf der Bank zur Seite, verkeilte ihre Beine zum Schneidersitz und richtete sich so aus, dass sie direkt in die Richtung ihres Sitznachbarn schaute. »Ist alles okay mit dir? Ich dachte, du wolltest mir helfen, meinen Traummann zu finden.«

Schweigsam und in sich zusammengesunken starrte Marvin weiterhin auf seine Schnürsenkel.

Mit der Faust schlug Hedda ihrem Schauspielkollegen spielerisch auf den Oberarm. »Hey, wir sind doch Kumpel, oder etwa nicht?«

Marvin neigte den Kopf und schaute seine Sitznachbarin aus feuchten Augen traurig an. »Hast du schon einmal darüber nachgedacht, dass ich vielleicht nicht nur dein Kumpel sein möchte?«, fragte er mit vorwurfsvoller und gleichzeitig auch brüchiger Stimme.

»Wie … Aber wir sind doch schon seit der Kindheit …«

»Genau!«, wurde Marvin lauter. »Seit der Grundschule sind wir unzertrennliche Freunde. Doch wir sind nicht mehr die Kinder von damals. Nur während du immer mehr zu einer wunderschönen Frau geworden bist, von der sich die Jungs angezogen fühlen wie Winnie Puh vom Honig, bin ich immer nur der unscheinbare Kumpel an deiner Seite geblieben. Weißt du eigentlich, wie schwer es mir gefallen ist, direkt neben dir zu stehen, wenn dich mal wieder ein anderer geküsst hat? Hast du eine Ahnung, wie ich mich gefühlt habe, wenn du mir von einem anderen Jungen vorgeschwärmt hast?« Er machte eine kurze Pause und schaute seiner Filmfreundin erwartungsvoll in die Augen.

Doch die schien von den offenen Worten ihres Freundes vollkommen überfordert zu sein. Hilflos versuchte sie, die neue Situation zu bewerten und gleichzeitig nach den passenden Worten zu suchen. Aber offensichtlich gelang ihr das nicht. Außer ein paar stotternden Lauten brachte sie kein einziges Wort mehr heraus.

»Du hast immer sofort erkannt, wenn ein Typ in der Disko dich anziehend fand. Du wusstest immer ganz genau, welche Jungs im Freibad dir gierig hinterhergeschaut haben. Aber die sehnsüchtigen Blicke des Jungen, der seit Jahren treu an deiner Seite steht, hast du nie bemerkt!?« Der letzte Satz war Frage, Vorwurf und Aussage in einem.

»Ich … Ich wusste wirklich nicht …« Behutsam legte Hedda ihrem Sitznachbarn die Hand auf den Unterarm.

Als hätte diese Berührung Marvin einen Stromschlag versetzt, sprang dieser von der Sitzbank auf, wandte sich von Hedda ab und machte einen energischen Schritt in die entgegengesetzte Richtung.

»Warte!« Hedda beugte ihren Oberkörper vor, streckte den Arm nach ihrem Drehpartner aus und packte ihn am Handgelenk.

Marvin blieb stehen, drehte ihr aber unverändert den Rücken zu. Mit dem Handrücken wischte er sich eine vermeintliche Träne aus dem Gesicht.

»Weinst du?«, fragte Hedda. Sie war jetzt ebenfalls von ihrem Sitzplatz aufgesprungen, hielt ihren Filmkumpel aber unverändert am Handgelenk fest. Mit der freien Hand packte sie nach seiner Schulter und drehte ihn langsam zu sich herum. Als sie sich jetzt wieder von Angesicht zu Angesicht gegenüberstanden, fasste sie nach seinen Händen und schaute ihm tief in die Augen. »Es tut mir …«

Marvin ließ sie nicht aussprechen, packte ihr Gesicht mit beiden Händen und küsste sie direkt auf den Mund.

Überrascht begutachtete Enno die Szene, die sich direkt vor seinen Augen abspielte. Der Kuss schien eine Ewigkeit zu dauern. Sein Magen zog sich krampfhaft zusammen. Auch wenn er wusste, dass das alles nur gespielt war, gefiel es ihm überhaupt nicht, seine Freundin dabei zu beobachten, wie sie einen anderen Mann küsste. *Sahen die Küsse im Fernsehen auch immer so leidenschaftlich und echt aus wie dieser hier?*

»Und … SCHNITT!« Philipp Büchler klatschte begeistert in die Hände. »Ihr wart großartig! Dieser Kuss … Da war so viel Gefühl«, schwärmte er weiter.

*Da muss ich ihm leider recht geben*, dachte Enno missmutig und verschränkte unbewusst die Arme vor der Brust.

»Du bist doch nicht etwa eifersüchtig?« Hans schaute seinen großgewachsenen Kollegen schmunzelnd an.

»Ich? Ach Quatsch! Wieso sollte ich?«, reagierte er so gelassen wie möglich.

Der kleinwüchsige Geheimdienstkollege grinste ihn frech an. »Also, deine Freundin ist definitiv eine bessere Schauspielerin als du.«

***

Nach einem anstrengenden Dreh- und Ermittlungstag lagen Hedda und Enno nebeneinander in ihrem Pensionsbett. Während Enno Löcher in die weiß gestrichene Decke starrte, stöberte Hedda mit ihrem Smartphone im Internet herum. Sie musste unbedingt checken, wie es um ihren Debütroman stand.

»Ich habe zwei neue, sehr positive Bewertungen«, teilte Hedda ihre Freude mit Enno. Sie strahlte über das ganze Gesicht, während ihre Augen zum wiederholten Male die Zusammenfassung ihrer äußerst zufriedenen Leser scannten. Dabei bemerkte sie überhaupt nicht, dass ihr direkt neben ihr liegender Freund sich überhaupt nicht mit ihr freute.

Ein abwesendes Brummen war Ennos einzige Reaktion. Er war so sehr mit seinen Gedanken beschäftigt, dass er es nicht einmal schaffte, den Kopf zur Seite zu drehen.

»Yippie!« Hedda ließ vor Begeisterung ihr Handy in den Schoß fallen und reckte ihre Fäuste wie ein Olympiasieger in den Himmel. »Gestern wurden fünfundzwanzig eBooks von meinem Krimi verkauft!« Sie sprang aus dem Bett, tanzte um die Matratze herum und hechtete schließlich mit einem lauten Juchzer zurück auf die Schlafwiese.

»Toll«, sagte Enno, legte dabei aber die Emotionalität eines Faultiers an den Tag.

»Ist alles okay mit dir?« Mit einer schwungvollen Bewegung rollte sich Hedda so herum, dass sie jetzt aufrecht auf dem Schoß ihres Freundes saß und ihm somit den Blick auf die weiß gestrichene Zimmerdecke versperrte.

»Alles bestens.« Enno gab sich Mühe, so zu klingen, als wäre wirklich alles in Ordnung. Doch die Gedanken, die ihn schon seit Stunden quälten, konnte er einfach nicht abstellen.

»Sehr schön!«, sagte Hedda. »Ich habe nämlich Lust, ein wenig zu feiern.« Sie beugte ihren Oberkörper herunter und küsste ihren Freund leidenschaftlich auf den Mund. Dass Enno diese Liebkosung jedoch nur halbherzig erwiderte, bemerkte sie sofort. Sie richtete sich wieder auf und schaute ihm tief in die Augen. »Nun sag schon, was los ist!«

Der junge Ermittler seufzte. Er hatte keine Lust auf das vor ihm liegende Gespräch, aber er spürte, dass er einfach nicht darum herumkam. »Es geht um den Kuss«, begann er sein zurückhaltendes Benehmen zu erklären.

»Du meinst den Kuss mit Marvin?«

Enno nickte verlegen. Die Gefühle, die der Anblick des Filmkusses bei ihm ausgelöst hatte, waren ihm irgendwie peinlich, weil er sie sich rational nicht erklären konnte. Aber sie waren nun mal da und hatten sich auch nicht durch Nachdenken oder Löcher-in-die-Decke-Starren eliminieren lassen.

»Du weißt aber schon, dass ich das nur gemacht habe, weil es so im Drehbuch stand?« Der jungen Autorin gefiel es, dass ihr Freund mal richtig eifersüchtig zu sein schien. Herausfordernd grinste sie ihn an.

»Natürlich weiß ich das!«, reagierte Enno verärgert. Das Gefühl, dass seine Freundin ihn belächelte, machte die unangenehme Situation für ihn fast unerträglich. Auch wenn er ansonsten eher ruhig und besonnen reagierte, fühlte er sich in diesem Moment total missverstanden. »Ich kann es doch auch nicht erklären, aber irgendwie war mir euer Kuss einfach zu ...« Er suchte nach dem richtigen Wort, dass beschreiben konnte, was er gefühlt hatte, als er zusehen musste, wie ein anderer Mann seine geliebte Freundin küsste.

*So kenne ich ihn ja gar nicht.* Erwartungsvoll schaute Hedda ihren Freund an. Sein Verhalten kam für sie vollkommen überraschend.

»… echt«, ergänzte Enno seinen letzten Satz schließlich, nachdem ihm kein Wort eingefallen war, welches seinen Eindruck besser hätte beschreiben können. »Es sah einfach nicht aus wie ein Filmkuss, sondern wie ein leidenschaftlicher Kuss von zwei frisch Verliebten.«

Hedda wusste zunächst nicht, wie sie reagieren sollte. In ihrer Unsicherheit versuchte sie, die unangenehme Situation zu überspielen. »Du bist ja so süß, wenn du eifersüchtig bist«, sagte sie, lächelte ihren Freund verliebt an und startete einen erneuten Versuch, ihm einen Kuss zu geben.

Doch noch bevor ihre Lippen sich berührten, drehte Enno energisch den Kopf zur Seite. »Hast du ihn jetzt echt geküsst oder nicht?«

Hedda richtete ihren Oberkörper wieder auf, stieg von ihrem Freund herunter und setzte sich im Schneidersitz auf die andere Matratze des Doppelbettes. »Wie meinst du das? Was ist denn für dich überhaupt ein echter Kuss?«

»Na, Schauspieler machen doch immer so Filmküsse, wenn das Drehbuch eine Kussszene von ihnen verlangt.«

»Und weißt du vielleicht, wie so ein Filmkuss geht?«, entgegnete Hedda trotzig. »Hast du vielleicht einen Filmkuss gelernt, als du zum Schauspielunterricht der Geheimeinheit gegangen bist?«

»Äh, nein.« Zögerlich schüttelte Enno den Kopf.

»Na siehst du, ich auch nicht.« Hedda zuckte unschuldig mit den Schultern. »Und von der Kussszene habe ich erst ganz kurz vor dem Dreh erfahren. Was hätte ich denn deiner Meinung nach tun sollen? Hätte ich vielleicht Marvin vorher fragen sollen, wie so ein Filmkuss geht?«

So hatte Enno das noch gar nicht betrachtet. Die Eifersucht hatte ihn so geblendet, dass er überhaupt nicht darüber nachgedacht hatte, wie schwierig die ungewohnte Situation für seine Freundin gewesen sein musste.

»Gibt es denn so etwas wie einen Filmkuss überhaupt?« Schmollend schob Hedda die Unterlippe leicht vor und verschränkte die Arme vor der Brust.

Jetzt richtete auch Enno sich auf, setzte sich direkt vor seine Freundin und legte seine Hände auf ihre Unterschenkel. »Entschuldige bitte, es sah nur so leidenschaftlich aus.«

»Was daran gelegen haben könnte, dass ich mir einfach vorgestellt habe, dass ich dich küssen würde«, versuchte Hedda eine Erklärung für den echt aussehenden Kuss zu liefern. »Ich hatte echt Bammel vor der Szene und wollte sie auf keinen Fall mehrfach wiederholen müssen, nur weil der Kuss nicht echt genug ausgesehen hat.«

»Und da hast du dir gedacht, lieber einmal und dafür richtig?«, fragte Enno verlegen nach. Auch wenn es ihm missfiel, dass Hedda ihren Schauspielkollegen genauso geküsst hatte, als wäre er es gewesen, konnte er der Logik seiner Freundin doch etwas abgewinnen.

»Genau das!«, antwortete Hedda mit einer Spur Resttrotz in ihrer Stimme.

Als Enno sich gerade zu ihr rüberbeugen wollte, um sich mit einem Kuss zu entschuldigen, hörte er ein merkwürdiges Geräusch aus dem Flur der kleinen Pensionswohnung. Reflexartig sprang er auf und rannte zur Tür. »Hier liegt ein Zettel!«, rief er Hedda durch die offen stehende Tür zu.

## 17. Kapitel

## Entführung

»Was steht drauf?« Aufgeregt war Hedda zu Enno geeilt und schaute ihn mit großen erwartungsvollen Augen an.

»Der ist für dich!« Enno reichte seiner Freundin den zusammengefalteten Zettel, auf dessen Außenseite ihr Name in großen Druckbuchstaben geschrieben stand. Er gab sich Mühe, nicht wieder in die ungewohnte Eifersucht zu verfallen, fragte sich aber doch, ob der Brief eventuell von Marvin stammen könnte.

Ohne auch nur einen Augenblick über den potentiellen Absender nachzudenken, nahm Hedda den Zettel entgegen, faltete ihn auseinander und las die ebenfalls in großen Druckbuchstaben verfassten Zeilen:

*DU SUCHST ANTWORTEN?*
*DANN KOMME HEUTE UM MITTERNACHT ZUM AQUARIUM.*
*ALLEINE!*

»Auf keinen Fall gehst du da alleine hin«, protestierte Enno, noch ehe seine Freundin sich zu ihren weiteren Absichten äußern konnte.

Nachdenklich fuhr Hedda sich mit den Fingerkuppen über die Lippen. Sie fragte sich, wer diesen Brief geschrieben haben könnte und warum er nur sie alleine sehen wollte.

»Das ist viel zu gefährlich!«, legte Enno nach. Er kannte seine Freundin gut genug, um zu erkennen, dass die geheimnisvolle Botschaft ihr Interesse geweckt hatte.

»Aber es könnte mit unserem Fall zu tun haben. Vielleicht hat irgendjemand Neuigkeiten im Mordfall Alexander Wagner für uns«, wandte sie ein.

»Mal angenommen, du hättest mit dieser Vermutung recht. Warum sollte der geheimnisvolle Informant gerade mit dir sprechen wollen? Du bist weder Polizistin noch Reporterin. Und von deiner Mitgliedschaft in der Geheimeinheit wissen auf der Insel nur zwei Leute – Hans und ich.« Während er sprach, tippte sich Enno die ganze Zeit über an die Stirn, so als ob er Hedda sagen wollte: ›Denk doch mal nach!‹

Der Einwand ihres Freundes leuchtete Hedda ein. Dennoch hatte sie das Gefühl, dem Hinweis unbedingt nachgehen zu müssen. »Du hast ja recht«, stimmte sie ihm daher zunächst zu. »Aber ich habe da so ein Gefühl.«

»Jetzt komm mir nicht mit der Nummer! Jörg magst du damit ja um den Finger wickeln können, aber mich nicht.« Enno erinnerte sich noch gut daran, wie Hedda bei ihrem letzten Fall eine ihrer speziellen inneren Eingebungen vorgetäuscht hatte, um die Ermittlungen in die von ihr gewünschte Richtung zu lenken.

Die junge Ermittlerin wusste sofort, auf welche Szene ihr Freund anspielte. Sie konnte ihm seinen Einwand daher auch überhaupt nicht übelnehmen. »Es ist keines von diesen vermeintlich übersinnlichen Gefühlen, die ich angeblich haben soll. Es ist vielmehr so eine Art weibliche Intuition.«

Während Hedda noch darüber nachdachte, ob diese Wortwahl überhaupt zutreffend war, brach Enno vor ihren Augen in lautes Gelächter aus. »Kommt das nicht auf das Gleiche raus?«

»Blödmann!« Auch Hedda musste jetzt lachen.

Im Anschluss diskutierten sie noch lange über die Risiken und Chancen der mitternächtlichen Aktion, einigten sich aber schlussendlich auf einen Kompromiss. Hedda würde zum vereinbarten Treffpunkt gehen, aber Enno würde versuchen – entgegen der Anweisung – ihr heimlich zu folgen.

Um dreiundzwanzig Uhr fünfunddreißig verließ die junge Ermittlerin das Pensionszimmer. Weil sie nicht wussten, ob sie vielleicht beobachtet wurden, hatte Enno ihre gemeinsame Unterkunft bereits vor einer halben Stunde verlassen und wartete hinter dem Musikpavillon darauf, dass Hedda irgendwann vorbeikommen würde. Sie konnten sich zwar nicht sicher sein, dass nicht auch Enno unter Beobachtung stand, aber sie kamen dennoch zu dem Schluss, dass diese Vorgehensweise weniger auffallen würde, als wenn er ihr nur wenige Minuten später direkt aus der Pension heraus folgte.

Während nun der junge Ermittler seiner Freundin der immer dunkler werdenden Promenade Richtung Südstrand entlang folgte, bemerkte er die dunkle Gestalt nicht, die sich hinter der Betonwand am DLRG-Vereinsheim ›Middelhüsche‹ verborgen hielt.

Doch als er das kleine Backsteingebäude gerade passiert hatte, packte ihn plötzlich eine Hand von hinten an der Schulter.

Erschrocken wirbelte er herum und hob reflexartig die Faust zum Schlag.

»Ho, ho, ganz ruhig!« Mit erhobenen Händen wich eine großgewachsene, breitschultrige Gestalt vor ihm zurück.

»Marcel?« Trotz der Dunkelheit hatte der junge Ermittler Lisas Freund sofort erkannt.

»Was machst du denn hier? Es ist doch schon fast Mitternacht.«

»Das Gleiche könnte ich dich auch fragen«, entgegnete Enno und drehte seinen Kopf hektisch über die Schulter. Er konnte das Licht der Taschenlampe, mit der Hedda unterwegs war, gerade noch erkennen. Es entfernte sich immer weiter von ihm. Vom Strand aus bliesen ihm starke Böen ins Gesicht. Hedda hatte bei diesen Windverhältnissen wahrscheinlich nichts von dem ungeplanten Zwischenstopp ihres Freundes mitbekommen.

»Ich gehe nachts gerne spazieren und schaue mir die Sterne an«, antwortete Marcel.

*Wer's glaubt, wird selig!* »Tut mir echt leid, ich würde ja gerne noch plaudern, aber ich muss jetzt echt weiter.« Ohne eine weitere Reaktion abzuwarten, wandte Enno sich von seinem Gesprächspartner ab und versuchte, Tempo aufzunehmen. Er musste den Abstand zu seiner Freundin unbedingt wieder verkürzen.

»Warte!«, rief Marcel ihm hinterher.

Doch Enno reagierte nicht darauf. Er tat einfach so, als habe er ihn nicht gehört, und eilte mit zügigen Schritten Richtung Südstrand. Da spürte er plötzlich einen kräftigen Stoß in seinem Rücken. Er stolperte vorwärts und verlor dabei fast das Gleichgewicht.

»Ich habe gesagt, du sollst warten!«, schrie Marcel ihn an und packte ihn mit seiner riesigen Hand am Hals. Er klang auf einmal viel wütender als noch kurz zuvor. Gleichzeitig war ihm aber auch eine gewisse Verunsicherung anzusehen.

Enno blieb die Luft weg. Im Selbstverteidigungskurs, den er zur Vorbereitung auf seine Geheimdiensttätigkeit absolvieren musste, hatte er zwar gelernt, wie er auf einen solchen Angriff reagieren konnte, aber irgendwie war das im Training doch etwas ganz anderes.

»Kann es sein, dass du meine Freundin letztens angebaggert hast?« Wie ein feuchter Sturm flogen die Worte aus Marcels Rachen direkt in Ennos Gesicht. Glücklicherweise lockerte er im selben Atemzug seinen Griff, sodass er wieder zu Atem kommen konnte.

***

In der Zwischenzeit hatte Hedda ihr Ziel, das Aquarium, erreicht. Das große Schaufenster an der rechten Seite des langgezogenen Backsteingebäudes war dezent erleuchtet und warf einen zarten Lichtschatten auf die vor ihm liegende Bürgermeister-Kieviet-Promenade. Den Zettel, der mit Tesafilm von außen an die Scheibe des Aquariums geklebt worden war, erkannte Hedda daher sofort.

Mit einem Ruck löste sie das Papier von der Glasscheibe und las die darauf geschriebene Botschaft. Die Druckschrift stimmte mit der auf der ersten Nachricht überein.

*GEHE RUNTER ZUM STRAND!*

Verwundert drehte Hedda sich um und schaute in Richtung Meer. In der Dunkelheit konnte sie nur das Rauschen der Nordsee und das Pfeifen des Windes hören. Aber sehen konnte sie absolut nichts. Vorsichtig trat sie an den Rand der Promenade heran. Genau in diesem Moment sah sie ein elektrisches Licht aufleuchten, das ein kleines Fenster erhellte.

*Steht da etwa ein Häuschen direkt am Strand?*, wunderte Hedda sich. Sie konnte sich das eigentlich nicht vorstellen.

Sie leuchtete mit ihrer Taschenlampe in die Richtung, in der sie Enno vermutete, und schwenkte von dort aus zwei Mal in Richtung Strand. Sie hatten zuvor vereinbart, dass sie ihrem Freund so einen Richtungswechsel anzeigen sollte. Dann rutschte sie vorsichtig die steile Böschung hinunter und ging über den Sandstrand auf das erleuchtete Fenster zu.

***

»So ein Quatsch, ich habe deine Freundin niemals angebaggert«, protestierte Enno kopfschüttelnd. »Und ich habe jetzt wirklich keine Zeit für kindische Eifersuchtsattacken.« Erneut machte er auf der Stelle kehrt. Er musste so schnell wie möglich hinter Hedda her. *Hoffentlich geht es ihr gut!* Doch dieses Mal spürte er, wie Marcels Pranke ihn an der Schulter festhielt. Der junge Ermittler wirbelte herum, duckte sich ab und befreite sich mit einem gezielten Handkantenschlag aus dem Griff seines Angreifers.

Marcel schaute für einen Moment verdutzt. Er hatte offensichtlich nicht mit einem kampfsporterfahrenen Gegner gerechnet. Doch dann ließ er eine ansatzlose Gerade folgen, die Enno nicht mehr abwehren konnte. Die Faust traf den jungen Geheimdienstmitarbeiter direkt im Gesicht. Benommen taumelte er zunächst ein paar Schritte rückwärts, bevor er schließlich doch zu Boden fiel. Sofort versuchte er, sich wieder aufzurappeln, doch seine Beine versagten ihm den Dienst.

»Tut mir leid! Das wollte ich nicht!« Marcel packte ihn am Arm und half ihm beim Aufstehen.

Enno fand die Reaktion seines Kontrahenten zwar mehr als ungewöhnlich, konnte sich aber für einen kurzen Moment nicht mehr daran erinnern, wie er überhaupt hierhergekommen war. *Was mache ich hier bloß?*, fragte er sich, während er sich die Hand über die schmerzende Stelle hielt, an der Marcels Faust ihn getroffen hatte. *Und wo ist Hedda?*

***

*Ein Badekarren?* Hedda ließ ihre Taschenlampe über den rot gestrichenen, zweirädrigen Wagen gleiten, der früher benötigt wurde, damit auch Frauen im Meer baden konnten. Die hölzernen Umkleidekabinen wurden dafür per Pferdegespann ins Wasser gezogen. Da es sich in der damaligen Zeit als Dame nicht geziemte, in Sichtweite der Männer zu baden, stiegen die Frauen dann über eine kleine Treppe, die an der Rückseite des Wagens befestigt worden war, direkt ins Wasser hinab.

Hedda hatte am Strand schon mehrere dieser Vorrichtungen gesehen. Sie sahen wie kleine Bauwagen aus, die man auf einem alten Pferdefuhrwerk befestigt hatte. Überall auf der Insel standen die in verschiedenen Farben gestrichenen Gefährte als Dekorationsobjekte herum.

Zur Sicherheit umrundete sie zunächst den Wagen, bevor sie vorsichtig nach der Türklinke griff und die Tür, die einen winzigen Spaltbreit offen stand, komplett aufstieß. Der Wagen war zwar hell erleuchtet, schien aber verlassen zu sein.

Während sie den Fuß über die Schwelle setzte, fragte sie sich noch, wer wohl das Licht in dem Badekarren eingeschaltet hatte. Doch erst als sie mitten in dem winzigen Raum stand, schoss ihr in den Sinn, dass diese Person noch nicht allzu weit weg sein konnte.

Doch diese Erkenntnis kam zu spät. Denn im selben Augenblick ging das Licht im Badekarren aus und die Tür fiel hinter ihr geräuschvoll ins Schloss. Sofort warf sie sich von innen dagegen und presste die Klinke herunter, doch es half nichts, der Eingang schien von außen verriegelt worden zu sein.

Hedda hielt den Atem an. Was sollte sie jetzt nur tun? Sie schaltete die Taschenlampe wieder ein und verschaffte sich einen flüchtigen Überblick über ihr beengtes Gefängnis. Allem Anschein nach war der kleine Raum vollkommen leer.

*Soll ich die Scheibe einschlagen?* Hedda wusste nicht, was sie tun sollte. *Wo bleibt nur Enno?* Die Angst machte ihr mit jeder Sekunde mehr zu schaffen. Beengte, stockdunkle Räume gehörten definitiv nicht zu ihren Lieblingsorten. *Wer hat mich hier eingesperrt, und vor allem: Warum? Ob der- oder diejenige draußen noch auf mich wartet?*

*Enno!* Hedda eilte zum Fenster und leuchtete mit der Taschenlampe durch die Scheibe. Ob ihr Freund in Gefahr war?

Plötzlich wurde sie durch mehrere kratzende Geräusche aufgeschreckt, die von der Tür her rührten. Erschrocken hielt sie sich die Hand vor die Brust. Ihr Herz schlug ihr jetzt bis zum Hals. »Enno? Enno, bist du das?«, wollte sie laut rufen, brachte aber nur ein leises Flüstern heraus.

Die Tür öffnete sich. Während die junge Ermittlerin ihren Rücken an die gegenüberliegende Zimmerwand presste, zielte sie mit der Taschenlampe auf die Tür des Badekarrens. Mit der Person, die sie dabei zu Gesicht bekam, hatte sie jedoch am allerwenigsten gerechnet.

## 18. Kapitel

## Wahrheit oder Pflicht

»Marvin?« Ungläubig schaute Hedda ihren Schauspielkollegen an. Sein unerwarteter Auftritt machte sie kurzzeitig sprachlos. Doch als er einen ersten Schritt auf sie zumachen wollte, fand sie ihre Stimme schnell wieder. »Bleib stehen!«, schrie sie ihn wütend, aber gleichzeitig auch verängstigt an. Dabei zielte sie mit der Taschenlampe auf ihn, als sei sie eine Waffe. »Warum hast du mich eingesperrt und was hast du mit Enno gemacht?«

Abwehrend hielt Marvin die Hände vor seinen Oberkörper. Er ging nicht weiter auf Hedda zu, machte aber auch keine Anstalten, aus dem Badekarren zurückzuweichen. »Ich war das nicht«, begann er, beruhigend auf sie einzureden. »Und ich habe auch keine Ahnung, wo sich dein Freund gerade aufhält.«

Seine Worte klangen ehrlich, aber konnte Hedda ihm wirklich trauen? Immerhin war er ein ausgebildeter Schauspieler. *Aus welchem Grund sollte er mich zunächst hierhergelockt und eingesperrt haben, nur um mich bereits wenige Minuten später wieder freizulassen?* Die junge Ermittlerin konnte einfach keine Logik in diesem Verhalten erkennen.

Doch als ob Marvin ihre Gedanken gehört hätte, lieferte er ihr selbst die Antwort auf ihre Überlegungen. »Ich habe gehört, wie Lea und Lisa darüber gesprochen haben, dass sie dich heute Nacht hier einsperren wollen. Lea ist immer noch stinksauer, weil sie die Hauptrolle an dich verloren hat, und wollte sich daher unbedingt an dir rächen.«

»Und da bist du den beiden gefolgt, um mich zu befreien?«, fragte Hedda.

»Nicht ganz. Ich habe mich eigentlich schon seit längerer Zeit in einer dieser windgeschützten Boxen versteckt und abgewartet, ob die beiden wirklich hier auftauchen würden.« Mit seinem ausgestreckten Arm zeigte er in die Richtung, in der er die überdachten Sitzgelegenheiten vermutete, von denen aus man tagsüber in aller Ruhe aufs Meer hinausschauen konnte.

»Dann hast du dir extra für mich die Nacht um die Ohren geschlagen?«, fragte die junge Ermittlerin und legte dabei so viel

Rührung in ihre Stimme, wie es ihr in Anbetracht der Situation möglich war.

Marvin nickte.

»BLÖDSINN!«, schrie Hedda. »Ich glaube dir kein einziges Wort! Du hättest mich doch einfach warnen können, nachdem du das Gespräch zwischen Lea und Lisa belauscht hast. Dann wäre ich den beiden doch niemals in ihre Falle gegangen, und du hättest gemütlich in deinem Bett liegen können, anstatt hier stundenlang Privatdetektiv zu spielen.« Wutschnaubend begutachtete sie Marvins erste Reaktion. »Also, warum bist du wirklich hier?«

Beschämt senkte der Schauspieler den Kopf. »Es ist genauso, wie ich es gesagt habe. Ich wollte nur …«

»Was wolltest du?«, unterbrach ihn Hedda lautstark. Obwohl Marvin absolut nicht bedrohlich auf sie wirkte, hatte sie das unerklärliche Gefühl, sich dennoch in einer akuten Gefahrensituation zu befinden. »Mich vergewaltigen, umbringen und am Strand verscharren?« Sie hielt es für eine gute Idee, ihrem vermeintlichen Angreifer zu zeigen, dass sie keine Angst vor ihm hatte. Auf keinen Fall würde sie sich ihm kampflos ergeben. Durch den Kampfsportunterricht der Spezialeinheit stand sie einem möglichen Angriff definitiv nicht vollkommen wehrlos gegenüber. »HILFE! HILFE!«, schrie sie, so laut sie nur konnte.

Erschrocken stürzte Marvin auf sie zu und versuchte, ihr die Hand auf den Mund zu pressen. Doch ein gezielter Tritt in seine Weichteile ließ ihn in sich zusammensacken. Mit einem beherzten Sprung überwand die junge Ermittlerin ihren am Boden kauernden Angreifer und stürmte auf die offen stehende Tür des Badekarrens zu. Doch Marvin erwischte sie mit einer reflexartigen Armbewegung am Fußgelenk. Bäuchlings schlug Hedda auf dem harten Bretterboden auf.

Beide lagen für einen Moment am Boden und stöhnten vor Schmerzen. Als Hedda sich jedoch ihrer Situation wieder bewusst wurde, sprang sie blitzartig auf, um erneut davonzulaufen.

Marvin schrie ihr seinen wahren Beweggrund mit schmerzverzerrter Stimme hinterher. »Ich wollte den Helden spielen!«

Hedda blieb wie angewurzelt stehen. Sie drehte sich um und leuchtete mit ihrer Taschenlampe in die Badekarre hinein. Marvin lag noch immer am Boden. Mit gesenktem Kopf vermied er einen direkten Blickkontakt. »Warum wolltest du den Helden spielen?«, rief sie, ohne dabei den sicheren Abstand zu ihrem vermeintlichen Angreifer zu verringern.

Marvin hob den Kopf. Aus traurigen, leicht feuchten Augen schaute er sie Mitleid suchend an.

*Vergiss nicht, er ist Schauspieler*, ermahnte sich Hedda selbst. Sie durfte ihm gegenüber keinesfalls leichtgläubig sein.

»Ich … ich wollte dich beeindrucken«, gab Marvin kleinlaut zu.

»Aber wieso denn?« Ungläubig rümpfte die junge Ermittlerin die Nase.

Mit schmerzverzerrtem Gesicht rappelte sich der Schauspieler vom Boden auf. Unbewusst hielt er sich dabei seinen immer noch schmerzenden Intimbereich. Als er einen Schritt auf Hedda zumachte, wies diese ihn lautstark an, stehen zu bleiben. Dabei lag so viel Panik in ihrer Stimme, dass Marvin klar wurde, dass er die Situation nur noch mit der absoluten Wahrheit würde retten können. »Du … unser Kuss … Ich glaube, ich habe mich in dich verliebt.«

Fassungslos schaute Hedda ihren Schauspielkollegen an. *Er hat bitte WAS?* In diesem Moment war sie froh, dass sie ihren Gedanken nicht versehentlich wieder laut ausgesprochen hatte. Wenn Marvin wirklich die Wahrheit gesagt hatte, musste ihm dieses Geständnis sehr schwergefallen sein.

»Aber der Kuss stand doch im Drehbuch, sonst hätte ich doch niemals …«, begann Hedda sich zu rechtfertigen. »Du weißt doch, dass ich einen Freund habe.«

Marvin streckte die Hand nach ihr aus. »Aber … er war so intensiv … und … deine Zunge«, begann er zu stottern. »Wenn du keine Gefühle für mich hast, warum hast du mich dann so geküsst?« Neben der Verzweiflung war jetzt auch ein deutlicher Vorwurf in seiner Stimme zu vernehmen.

Hedda erinnerte sich an die Szene, in der sie Marvin küssen musste. Sie hatte zwar auch früher schon mal Jungs geküsst, die sie noch nicht lange kannte und für die sie keine großen Gefühle hatte, aber Marvin war der erste Mann, den sie küssen sollte, während sie sich in einer glücklichen Beziehung befand. Doch wie sollte sie ihm die Situation erklären? Aus seiner Sicht war die Interpretation des leidenschaftlichen Kusses ja durchaus nachvollziehbar. Sie wollte die Szene doch einfach nur so schnell wie möglich hinter sich bringen und hatte sich beim Dreh deshalb vorgestellt, dass sie nicht ihn, sondern Enno küssen würde. Ihre allzu forsche Zunge war dabei mehr als Versehen oder Reflex zu bewerten. Aber konnte sie ihm das so sagen?

Mit immer noch ausgestreckten Armen machte Marvin einen weiteren Schritt auf sie zu. »Bitte, gib mir doch einfach eine Chance!«, flehte er.

»Ich habe mich vor der Kussszene geekelt und hatte Angst, sie mehrfach wiederholen zu müssen«, platzte es aus der jungen Ermittlerin heraus, während sie ihrem Schauspielkollegen abwehrend beide Hände entgegenstreckte. »Ich habe mir deshalb während des Kusses einfach vorgestellt, dass du mein Freund bist.« Hedda nahm die Hände wieder herunter. In dem Moment, in dem sie das Wort ›geekelt‹ ausgesprochen hatte, glaubte sie, gesehen zu haben, wie Marvin innerlich zusammenzuckte. »Anscheinend hat dieser Trick etwas zu gut funktioniert. Es tut mir sehr leid!« Unbewusst machte jetzt sogar sie einen Schritt auf ihr Gegenüber zu.

»Hedda!«

Die junge Ermittlerin erkannte die keuchende Stimme ihres Freundes sofort. »Enno!«, rief sie ihm entgegen und schwenkte mit der Taschenlampe hin und her, um ihm zur Orientierung ein Lichtsignal zu geben. »Ich bin hier!« Sie war unglaublich erleichtert, dass ihr Freund genau in diesem Moment kam, um sie aus der unangenehmen Situation zu befreien.

Vollkommen außer Atem kam Enno bei ihnen an. Sein erster Blick galt seiner Freundin. Als er diese unversehrt glaubte, schaute er in den Badekarren. »Marvin?« Er war genauso überrascht über die Anwesenheit des Schauspielers wie zuvor Hedda.

»Er … er ist …«, versuchte Hedda die Anwesenheit ihres Schauspielkollegen zu erklären, wusste aber selber noch nicht, was genau sie ihrem Freund sagen sollte. Sie war sich schließlich immer noch nicht ganz über Marvins Motive im Klaren.

»Steckst du etwa auch mit diesen Miststücken und diesem treudoofen Hirni unter einer Decke?« Ennos Stimme verfinsterte sich. Als er mit erhobener Faust auf die Tür zuging, konnte Hedda ihn gerade noch zurückhalten.

»Was meinst du damit?«, fragte sie, packte das Gesicht ihres Freundes mit beiden Händen und drehte es zu sich.

»Au!« Als Heddas Finger die Stelle berührten, an der Ennos Wange von Marcels Faust getroffen worden war, zuckte er vor Schmerz leicht zusammen.

»Was ist mit dir?« Hedda leuchtete ihrem Freund ohne Vorwarnung mit der Taschenlampe direkt ins Gesicht. »Was ist das denn?« Als sie die rot-blaue Schwellung auf seiner linken Wange entdeckte, schlug sie sich erschrocken die freie Hand vor den Mund.

»Das war dieser Trottel Marcel. Seine Freundin Lisa hat ihn wohl dazu überredet, mich aufzuhalten, damit die beiden dich hier in Ruhe einsperren können. Als der einfältige Idiot sich nicht mehr anders zu helfen wusste, hat er mir einfach eine reingehauen. Für einen Moment lang wusste ich nicht einmal mehr, wo ich war. Darum konnte ich auch erst so spät einschreiten. Entschuldige bitte.«

»Oh mein Gott, vielleicht hast du eine Gehirnerschütterung!« Besorgt streichelte Hedda ihrem Freund über die Schläfen.

»Ach Quatsch, mir geht es gut!« Enno fühlte sich ohnehin schon mies, weil er in der Rolle des Beschützers so kläglich versagt hatte, da konnte er das Mitgefühl seiner Freundin nun überhaupt nicht ertragen. »Aber was hat der Clown da denn nun mit der ganzen Sache zu tun?«, wechselte er daher schnell das Thema und zeigte mit seinem ausgestreckten Arm auf Marvin.

»Er hat Lea und Lisa belauscht, als sie über ihre Pläne gesprochen haben. Er war nur hier, um mich zu retten«, beeilte Hedda sich, die Anwesenheit ihres Schauspielkollegen zu rechtfertigen.

»Und das glaubst du ihm?«

Hedda nickte, dann suchte sie den Augenkontakt zu Marvin. »Ja, ich glaube ihm.«

## 19. Kapitel

## Traumhochzeit

Die Kirche war immer noch genauso schön wie beim ersten Mal. Wieder schien die Sonne durch die bunten Glasmosaikfenster ins Innere des Gotteshauses. Ihre Strahlen wurden von den riesigen gläsernen Kronleuchtern reflektiert, die an den uralten Deckenbalken befestigt worden waren, sodass überall in der Kirche kleine Lichtfunken zu tanzen schienen.

Erneut setzte Orgelmusik ein. Diesmal erschrak Hedda jedoch nicht, sondern schaute wie in Zeitlupe in die Richtung, aus der die Musik kam. Wie im vorherigen Traum waren auch jetzt alle Kirchenbänke bis auf den letzten Platz besetzt. Erwartungsvoll blickten ihr die Augen aller anwesenden Gäste entgegen.

Hedda schaute an sich hinab. Das Hochzeitskleid, das sie trug, war wunderschön. Das hatte sie vor lauter Aufregung beim ersten Traum überhaupt nicht bemerkt. Ebenso wenig war ihr damals bewusst gewesen, dass sie träumte. Doch dieses Mal war alles anders. Da sie genau wusste, dass all dies nicht der Realität entsprach, konnte sie sich viel mehr auf die Details konzentrieren.

Sie schaute den schmalen Gang entlang. Vor dem Altar wartete Enno auf sie. Im schwarzen Anzug sah er wirklich unbeschreiblich gut aus. Beide lächelten sich glücklich an. Da sie genau wusste, dass alles nur ein Traum war, verspürte sie auch keinen Fluchtinstinkt. Ihr war klar, dass sie, sobald sie die Augen wieder aufschlug, immer noch unverheiratet sein würde. Warum also sollte sie diese Fantasie nicht einfach genießen? Schließlich war doch auch längst wissenschaftlich erwiesen, dass man kein schlechtes Gewissen haben musste, wenn man im Traum Sex mit einem anderen Partner hatte. In den seltensten Fällen hatte solch ein Traum nämlich etwas mit dem Wunsch nach Untreue zu tun. Genauso wenig war ihre Flucht vor oder die bereitwillige Teilnahme an ihrer Traumhochzeit ein Statement über die nähere Zukunft ihrer Beziehung zu Enno.

Sie drehte ihren Kopf über die Schulter und schaute Richtung Ausgang. Die große hölzerne Eingangstür stand überraschenderweise nicht mehr offen, sondern war bereits fest verschlossen. Ob das damit zu erklären war, dass sie beschlossen hatte, sich auf ihre Traumhochzeit einzulassen?

Langsam schritt Hedda auf ihren Zukünftigen zu. Als sie ihn fast erreicht hatte, sah sie ihre Familie und Freunde, die allesamt in den vorderen Kirchenbänken Platz genommen hatten. Ihre Eltern, ihr Onkel Willm nebst Doris, Bento Frerichs, Gesa, sogar Jörg und Karsten waren gekommen. Alle lächelten sie zufrieden an. Auch dieses Detail war ihr beim ersten Mal nicht aufgefallen.

Sie stellte sich neben Enno und griff nach seiner Hand. Ein wohliges Gefühl der Sicherheit strömte durch ihren Körper. In diesem Moment fühlte sich alles absolut richtig an.

Ins Gebet vertieft, hatte der Pastor ihnen den Rücken zugewandt. Die Orgelmusik verstummte und Hedda hörte in ihrem Rücken vereinzelte Gäste miteinander tuscheln. Doch dieses Mal fragte sie sich nicht, worüber sie wohl sprachen. Dieses Mal interessierte sie sich nur dafür, ob der Pastor gleich wieder die Fratze des Jokers aus Batman tragen würde.

Ruckartig breitete der Geistliche seine Arme aus. Mit dem schwarzen Umhang und der Kapuze über dem Kopf sah er von hinten zunächst wieder wie der Superheld aus Gotham City aus. Ansatzlos wirbelte der vermeintliche Pastor herum und riss sich im selben Moment die Kapuze vom Kopf.

»Marvin?« Hedda war so überrascht, das Gesicht ihres Schauspielkollegen vor sich zu sehen, dass sie vollkommen vergaß, dass sie den Traum doch eigentlich nur genießen wollte. Auch er war wie ein Clown geschminkt.

Doch weder Enno noch Marvin noch irgendeiner der Hochzeitsgäste schien durch Heddas lauten Ausruf oder die ungewöhnliche Gesichtsbemalung irritiert worden zu sein. Im Gegenteil: Die Zeremonie lief weiter, als wäre nichts passiert.

Erst als der falsche Geistliche Hedda fragte, ob sie Enno für immer lieben und ehren wolle, geschah etwas, was sie nicht erwartet hatte. Anstatt überglücklich ›Ja, ich will!‹ zu sagen, drehte Hedda sich um und rannte zur Tür. Dabei wollte sie das überhaupt nicht. Die ganze Zeit über hatte sie versucht stehen zu bleiben. Sie wollte unbedingt wieder zu ihrem Enno zurück. Doch wie auf Schienen steuerte sie unaufhaltsam auf das hölzerne Tor zu, das, wie in einer Geisterbahn, plötzlich aufschwang und sie verschluckte.

Schweißgebadet wachte Hedda auf. Sie nahm ihr Handy vom Nachttisch und checkte die Uhrzeit. *03:33 Uhr. Die gleiche Uhrzeit wie beim letzten Traum! Kann das ein Zufall sein?*

Sie überlegte, aus welchen Erlebnissen ihr Unterbewusstsein diesen Traum zusammengeschustert haben könnte. Dabei fiel ihr ein, dass Enno Marvin am Strand als Clown tituliert hatte. Aber reichte das bereits aus? Konnte es vielleicht etwas mit dem Kuss zu tun haben? War da vielleicht doch mehr gewesen als die gespielte Intimität zwischen zwei Schauspielern?

Die junge Ermittlerin erinnerte sich an ihre Träume, die sie zuerst in Norddeich gehabt hatte. Ihr Chef Jörg glaubte ja, dass sie etwas mit ihren übersinnlichen Fähigkeiten im Bezug auf Mordermittlungen zu tun haben könnten. Aber was zum Teufel hatte ihre eigene Hochzeit mit dem Mordfall Alexander Wagner zu tun?

## 20. Kapitel

## Pressegeier

Am nächsten Morgen wollten die beiden jungen Ermittler in ihrem Zimmer frühstücken. Während Enno nach unten gegangen war, um die Pensionsbetreiberin um ein paar Brötchen und etwas Aufstrich zu bitten, deckte Hedda den kleinen Frühstückstisch.

»Ich bin zurück!«, rief Enno, nachdem er die Wohnungstür geöffnet hatte, zog seine Schuhe aus, legte die Brötchentüte und den Aufstrich auf den Tisch und gab Hedda einen Kuss. »Schau mal, was ich entdeckt habe.« Er reichte ihr eine zusammengefaltete Zeitung.

Der Artikel mit der Überschrift ›Sabotage am Filmset‹ fiel der jungen Ermittlerin dabei sofort ins Auge. Sie nahm das Tagesblatt in beide Hände und las den Artikel, in dem es um den Vorfall auf dem Feuerschiff ging. Unterhalb des Textes war ein Foto von Philipp Büchler abgedruckt worden.

»Denkst du, was ich denke?«, fragte Enno.

»Du meinst, dass Philipp Büchler alles tun würde, um seinen Film zu promoten?«

Der junge Ermittler nickte.

»Dass er das mit der Sabotage selbst war, kann ich mir gut vorstellen. Es ist ja schon ein wenig merkwürdig, dass bei der Aktion kaum etwas kaputt gegangen ist. Aber ein Mord an seinem berühmten Hauptdarsteller?« Ihre Augenbrauen zogen sich zusammen. Skeptisch warf sie einen erneuten Blick auf das Porträtfoto unterhalb des Artikels. War dem kleinen, übergewichtigen Vokuhila-Träger tatsächlich ein Mord zuzutrauen?

Plötzlich klingelte ihr Diensthandy.

»Das war Jörg«, sagte Enno, nachdem er das kurze Telefonat beendet hatte. »Heute Nachmittag wird es eine Pressekonferenz geben, auf der wird der Tod von Alexander Wagner bekanntgegeben.«

»Mehr hat er nicht gesagt?«, fragte Hedda ungläubig nach. »Hatte er keine weiteren Anweisungen für uns? Wie sollen wir uns denn jetzt verhalten?«

Enno zuckte ratlos mit den Schultern. »Er war sehr kurz angebunden und klang irgendwie total gestresst.«

***

Der neue Leuchtturm der Insel stand inmitten einer riesigen, kreisrunden Wiese. Überall auf der Grünfläche hoppelten kleine Kaninchen herum, um ihren Hunger an den unzähligen Gänseblümchen und Kleeblättern zu stillen. Nur wenn wieder einmal eines der Touristenkinder versuchte, sie zu fangen, verschwanden die possierlichen Tierchen blitzschnell in ihren Bauten, deren Eingangslöcher immer in unmittelbarer Nähe lagen.

Hedda konnte sich an den putzigen kleinen Langohren überhaupt nicht sattsehen. Erst als Enno sie zu sich rief, um ihr einen Aushang zu zeigen, auf dem die wichtigsten Informationen über den neuen Borkumer Leuchtturm zusammengefasst worden waren, löste sie sich von den süßen Häschen. »Baujahr 1879«, las sie laut vor. »So neu ist der ja nun auch nicht mehr.«

Enno schmunzelte. »Nun ja, wenn die Borkumer alle einhundert Jahre einen neuen Leuchtturm bauen, gibt es davon auf dieser Insel bald mehr als Kaninchen.« Er schaute über seine Schulter auf die hinter ihm liegende Wiese. Auch er hatte die hoppelnden Fellknäuel ins Herz geschlossen.

»65,5 Meter!« Hedda legte den Kopf in den Nacken und schaute zur Spitze des Leuchtturms hinauf. »Das ist echt verdammt hoch!«

»Du hast doch keine Höhenangst, oder?«, fragte Enno besorgt. Er wusste bereits, dass die nächste Filmszene oben auf dem Leuchtturm gedreht werden sollte.

»Die Höhe macht mir keine Sorgen!« Hedda lachte. »Ich habe viel mehr Respekt vor den 308 Stufen, die ich da hochsteigen soll. Ob das Ding einen Fahrstuhl hat?«

Enno schüttelte grinsend den Kopf. »Sag das lieber nicht zu laut.« Mit einem Nicken deutete er auf den Kameramann, der gerade durch die Eingangstür im Leuchtturm verschwand, um samt seiner schweren Kameratechnik den Aufstieg zu beginnen.

»Marvin! Hedda! Kommt ihr mal bitte!« Philipp Büchler stand etwas abseits der übrigen Filmcrew. Er hielt das aufgeschlagene Drehbuch in der einen Hand und winkte seine beiden Darsteller mit der anderen zu sich.

Während sich Hedda und Marvin aus entgegengesetzten Richtungen auf den Regisseur zubewegten, trafen sich ihre Blicke für einen kurzen Augenblick. Beiden waren die Geschehnisse des gestrigen Abends aus unterschiedlichen Gründen sehr unangenehm. Während die junge Ermittlerin sich schämte, weil sie ihren Retter für den eigentlichen Angreifer gehalten hatte, kämpfte der junge Darsteller noch immer mit seinen nicht erwiderten Gefühlen.

*Das wird kein leichter Dreh*, dachte Hedda und versuchte gerade deshalb, so zu tun, als ob nichts gewesen wäre. »Guten Morgen, Marvin«, begrüßte sie ihren Drehpartner, als ob sie schon seit Jahren nicht nur Kollegen, sondern auch Freunde wären.

»Morgen«, nuschelte Marvin mit gesenktem Blick.

»Also, heute drehen wir die Szene, in der du vergeblich auf deinen Schwarm vom Strand wartest«, begann der Regisseur Hedda Anweisungen zu geben. Er schien überhaupt nicht mitbekommen zu haben, dass zwischen seinen beiden Hauptakteuren eine angespannte Stimmung herrschte. »Ihr seid deutlich vor der vereinbarten Zeit hier und deshalb schlägst du …«, er wandte sich an Marvin, »… ihr vor …«, er deutete auf Hedda, »… dass ihr ja die Zeit nutzen könntet, um den Leuchtturm zu besteigen.«

Alle drei legten den Kopf in den Nacken und schauten nach oben.

»Und vergesst nicht, die Kussszene am Musikpavillon hat es noch nicht gegeben. Marvin, du bist also weiterhin heimlich in deine Schulfreundin verliebt, während du …«, er packte Hedda sanft an den Schultern, »… weiterhin nur an deinen Surfer denken kannst.« Philipp Büchler machte eine kurze Pause und betrachtete die Gesichter seiner Darsteller. »Alles verstanden?«

Marvin und Hedda nickten.

»Drehe ich denn heute auch mit Alexander Wagner?«, fragte Hedda, einer inneren Eingebung folgend. Sie wollte unbedingt sehen, wie der Regisseur auf ihre Frage reagierte.

Philipp Büchler, der ihr bereits den Rücken zugedreht hatte, um ebenfalls zur Eingangstür des Leuchtturms zu gehen, blieb ruckartig stehen, drehte sich aber nicht sofort zu seiner Hauptdarstellerin um.

Die junge Ermittlerin hatte den Eindruck, als müsse er zunächst über die richtigen Worte nachdenken, bevor er ihr antworten konnte.

»Dein Traumtyp vom Strand wird eurer Treffen am Leuchtturm verpassen, weil er als Treffpunkt eigentlich den alten Leuchtturm vorgeschlagen hat. Darum ist Alexander Wagner heute auch nicht hier. Er hat Drehpause. Die Szene, wo er am alten Leuchtturm auf dich wartet, haben wir bereits am ersten Drehtag abgedreht.«

»Seitdem habe ich ihn aber auch nicht mehr gesehen«, kommentierte Marvin einerseits erstaunt, gleichzeitig aber auch etwas abwertend. Er hatte noch nie an einem Film mitgewirkt, an dessen Entstehung der Hauptdarsteller so wenig Interesse zeigte. Wenn er die Hauptrolle hätte behalten können, wäre er auch in seinen Drehpausen permanent am Set gewesen, um die Entwicklung des Films zu verfolgen.

»Die Szenenplanung obliegt ja wohl immer noch dem Regisseur«, entgegnete Philipp Büchler gereizt, stapfte auf den Leuchtturm zu und verschwand in seinem Inneren.

Nachdem die erste Verwunderung über die genervte Reaktion des Regisseurs verflogen war, folgten Hedda und Marvin ihm. Es dauerte nicht lange und sie hatten ihn auf der schmalen Treppe, die sich spiralförmig den Leuchtturm nach oben schraubte, wieder eingeholt. Die vielen Stufen waren für den dicken Hawaiihemdträger eine echte Herausforderung.

Die Plattform an der Spitze des Leuchtturms war aus Sicherheitsgründen vergittert. Dennoch hatte man von hier aus einen traumhaften Ausblick über die gesamte Insel. Erst von hier oben bekam Hedda ein Gefühl dafür, wie groß Borkum in Wirklichkeit war. Nachdem sie mit ihrem Smartphone ein paar private Erinnerungsfotos geschossen hatte, konzentrierte sie sich auf den Text, den sie in wenigen Minuten auswendig können musste. Während sie den Zettel in ihrer Hand immer wieder las, pustete ihr der Wind die Haare ihrer blonden Perücke ins Gesicht.

Das weckte Erinnerungen an die Zeit, als sie ihre langen Haare noch nicht für ihren untreuen Exfreund Jan geopfert hatte. *Ob ich sie mir wieder wachsen lassen soll? Irgendwie habe ich das Gefühl, dass ich Enno so viel besser gefalle.* Dass ihr genau bei diesem Gedanken auch noch Ennos frühere Kollegin Fiona einfallen musste, machte ihr die Entscheidung auch nicht gerade leichter. Beim ersten Zusammentreffen mit der attraktiven Polizistin hatte sie eine bisher unbekannte Eifersucht verspürt.

Plötzlich hörte sie hinter sich eine schrille, wohlvertraute Stimme. Hedda wirbelte herum und schaute direkt in das makellose Gesicht von Lisa. Auch ihr blies der Wind durch das schulterlange schwarze Haar. Mit einem vollkommen überzogenen Lächeln nickte die Nebendarstellerin ihr aus etwa einem Meter Entfernung zu, drehte sich um und schaute demonstrativ in die entgegengesetzte Richtung.

*Na warte!* Ohne Rücksicht zu nehmen, drängelte sich Hedda an dem Tontechniker vorbei, der zu seinem Pech direkt zwischen den beiden jungen Frauen stand. Dann tippte sie Lisa entschlossen auf die Schulter.

Die hübsche Schauspielerin drehte sich um. »Was gibt es?«, fragte sie überrascht.

Hedda konnte ihr genau ansehen, dass sie nur so tat, als wüsste sie von nichts. Das triumphierende Grinsen in ihren Augen konnte sie aber nicht vor der jungen Ermittlerin verbergen. Ohne Vorwarnung packte sie ihre Kontrahentin an der Kehle und presste sie gegen das Metallgitter. »Der zertrümmerte Regiestuhl ist eine Sache, aber das, was ihr da gestern mit mir abgezogen habt, wagt ihr euch nie wieder, sonst …«, zischte sie drohend zwischen ihren aufeinandergepressten Zähnen hervor. Dann lockerte sie ihren Griff wieder, drehte sich um und tat so, als wäre nichts geschehen. An Lisas Reaktion hatte sie sofort erkannt, dass sie mit ihrer Vermutung richtiglag. Nicht Philipp Büchler, sondern die junge Schauspielerin war für die Verwüstung auf dem Feuerschiff verantwortlich.

Mit weit aufgerissenen Augen und vor Schreck erstarrt lehnte Lisa noch immer am Absperrgitter und tastete mit der rechten Hand ihren Halsbereich ab. Sie fragte sich, woher Hedda wusste, dass Lea und sie für die Sabotage am Filmset und auch für die Racheaktion mit dem Badekarren verantwortlich waren.

Ein wenig war Hedda schon über sich selbst schockiert. *Wie konnte ich nur so die Beherrschung verlieren?*, fragte sie sich, empfand aber gleichzeitig auch ein tiefes Gefühl der Genugtuung. *Sie hätte sich ja nicht mit mir anlegen müssen.*

***

Nachdem Hedda und Marvin die Szene – trotz des Vorfalls am Vorabend – zur Zufriedenheit des Regisseurs abgedreht hatten, schaute die junge Ermittlerin noch einmal durch eines der Gucklöcher im Absperrgitter nach unten. Eigentlich hoffte sie, von hier aus ihren Freund Enno zu sehen, doch stattdessen fiel ihr etwas ganz anderes auf.

*Wo kommen denn die auf einmal alle her?* In Gedanken zählte sie die winzigen Leute, die sie im Laufschritt und teilweise mit Fernsehkameras bewaffnet auf den Leuchtturm zustürmen sah. Es schien, als würden sie ein regelrechtes Wettrennen abhalten. *Ob die alle auf die Insel gekommen sind, um nach Alexander Wagner zu suchen?*

Der Abstieg vom Leuchtturm fiel der Filmcrew wesentlich leichter als der Aufstieg. Dafür war es für die Künstler nahezu unmöglich, das Gebäude wieder zu verlassen. Vor der Eingangstür drängelten sich unzählige Reporter, die ungebeten ihre Fragen abfeuerten, sobald sie das erste Mitglied des Filmteams zu Gesicht bekamen.

»Wo ist Alexander Wagner? … Stimmt es, dass er den Dreh vorzeitig abgebrochen hat? … Ist das hier alles nur ein billiger PR-Gag? … Wann haben Sie Herrn Wagner zum letzten Mal gesehen?«

Schützend hielten sich Philipp Büchler und die übrigen Crewmitglieder die Hand vor das Gesicht. Dabei schien es nahezu aussichtslos, in dem Blitzlichtgewitter nicht doch von irgendeiner Kamera abgelichtet zu werden. Der Regisseur machte daraufhin ein paar Schritte vorwärts. Ein Fehler, denn nun umzingelten ihn die Presseleute wie ein ausgehungertes Rudel junger Löwen. Von allen Seiten wurden ihm Mikrofone vor das Gesicht gehalten. Hände packten ihn an den Oberarmen und versuchten, ihn gewaltsam so zu positionieren, dass er genau in ihr Kameraobjektiv schauen musste.

Wie ein Sheriff, der von einer Horde Banditen mit Revolvern bedroht wurde, hob Philipp Büchler die Hände empor. »Ich kann Ihnen Ihre Fragen leider nicht beantworten. Alexander Wagner hat sämtliche Szenen für meinen Film bereits abgedreht und damit seine vertraglichen Pflichten voll erfüllt. Wohin es ihn danach verschlagen hat, kann ich Ihnen auch nicht sagen. Diese Fragen sollten Sie vielleicht besser mit seinem Management besprechen.«

Erstaunt nahm auch Hedda die Aussage des Regisseurs zur Kenntnis. Schließlich hatte er vor Kurzem noch behauptet, Alexander Wagner habe heute nur eine Drehpause.

Für einen kurzen Augenblick verstummte die Pressemeute. Es schien, als ob sie den Fleischbrocken, den man ihnen zum Fraß vorgeworfen hatte, erst einmal verdauen mussten. Doch bereits wenige Sekunden später feuerten sie bereits wieder ihre Fragen auf den dicken Mann in ihrer Mitte ab.

»Sein Management hat ihn als vermisst gemeldet. Er scheint wie vom Erdboden verschluckt zu sein … Warum hat ein angehender Weltstar wie Alexander Wagner überhaupt mit einem so unbekannten Regisseur wie Ihnen gearbeitet? … War er Ihnen etwas schuldig oder haben Sie ihn vielleicht sogar erpresst? … Sind Sie für sein Verschwinden verantwortlich? … Geben Sie doch zu, dass Ihr Film wahrscheinlich noch viel erfolgreicher wird, wenn es der letzte von Alexander Wagner ist. Gehen Sie für den eigenen Erfolg über Leichen?«

Wie ein Brummkreisel drehte sich Philipp Büchler in der Menschentraube herum und versuchte dabei zu erkennen, welche Anschuldigung von welchem Reporter stammte. Doch er war der Situation vollkommen hilflos ausgeliefert. Auch Hedda und die übrigen Crewmitglieder wussten nicht, was sie tun sollten. Sie standen noch immer im Inneren des Leuchtturms, dessen Eingang unverändert durch die Reporterschar blockiert wurde.

»POLIZEI! Lassen Sie bitte den Mann in Ruhe!« Zwei uniformierte Beamte näherten sich der Menschentraube. Doch die Reporter schienen ihr Eintreffen entweder nicht bemerkt zu haben oder aber es schien ihnen vollkommen egal zu sein. Unablässig bombardierten sie den Regisseur mit Fragen, Anschuldigen und versteckten Beleidigungen.

Erst als einer der Polizisten in seine Trillerpfeife blies, sicherte er sich die Aufmerksamkeit der anwesenden Medienvertreter. »Jetzt hören Sie mir mal alle zu! Heute Nachmittag wird es eine Pressekonferenz zum Verschwinden von Alexander Wagner geben! Wenn Sie dieser beiwohnen wollen, verlassen Sie jetzt besser sofort das Gelände, oder wollen Sie den Tag vielleicht lieber in unserem Inselknast verbringen?«

Das Wort ›Pressekonferenz‹ sorgte für große Unruhe und wilde Spekulationen unter den Reportern. Hektisch griffen viele von ihnen zum Handy. Einige andere begannen sofort damit, irgendwelche Texte in ihre Laptops zu hämmern.

*Jetzt wird es langsam ernst!*, dachte Hedda. *Wenn die auf der PK wirklich den Tod von Alexander Wagner verkünden, dann ermittelt neben uns nicht nur die Polizei, sondern auch noch ein ganzes Rudel Pressegeier.*

# 21. Kapitel

## Edgar

Kurz vor Mittag war Jörg, in Begleitung eines hochrangigen Politikers, mit dem Flugzeug auf Borkum eingetroffen. Direkt nach der Landung hatte er Hedda und Enno angerufen und sie für die Mittagszeit in eines der luxuriösesten Hotels der Insel bestellt.

Die beiden jungen Ermittler waren schon etwas aufgeregt, als sie die schicke Hotellobby betraten. Was genau würde Jörg von ihnen wissen wollen? Und wer war die hochrangige Begleitperson, von der er am Telefon gesprochen hatte?

Der Geheimdienstleiter saß mit einem Glas Whiskey in der Hand an der Bar. Als er seine beiden jüngsten Mitarbeiter entdeckte, stürzte er sein Getränk mit einem Schluck hinunter, wischte sich den Mund mit dem Handrücken ab, sprang von seinem Hocker auf und steuerte zielstrebig auf sie zu. »Na endlich!« Er klang noch angespannter als am Telefon. Dabei waren Hedda und Enno sogar noch fünf Minuten vor der vereinbarten Zeit am Treffpunkt erschienen. »Kommt mit!«

Die beiden jungen Geheimdienstmitarbeiter folgten ihrem Vorgesetzten zum Fahrstuhl. Im Augenwinkel bemerkten sie dabei zwei durchtrainierte Anzugträger, die ihnen mit versteinerter Miene und steifer Körperhaltung folgten. Schweigend warteten die fünf darauf, dass sich die Fahrstuhltüren öffneten. Als dies geschah, stiegen jedoch nur die drei Geheimdienstmitarbeiter ein, während die beiden Personenschützer einfach warteten, bis sich die Türen vor ihren Nasen wieder geschlossen hatten.

Während sie in das oberste Stockwerk hinauffuhren, gab Jörg seinen Mitarbeitern hektisch ein paar Instruktionen. »Ihr sprecht nur, wenn ihr direkt gefragt werdet. Ansonsten überlasst ihr mir das Reden. Meine Idee, den Tod von Alexander Wagner aus ermittlungstechnischen Gründen geheim zu halten, ist bei meinem Vorgesetzten im Innenministerium nicht gut angekommen. Es wäre daher super, wenn ihr ihm gleich zeigen könntet, dass ihr durch diese Entscheidung zu einigen Ermittlungserfolgen gekommen seid, die es ansonsten so wahrscheinlich nicht gegeben hätte. Die Zukunft unseres Projektes ist ansonsten ernsthaft in Gefahr.« Er wischte sich den Schweiß von der Stirn.

»Aber, wie sollen wir …«, begann Enno seine Frage, hielt aber sofort inne, als die Fahrstuhltüren sich wieder öffneten und zwei weitere Anzugträger sie in Empfang nahmen. Ihre Mimik war dabei genauso regungslos wie die der beiden Kollegen im Erdgeschoss.

*Scheint ein Einstellungskriterium zu sein*, dachte Hedda und versuchte so, sich selbst ein wenig die Anspannung zu nehmen.

Diesmal gingen die Anzugträger vorweg und Jörg, Hedda und Enno folgten ihnen. Vor einer großen zweigeteilten Tür blieben die Personenschützer stehen, klopften an, öffneten die Tür und traten anschließend zur Seite.

Jörg betrat die Suite als Erster, seine beiden Ermittler folgten ihm ehrfürchtig. Als sie sahen, wer auf dem großen Ledersofa in der Mitte der großzügig geschnittenen Suite saß und sich jetzt zu ihrer Begrüßung erhob, mussten sie schlucken.

»Das ist Edgar«, stellte Jörg seinen beiden Ermittlern seinen Vorgesetzten vor.

»Edgar?«, fragte Hedda ungläubig. »Das ist doch …«

Mit einem stechenden Blick brachte der Geheimdienstleiter seine vorlaute Mitarbeiterin zum Schweigen.

Der Politiker, den Hedda und Enno schon oft im Fernsehen gesehen hatten, gab ihnen die Hand und begrüßte sie freundlich. Doch als er sich wieder hingesetzt hatte, schien es mit der Höflichkeit bereits vorbei zu sein. Seine Miene verfinsterte sich schlagartig.

*Wäre er ein paar Jahre jünger, könnte er ohne Weiteres bei den Jungs vor der Tür mitmachen. Den verkniffenen Gesichtsausdruck hat er jedenfalls super drauf.* Hedda blieb ihrer Strategie, der angespannten Situation mit Humor zu begegnen, treu.

»Sind das alle Mitarbeiter, die in dem Mordfall ermitteln?« Edgar wandte sich Jörg zu. Der abfällige Tonfall in seiner Stimme war unüberhörbar.

Der Geheimdienstleiter schluckte. »Da wäre noch der Agent, der die Leiche entdeckt hat, er ist aber nicht …«

»Sie haben also einen Zwerg und zwei Kinder auf den vielleicht brisantesten deutschen Mordfall der letzten Jahre angesetzt?« Fassungslos schüttelte Jörgs Vorgesetzter den Kopf.

»Entschuldigen Sie mal, wir sind doch keine Kinder mehr«, platzte es aus Hedda heraus. Hätte sie gewusst, welch verärgerter Blick sie als Reaktion auf diese Aussage treffen würde, hätte sie ihren Protest lieber für sich behalten.

Jörg versuchte, die angespannte Situation zu entschärfen. »Die beiden haben wirklich außerordentliche Talente, sind extrem flexibel und haben schon einige Mordfälle aufgeklärt. Ziel der Einheit ist es doch, möglichst unauffällig zu ermitteln. In dieser Hinsicht ist das junge Alter meiner Teammitglieder eher ein Vorteil. Hedda hat es beispielsweise geschafft, gleich an ihrem ersten Tag auf Borkum bei den Dreharbeiten die weibliche Hauptrolle zu übernehmen und so ganz tief in den engsten Kreis der Schauspieler vorzudringen.«

Verwundert lauschte die junge Ermittlerin den Worten ihres Chefs. Als Jörg zum ersten Mal von ihrem ungeplanten schauspielerischen Engagement erfahren hatte, war er doch überhaupt nicht begeistert gewesen. Hatte sich seine Ansicht in dieser Sache nun geändert oder versuchte er lediglich, seinen Chef zu beeindrucken?

Der bekannte Politiker stand erneut auf, ging ein paar Schritte, blieb vor dem Fenster stehen und schaute hinaus. »Also gut«, seufzte er. »Was haben Sie bisher herausgefunden?«

»Wir …«, begann Jörg zu erklären, wurde aber noch im selben Moment von Edgar unterbrochen.

»Nicht Sie!« Er wandte sich Hedda und Enno zu. »Ich möchte den aktuellen Stand der Dinge von Ihren Agenten hören.«

Die beiden jungen Ermittler tauschten zunächst untereinander und dann mit ihrem Geheimdienstleiter einige unsichere Blicke aus. Als Jörg ihnen jedoch mit einem Kopfnicken zu verstehen gab, dass sie etwas sagen sollten, ergriffen sie das Wort.

»Wir haben die Leiche von Alexander Wagner untersuchen lassen«, sagte Enno. »Er trug fünfzigtausend Euro Bargeld bei sich. Außerdem hat die Obduktion ergeben, dass er mit Frostschutzmittel vergiftet worden ist.«

»Wir haben daraufhin die Kfz-Werkstätten auf der Insel aufgesucht«, übernahm Hedda das Wort. »Es gibt nur zwei. Keiner dieser Händler kann sich jedoch daran erinnern, in letzter Zeit Frostschutzmittel verkauft zu haben.«

»Wir haben auch die Hotelsuite von Alexander Wagner durchsucht. Dort haben wir eine kleinere Menge Drogen gefunden. Und …«

»… eine Kamera ohne Speicherkarte«, fiel Hedda ihrem Freund aufgeregt ins Wort. »Außerdem konnten wir bisher auch sein Handy und sein goldenes Amulett nicht finden. Beide Gegenstände hat er zu Lebzeiten quasi permanent bei sich getragen.«

Während er dem Bericht der jungen Ermittler lauschte, hatte Edgar ihnen den Rücken zugewandt, stand am Fenster und ließ seinen Blick über die Nordsee schweifen. »Das klingt interessant, aber das sind alles keine Informationen, die die Kriminalpolizei nicht auch herausgefunden hätte. Das reicht so einfach nicht.« Kopfschüttelnd starrte er auf den Strand hinaus.

»Wir gehen davon aus, dass es der Regisseur war«, platzte es aus Hedda heraus. Eigentlich wollte sie das überhaupt nicht sagen, aber sie fühlte sich irgendwie unter Druck gesetzt, eine entscheidende Erkenntnis zu verkünden. Auf jeden Fall schien sie die richtigen Worte getroffen zu haben. Denn der prominente Politiker drehte sich daraufhin wieder zu ihnen um.

»Und wie kommen Sie zu dieser Annahme?« Skeptisch, aber dennoch neugierig schaute er Hedda an.

Auch Jörgs Augen fixierten hoffnungsvoll sein jüngstes Teammitglied.

»Ich habe auch in der Kabine von Philipp Büchler fünfzigtausend Euro gefunden …«, begann Hedda ihren Verdacht zu untermauern.

»Moment mal!«, unterbrach sie der Politiker. »Ich dachte, Sie hätten das Geld bei der Leiche gefunden?«

»Haben wir ja auch«, mischte Enno sich ein. »Aber Hedda hat in der Aktentasche des Regisseurs noch einmal die gleiche Menge Bargeld gefunden. Ein seltsamer Zufall, finden Sie nicht auch?«

Edgar nickte zustimmend.

»Und das ist noch lange nicht alles, was ich dort entdeckt habe. Er hat zwei verschiedene Drehbücher geschrieben. Eines, in dem Alexander Wagner eine echte Hauptrolle spielt, und ein weiteres, in dem er quasi kaum vorkommt. Und jetzt raten Sie mal, welches Drehbuch er gerade verfilmen lässt!« Hedda schaute den Politiker auffordernd an.

»Ich nehme an, letzteres. Das, in dem er kaum vorkommt.«

»Ganz genau!«, bestätigte Hedda. »Und ist es nicht irgendwie verdächtig, dass er dieses Drehbuch Wochen vor der anderen Version geschrieben hat?«

Edgar machte ein nachdenkliches Gesicht. »Vielleicht war er sich damals noch nicht sicher, ob er Alexander Wagner wirklich für eine echte Hauptrolle würde gewinnen können. So ein angehender Weltstar ist sicher nicht ganz billig.« Er machte eine kurze Pause. »Wissen wir, wie der Film finanziert wird?«

»Das Projekt wird hauptsächlich von einem privaten Geldgeber aus Oldenburg unterstützt. Er hat dadurch auch das Engagement von Alexander Wagner ermöglicht. Es handelt sich um einen sehr wohlhabenden Unternehmer, der bereits mehrere Filmprojekte finanziert hat. Für ihn ist das eine Art Hobby, so wie sich andere einen Fußballverein leisten.« Die Erleichterung, ebenfalls etwas Relevantes zu dem Fall sagen zu können, war Jörg deutlich anzumerken.

»Wann genau wurde die finanzielle Unterstützung des Projektes denn vereinbart?«, fragte Enno nach.

»Moment …« Jörg nahm eine Mappe zur Hand und blätterte sich durch die wenigen darin befindlichen Seiten. »Die Gespräche begannen bereits vor über einem Jahr, der Vertrag selbst wurde jedoch erst vor zwölf Wochen unterzeichnet.«

»Vor zwölf Wochen?« Überrascht schaute Hedda ihren Vorgesetzten an. »Das ist ja exakt der Zeitpunkt, zu dem auch das jüngere Drehbuch fertiggestellt wurde.«

»Das, in dem Alexander Wagner viel mehr Szenen hat?«, fragte Jörg nach.

Hedda nickte nachdenklich. »Ob das der Grund für das zweite Drehbuch war? Vielleicht hat der Geldgeber mehr Szenen mit Alexander Wagner verlangt, als dieser zu drehen bereit gewesen ist. Immerhin war er ein Star und hat schon mit den bekanntesten Regisseuren gearbeitet. Dagegen ist Philipp Büchler doch nur ein blutiger Anfänger.«

»Möglich wäre es. Aber wenn es ihm nur darum ging, seinen Geldgeber zu linken, warum sollte er Alexander Wagner dann auch noch ermordet haben?«, überlegte der Politiker.

In Heddas Kopf verschoben sich die bisherigen Mosaikstücke plötzlich zu einem ganz neuen Bild. »Na, das ist doch ganz klar!« Sie schlug sich mit der Hand vor den Kopf. Wie konnte sie das nur bisher nicht erkannt haben? »Durch den Tod von Alexander Wagner konnte er gleich zwei Probleme auf einmal lösen.«

»Wie meinst du das?«, fragte Jörg. Er hatte das Gefühl, seinen Kopf langsam aus der Schlinge zu ziehen, die er sich durch seine unkonventionelle Entscheidung, die Leiche zunächst zu verstecken, selbst um den Hals gelegt hatte.

»Wenn er den Film in seiner ersten Version abgedreht hätte, hätte er spätestens am Premierenabend ein Problem mit seinem Geldgeber bekommen. Schließlich hat der sein Geld nicht herausgerückt, um seinen finanzierten Star nur in zwei oder drei Szenen zu sehen.«

»Das leuchtet mir ein«, stimmte Edgar zu. »Aber inwiefern konnte ihm der Mord bei einem weiteren Problem helfen?«

»Na, durch den Mord musste er sich einerseits nicht vor seinem Geldgeber erklären, andererseits dürfte sein Film durch den Tod von Alexander Wagner dennoch die mediale Aufmerksamkeit bekommen, die er sich erhofft hatte. Schließlich ist es der Film, bei dessen Dreharbeiten der angehende Weltstar gestorben ist. So ähnlich war es doch auch bei Brandon Lee in ›The Crow‹.«

Hedda erinnerte sich noch sehr gut an die tragische Geschichte von dem Sohn des bekannten Kampfkünstlers Bruce Lee, der bei den Dreharbeiten zu der Fantasy-Comicverfilmung durch den Schuss eines Schauspielkollegen verletzt worden war. Im Lauf der Pistole hatte sich den späteren Ermittlungen zufolge ein Fragment einer Pistolenkugelattrappe verklemmt, welches durch die spätere Explosion der Platzpatrone herausgeschleudert worden war. Der Schauspieler verstarb nur wenige Stunden danach an den Folgen seiner Verletzung.

»Niemand wird sich Gedanken darüber machen, warum Alexander Wagner in diesem Film nur so wenige Szenen hat. Im Gegenteil, der Regisseur wäre wahrscheinlich sogar noch dafür gefeiert worden, dass er den Film nach dem vermeintlich unerwarteten Tod seines Hauptdarstellers so brillant ungeschrieben hat.« Hedda schaute die anwesenden Herren an, als wäre der Fall auf einmal aufgeklärt.

»Nun ja, brillant war das Ergebnis sicher nicht …« Enno erinnerte sich an die Zusammenfassung des aktuellen Drehbuches, die er von Hedda bekommen hatte, und die bisherigen Dreharbeiten, die er mitverfolgen durfte. Für ihn hatte der Streifen allenfalls das Potential für eine durchschnittliche Teenager-Schnulze. »Aber er hat doch der Presse gegenüber behauptet, dass Alexander Wagner bereits alle Szenen abgedreht hat«, gab er anschließend zu bedenken.

Hedda schaute ihren Freund nachdenklich an. »Vielleicht hat er ja gelogen, um die aufdringlichen Medienleute loszuwerden. Zumindest könnte er das hinterher so behaupten, wenn er sich doch noch für sein Improvisationstalent feiern lassen will.«

Enno zuckte mit den Schultern. »Auf jeden Fall hatte er mehr als nur ein Mordmotiv.«

## 22. Kapitel

## Das Geständnis

In einer Pressekonferenz wurden die unzähligen Journalisten, die bereits auf Borkum eingefallen waren und schon überall nach dem verschwundenen Schauspieler gesucht hatten, über dessen unerwartetes Ableben informiert. Zeitgleich erhielt Philipp Büchler Besuch von Jörg und einem auf der Insel stationierten Polizeibeamten.

Dem Beamten hatte man erklärt, dass es sich bei Jörg um einen erfahrenen Profiler handeln würde, der extra für diesen Fall auf die Insel geholt worden war. Da der Polizist diese Information von dem gleichen Politiker bekommen hatte, den Hedda und Enno zuvor auch im Hotel getroffen hatten, hatte er die Anwesenheit des Geheimdienstleiters nicht ein einziges Mal infrage gestellt. Auch dessen Vorgehensweise, die nicht ganz mit den Vorschriften, die er kannte, übereinstimmte, hinterfragte er nicht.

»Herr Büchler, Sie wissen genau, warum wir hier sind. Tun Sie uns doch allen einfach einen Gefallen und gestehen Sie.« Jörg beugte sich vor, fixierte die Augen seines Gegenübers und wartete schweigend auf eine Reaktion.

Mit einem Taschentuch tupfte sich der Regisseur den Schweiß zunächst von der Stirn und dann aus dem Nackenbereich. Anschließend fasste er nach dem Kragen seines Hawaiihemdes und versuchte, durch wiederholtes Zupfen ein wenig kühle Luft über seinen behaarten Oberkörper zirkulieren zu lassen.

Bestimmt und souverän sprach Jörg den Regisseur erneut an. »Herr Büchler, wir warten!«

»Ich weiß überhaupt nicht, wovon Sie da reden. Ich glaube, ich möchte jetzt meinen Anwalt anrufen.« Unruhig rutschte der Filmemacher auf seinem Stuhl hin und her.

Die berechtigte Bitte nach einem Rechtsbeistand verhallte wirkungslos in Jörgs Ohren. Stattdessen ging er noch weiter in die Offensive. »Sie haben Alexander Wagner ermordet!« Er sagte es so, als gäbe es an dieser Theorie überhaupt keinen Zweifel mehr.

»Ich …« Philipp Büchler japste nach Luft. »Was soll ich getan haben?« Innerhalb von Sekunden nahm sein rundliches Gesicht eine ungesund wirkende rote Färbung an.

»Sie haben mich schon verstanden. Sie haben Ihren Hauptdarsteller umgebracht, um Ihrem Geldgeber nicht gestehen zu müssen, dass Sie Alexander Wagner nur für eine kleine Nebenrolle und keinesfalls für die zugesagte Hauptrolle gewinnen konnten.«

Aufgebracht sprang der Regisseur von seinem Stuhl auf, doch ein einziger leichter Schubser des Geheimdienstleiters genügte, um ihn wieder auf das Sitzmöbel zurückzubefördern.

»Das ist eine vollkommen haltlose Unterstellung!«, begann Philipp Büchler sich aufzuplustern.

»Wir wissen von den zwei Drehbüchern«, unterbrach Jörg ihn kühl und lehnte sich lässig zurück.

»Was … Sie wissen … Von welchen Drehbüchern reden Sie da überhaupt?«

»Sie wissen genau, welche Drehbücher ich meine. Außerdem wissen wir auch von den fünfzigtausend Euro.« Der Geheimdienstleiter ließ bewusst offen, ob er sich auf das Geld bezog, welches man bei der Leiche gefunden hatte, oder aber auf das in der Aktentasche des Filmemachers.

Bei diesen Worten sackte Philipp Büchler wie ein Häufchen Elend in sich zusammen. Schweigend schaute er auf seine Hände, die zitternd auf seinen Knien ruhten.

»Sie wissen, dass sich Geständnisse strafmildernd auswirken können?«, fragte Jörg mit ruhiger, fast schon belehrender Stimme. »Es ist noch nicht zu spät!«

Der Regisseur schaute plötzlich wieder auf, fixierte den Blick des Geheimdienstleiters und hielt diesen ein paar Sekunden lang. »Okay, ich werde Ihnen alles erzählen.«

»Ich bin ganz Ohr!« Mit einem zufriedenen Siegerlächeln lehnte sich Jörg in seinem Stuhl zurück. Er verspürte eine wohltuende Erleichterung. Wenn er bereits nach so kurzer Zeit das Geständnis des Mörders zu Protokoll nehmen konnte, würde hinterher mit Sicherheit niemand mehr seine Ermittlungsmethoden infrage stellen.

»An dem Abend, bevor Alexander Wagner plötzlich verschwunden ist, habe ich mich heimlich mit ihm getroffen«, begann Philipp Büchler stockend sein Geständnis. »Ich habe ihm fünfzigtausend Euro übergeben.«

»Warum?«

»Wir hatten einen Deal. Er war nur gegen diese zusätzliche Handgeldzahlung bereit, eine Nebenrolle in meinem Film zu spielen.« Betrübt senkte der Regisseur den Blick.

»Das bedeutet, er hat neben seinem vertraglich vereinbarten Honorar noch zusätzlich eine Schwarzgeldzahlung von Ihnen persönlich erhalten? Woher hatten Sie das Geld?«, fragte Jörg skeptisch nach.

Philipp Büchler presste die Lippen aufeinander. Ohne den Kopf zu heben, antwortete er auf die Frage. »Das Geld habe ich von meiner Oma geerbt.«

Jörg neigte den Kopf zur Seite und versuchte, einen Blickkontakt zu seinem Verdächtigen herzustellen. »Sie haben also das Geld aus Ihrer eigenen Tasche bezahlt?«

Der Filmemacher nickte. »Manchmal muss man halt etwas investieren, wenn man beruflich einen Schritt nach vorne machen möchte. Die Zusammenarbeit mit einem Schauspieler dieses Formates hätte meinem Ruf als Regisseur jede Menge Auftrieb verliehen.«

»Wieso fünfzigtausend?«

Verunsichert schaute Philipp Büchler zu seinem Gegenüber auf. »Mehr hatte ich nicht«, war seine zögerliche Antwort.

Der Geheimdienstleiter schaute ihm so lange tief in die Augen, bis er den Kopf erneut auf die Brust sinken ließ. »Und woher stammen dann die fünfzigtausend Euro, die wir in Ihrer Aktentasche gefunden haben?«

»Woher … Was haben Sie in meinen Sachen zu suchen? Sie haben kein Recht …« Unruhig rutschte der Filmemacher auf seinem Stuhl hin und her.

Auf Jörgs Gesicht formte sich erneut ein siegessicheres Lächeln. »Wir haben halt unsere Hausaufgaben gemacht«, sagte er ruhig. Dann wurde er deutlicher. »Sie sollten daher aufhören, uns für dumm zu verkaufen, und uns endlich die Wahrheit sagen!«, schrie er seinen Hauptverdächtigen an.

Erschrocken zuckte Philipp Büchler zusammen. »Aber ich … Ich sage doch …«, begann er, sich zu rechtfertigen.

»Es geht hier um einen Mord! Dafür kann man auch in Deutschland sehr lange in den Bau gehen«, gab Jörg zu bedenken.

»Aber ich habe Alexander Wagner nicht umgebracht«, wagte der Regisseur einen hörbaren Protest.

»Hören Sie auf, mich zu verarschen!«, schrie Jörg ihn so laut an, dass selbst der Polizeibeamte neben ihm erschrocken zusammenzuckte. »Sie haben Ihrem Geldgeber einen Film mit dem berühmten Alexander Wagner in der Hauptrolle versprochen. Als Sie gemerkt haben, dass dieser keine Lust auf die Zusammenarbeit mit einem drittklassigen Filmemacher wie Ihnen hatte, mussten Sie sich etwas einfallen lassen. Sie haben ihn daraufhin zu einer lukrativen Nebenrolle überredet und ihm zudem fünfzigtausend Euro versprochen. Doch damit hatten Sie Ihr Problem nur verschoben. Denn spätestens bei der Filmpremiere hätte Ihr Geldgeber gemerkt, dass er nicht so viel Alexander Wagner bekommen hat, wie Sie ihm zugesagt hatten. Darum haben Sie ihn umgebracht, um hinterher eine plausible Ausrede für Ihren Sponsor zu haben.« Jörg holte kurz Luft. »Und dass sich der letzte Film des verstorbenen Alexander Wagner mit Sicherheit auch gut vermarkten würde, war doch für Sie ein ganz netter Nebeneffekt.«

Mit weit aufgerissenen Augen schaute Philipp Büchler sein Gegenüber ängstlich an. Die detaillierte Zusammenfassung des vermeintlichen Tatverlaufs hatte in seinem Kopf eine Lawine potentieller Ereignisse ausgelöst, die allesamt mit seiner Inhaftierung endeten. Er entschied, dass ihn jetzt nur noch die Wahrheit vor den schlimmsten Folgen bewahren konnte. »Okay, ich werde ab sofort hundertprozentig ehrlich zu Ihnen sein. Aber eines will ich vorneweg klarstellen.« Er machte eine kurze Pause, holte tief Luft und sprach dann mit aller ihm zur Verfügung stehenden Entschlossenheit weiter. »Ich habe ihn nicht umgebracht!«

Ohne eine Miene zu verziehen, schaute Jörg seinen Hauptverdächtigen an. Er war sich immer noch sicher, dass Hedda und Enno ihm den wahren Mörder von Alexander Wagner geliefert hatten.

»Wie bereits erwähnt, habe ich mich mit Herrn Wagner getroffen, um ihm fünfzigtausend Euro zu geben. Der feine Herr Schauspielstar war sich nämlich tatsächlich zu schade dafür, um für eine wirklich ordentliche Gage eine Nebenrolle, geschweige denn eine Hauptrolle in meinem Film zu spielen. Wissen Sie, was er damals zu mir gesagt hat?« Ungläubig schaute Philipp Büchler den Geheimdienstleiter an.

Jörg quittierte seinen Blick mit einem Schulterzucken.

»Er hat gesagt, ich wäre der untalentierteste Regisseur, dem er jemals begegnet wäre. Und wissen Sie was?« Philipp Büchler machte eine künstliche Pause, um den Spannungsbogen ein wenig ansteigen zu lassen. »Wahrscheinlich hat er damit sogar recht.«

Überrascht von dieser Aussage verengten sich Jörgs Augen zu schmalen Schlitzen.

»Ja, ich bin ein mieser Regisseur. Ich liebe meinen Beruf, aber ich musste mir selbst eingestehen, dass ich niemals gut genug werden würde, um wirklich erfolgreich zu sein. Nachdem ich das endlich eingesehen hatte, wollte ich wenigstens noch einmal richtig abkassieren, um mir so den beruflichen Neustart zu erleichtern. Danach wollte ich mit der Kohle einen Neustart in Rumänien wagen. Bei den geringen Lebenshaltungskosten hätte ich dort eine Ewigkeit von meinen neuen Reserven zehren können. Der Film mit Alexander Wagner war daher meine letzte Chance. Darum habe ich ihm auch die Gage der Hauptrolle für die Tätigkeit einer Nebenrolle angeboten.«

»Haben Sie deshalb auch die zwei Drehbücher geschrieben?«

»Ja. Eines, das tatsächlich gerade verfilmt wird, und eines, das ich meinem Geldgeber vorgelegt habe. Der war so begeistert davon, einen Film mit Alexander Wagner zu finanzieren, dass ihm die Vorlage des falschen Drehbuches vollkommen gereicht hat, um mir die ganze Kohle zu überweisen.«

»Aber die angebotene Gage war Herrn Wagner dennoch nicht genug?«

»Nein, darum habe ich dann noch hunderttausend Euro obendrauf gelegt.«

»Hunderttausend?«, fiel ihm der wachsame Geheimdienstleiter sofort ins Wort. »Ich dachte, Sie hätten ihm fünfzigtausend geboten? Woher stammt dieses Geld?«

Mit dem Handrücken wischte sich der Regisseur den Schweiß von der Stirn. »Ich habe ihm mündlich hunderttausend Euro zugesagt. Die Hälfte davon hat er bereits vor Beginn der Dreharbeiten bekommen, die andere Hälfte sollte er nach seinem letzten Drehtag erhalten. Die Summe stammt aus den Zahlungen meines Geldgebers. In der Kostenaufstellung hatte ich natürlich ein Schauspielhonorar angesetzt, welches einer Hauptrolle angemessen war. Die Differenz zu dem Betrag, den ich Alexander Wagner für seine Nebenrolle angeboten hatte, war groß genug, um ihm zusätzlich ein entsprechendes ›Handgeld‹ zu versprechen.«

»Hat Ihr Sponsor die Kosten denn nicht überprüft?«

»Nein, der war nur happy, dass ich Alexander Wagner für den Film gewinnen konnte. Mehr hat den nicht interessiert. Ursprünglich hatte ich ja Marvin schon die Rolle zugesagt. Aber als Herr Glöckner mich mit Geld zugeworfen hat, um Alexander Wagner zu engagieren, habe ich diese Chance selbstverständlich genutzt.«

»Sie haben gesagt, dass er die andere Hälfte nach seinem letzten Drehtag erhalten sollte?«, fragte Jörg nach. Ihm war sofort aufgefallen, wie seltsam der Filmemacher das Wort ›sollte‹ betont hatte.

»Ich habe es ihm nicht mehr gegeben. Wie gesagt, es gab natürlich keine schriftliche Vereinbarung und ich wollte ja für meinen beruflichen Neustart auch ein wenig abkassieren. Seine Drohungen, mich in der Filmbranche zu einer Persona non grata zu machen, ließen mich daher vollkommen kalt.«

»Also haben Sie gelogen, als Sie eben noch behauptet haben, ihm am Vorabend seines Todes fünfzigtausend Euro gegeben zu haben?«

Mit beschämter Miene nickte Philipp Büchler zustimmend.

»Aber wenn Sie ihm die erste Rate bereits vor Drehbeginn gegeben haben, warum haben wir das Bargeld dann direkt bei der Leiche gefunden?«, wunderte Jörg sich.

»Keine Ahnung!« Der Filmemacher zuckte ratlos mit den Schultern. »Ich würde ihm aber zutrauen, dass er das Geld die ganze Zeit über bei sich getragen hat. Er war da schon etwas merkwürdig. Sein Handy und seine komische Goldkette hat er ja auch niemals abgelegt.« Die Gedanken an die vielen Situationen, in denen er mit seinem Darsteller genau über diese Dinge diskutiert hatte, ließen ihn verständnislos mit dem Kopf schütteln.

Jörg beschloss, die Vermutung des Regisseurs vorerst zu teilen. Es wäre ja auch ein verdammter Zufall, wenn die fünfzigtausend Euro, die Alexander Wagner bei sich getragen hatte, aus einer anderen Transaktion stammen sollten. »Sie hatten also Streit wegen der ausstehenden Zahlung?«, bohrte er stattdessen weiter nach.

»Und ob! Alexander Wagner kochte vor Wut. Er hat mich wüst beschimpft und ich glaube, er war drauf und dran, mir eine reinzuhauen.«

»Dafür gibt es dann doch sicher Zeugen?«

»Wir haben uns an einer abgelegenen Stelle getroffen. Schließlich war uns beiden daran gelegen, dass niemand etwas von unserem

Betrug erfährt. Aber seine ausfallenden Beleidigungen haben mit Sicherheit auch einige Touristen gehört.«

»Aber namentlich benennen können Sie uns keinen dieser Zeugen?«, fragte Jörg im selbstgefälligen Tonfall nach. Er war sich sicher, dass Philipp Büchler kein stichfestes Alibi für die Mordnacht vorweisen konnte.

»Die zufälligen Zuschauer unseres Streites habe ich nicht erkannt, aber für die Stunden danach habe ich jemanden, der bezeugen kann, dass ich die ganze Nacht über bei ihr war.«

Sofort spitzte der Geheimdienstleiter die Ohren. War es Zufall, dass der Regisseur plötzlich ein Alibi für die Mordnacht präsentieren konnte, oder hatte er auch das von vornherein so geplant? »Und wer soll diese Zeugin sein?«

Philipp Büchlers Gesicht lief erneut rot an. Doch dieses Mal war er nicht erschrocken, sondern vielmehr beschämt. »Ich … ich habe die ganze Nacht mit einer Dame verbracht.«

»Mit einer Dame?«, wiederholte Jörg überrascht. »Hat diese ›Dame‹ …«, er setzte das letzte Wort symbolisch in Gänsefüßchen, »… Sie auf die Insel begleitet?«

Philipp Büchler schüttelte den Kopf. »Es handelte sich um eine professionelle Begleiterin.«

»Sie meinen einen Escort-Service?«, konkretisierte Jörg.

Mit gesenktem Blick nickte der Filmemacher bejahend. »Ich hatte mich bereits vor zwei Wochen mit ihr verabredet. Sie ist extra für mich auf die Insel gekommen. Ich habe sie mir quasi selbst als Belohnung geschenkt.«

»Als Belohnung? Für den Abschluss Ihrer kriminellen Betrügerei?«

Dieses Mal nickte Philipp Büchler nur.

»Sie werden verstehen, dass wir Ihre Angaben überprüfen müssen.«

Der Regisseur erhob sich von seinem Stuhl, zog sein Portemonnaie aus der Gesäßtasche, fingerte eine Visitenkarte aus einem der Einschubfächer und reichte sie dem Geheimdienstleiter.

*Secret-Escort-Begleitservice*, las Jörg den Text auf der Karte. *Vielleicht sollte ich mich nach der Aufklärung dieses Falls auch einmal belohnen?*, überlegte er weiter.

## 23. Kapitel

## Geistesblitz

Nachdem Jörg das Verhör mit Philipp Büchler beendet hatte, ordnete er eine sofortige Überprüfung dessen Alibis an. Auch wenn es ihm absolut nicht schmeckte, musste er jetzt davon ausgehen, dass der Regisseur doch nicht der Mörder von Alexander Wagner war. Die Geschichte vom geplanten Betrug klang für ihn glaubhaft. Zudem fiel ihm kein Grund ein, warum der Filmemacher nach der Tat vergessen haben könnte, auch die fünfzigtausend Euro an sich zu nehmen, die der Verstorbene bei sich getragen hatte.

Doch durch den Wegfall seines Hauptverdächtigen war auch sein ursprüngliches Problem wieder da. Wie würde Edgar reagieren, wenn er erfahren würde, dass die Ermittlungen seiner Spezialeinheit doch nicht zum richtigen Täter geführt hatten? Würde es ihn milde stimmen, dass sie nebenbei zumindest einen Betrugsfall aufklären konnten?

Mit klopfendem Herzen und schweißnassen Händen stieg er aus dem Hotelfahrstuhl aus und ließ sich von den beiden Personenschützern, die bereits auf ihn warteten, zur Hotelsuite geleiten. Im Inneren warteten bereits Edgar, Hedda und Enno auf ihn. Vor Aufregung hatte keiner von ihnen in der vergangenen Stunde auf dem Sofa gesessen. Als Jörg das Zimmer betrat, standen alle irgendwo in dem großzügigen Wohnbereich herum und versuchten, ihre innere Anspannung so gut wie möglich zu verbergen.

»Und?«, fragte der Politiker. »Haben wir ein Geständnis?«

»Negativ!« Jörg schüttelte betrübt den Kopf. Dann erstattete er einen ausführlichen Bericht.

»Und wenn sein Alibi der Überprüfung standhält? Was machen wir dann? Gibt es noch weitere Verdächtige?« Der Stresslevel des Politikers war nach den neuen Erkenntnissen spürbar angestiegen. Auffordernd schaute er zunächst seinen direkten Untergebenen und danach Hedda und Enno an.

»In der Filmcrew gibt es noch ein paar Leute, die theoretisch ein Motiv …«, begann Enno zu spekulieren.

»Theoretisch!«, reagierte der Politiker genervt. »Theoretisch könnte ich auch Bundeskanzler sein und heute mit dem amerikanischen Präsidenten eine Brauerei besichtigen. Stattdessen hocke ich hier mit einem ratlosen Geheimdienstleiter und zwei Teenagern und versuche irgendwie, eines der geheimsten Polizeiprojekte der letzten zehn Jahre zu retten.« Er machte eine kurze Pause, um sicherzugehen, dass alle Anwesenden den Ernst der Lage verstanden hatten. »Wenn wir es nicht schaffen, den Mörder dieses Schauspielers zu fassen, dann wird man Ihrer Einheit …«, er zeigte mit seinem ausgestreckten Arm auf Jörg, »… vorwerfen, die Vernichtung von Tatortspuren fahrlässig riskiert zu haben. Dann war es das mit unserem ehrgeizigen Projekt.«

»Aber bei dem Wetter wären doch höchstwahrscheinlich ohnehin keine Spuren zu finden gewesen«, rechtfertigte Jörg erneut seine damalige Entscheidung.

»Höchstwahrscheinlich«, äffte der Politiker seinen Geheimdienstleiter nach. »Noch so ein schreckliches Wort. Klären Sie den Fall auf oder unser Projekt ist am Ende. Dann können Sie von mir aus den Rest Ihrer Dienstzeit als Streifenpolizist in einem ostfriesischen Kuhkaff versauern. Habe ich mich da jetzt klar ausgedrückt?«

***

Niedergeschlagen saßen Hedda, Enno und Jörg in dem kleinen Pensionszimmer, in dem die jungen Ermittler untergebracht worden waren. Zwischenzeitlich hatten sie die Bestätigung von Philipp Büchlers Alibi erhalten. Der Regisseur schied demnach definitiv als Mörder von Alexander Wagner aus. Seitdem waren mehrere Minuten vergangen, in denen sie sich nur schweigend gegenübergesessen hatten.

»Wir haben was vergessen!«, rief Hedda plötzlich mitten in die unangenehme Stille hinein.

Die Augen der beiden Männer richteten sich sofort erwartungsvoll auf sie.

»Alexander Wagner wurde mit Frostschutzmittel vergiftet«, sprach Hedda weiter. Dabei redete sie einerseits mit Jörg und Enno und andererseits auch mit sich selbst.

»Worauf willst du hinaus?«, fragte Enno, der bemerkt hatte, dass seine Freundin nicht vollständig anwesend war.

»In dem Drehbuch, in dem Alexander Wagner eine echte Hauptrolle hatte, stirbt sein Filmcharakter doch durch genau die gleiche Substanz. Ich glaube, wir sind uns einig, dass dies kein Zufall sein kann, richtig?« Bestätigung suchend schaute Hedda zunächst Enno und dann Jörg an.

Beide Männer nickten und warteten dann ungeduldig auf die Fortsetzung ihrer Schlussfolgerung.

»Der Mörder muss also das Drehbuch gekannt haben. Philipp Büchler wollte aber nicht, dass irgendjemand außer ihm den Ablauf der Story im Vorfeld kennt. Wenn er die Tat aber nicht selbst begangen hat, dann muss es jemand gewesen sein, der das Drehbuch trotz der strengen Geheimhaltung bereits bis zum Ende gelesen hat.«

»Na klar!« Jetzt fiel es auch Enno wie Schuppen von den Augen.

Auch Jörg wusste sofort, wen Hedda in Verdacht hatte. Hastig griff er zum Telefon und rief Karsten an.

## 24. Kapitel

## Das erste gescheiterte Date

Der Anruf seines Vorgesetzten erreichte Karsten zu einem denkbar ungünstigen Zeitpunkt. Der durchtrainierte Kampfsportler saß gerade mit einer neuen Damenbekanntschaft, die er über eine Online-Dating-Plattform kennengelernt hatte, in einem Oldenburger Café. Computer jeglicher Art und seinen eigenen Körper beherrschte er nach Belieben, aber im Umgang mit dem weiblichen Geschlecht agierte er zumeist relativ hilflos. Aufgrund seines maskulinen Erscheinungsbildes fiel es ihm zwar nicht schwer, über den PC an eine neue Verabredung zu kommen, aber die eigentliche Hürde stellte für ihn immer das Vis-à-vis-Gespräch mit den Frauen dar.

»Wer war denn dran?«, fragte Miriam. Die großgewachsene, schlanke Blondine war ebenfalls sehr sportlich. Sie war Mitte dreißig und hatte sich erst vor einem Jahr scheiden lassen. Aus ihrer gescheiterten Ehe hatte sie einen Sohn zurückbehalten, für den sich der leibliche Erzeuger leider schon während der Schwangerschaft nicht interessiert hatte. Der kleine Max war das ungeplante Ergebnis aus einer ungünstigen Kombination aus Pille, Sex und vorangegangener Magen-Darm-Infektion. Gleichzeitig war er das Beste, was ihr bisher passiert war.

»Das war mein Boss«, antwortete Karsten, ohne sein Date dabei ansehen zu können. Er war viel zu sehr damit beschäftigt, darüber nachzudenken, wie er das gemeinsame Treffen abbrechen konnte, ohne dabei den Eindruck zu erwecken, Miriam würde ihm nicht gefallen.

»Was wollte er denn?« Miriam schaute ihn ängstlich an. Schon oft war ein vermeintlich dringender Telefonanruf das Letzte gewesen, wobei sie eine ihrer neuen Männerbekanntschaften gesehen hatte. Doch erfolgten diese Anrufe eigentlich erst, kurz nachdem sie ihrem Gegenüber von Max erzählt hatte. Karsten hingegen wusste aber noch überhaupt nichts von ihrem Sohn. Ihr kleiner Sonnenschein konnte also nicht der Grund sein.

*Eigentlich lief unser Date doch bisher ganz gut*, grübelte sie weiter. Ihr gefiel der wortkarge, introvertierte Mann. Von den großmäuligen Schaumschlägern, die sie bisher bei der Partnerwahl präferiert hatte, war sie ohnehin immer nur enttäuscht worden. Sie konnte sich daher gut vorstellen, es dieses Mal mit dem extremen Gegenteil zu probieren.

Karstens berufliche Scheinidentität war die eines Computerfachmanns. Da seine schauspielerischen Fähigkeiten nicht besonders gut ausgeprägt waren, hatte man ihm einen Tarnjob verpasst, der relativ nah an seiner Tätigkeit in der Geheimeinheit lag. »In einer Firma gibt es einen Computernotfall.« Um sich nicht in Widersprüche zu verstricken, hielt er seine Notlügen am liebsten so knapp wie möglich.

»Oje, das klingt ja gar nicht gut.« Miriam strich sich eine Strähne hinter das Ohr, legte den Kopf leicht schief und schaute ihrem Date direkt in die Augen. Gleichzeitig presste sie die Lippen zusammen, um ihn nicht selbst danach zu fragen, ob er ihr Treffen nun abbrechen müsse. Das sollte er gefälligst selbst machen, wenn er es für unabwendbar hielt.

»Ich … ich weiß nicht, wie ich es sagen soll, aber ich befürchte, ich muss da leider ganz schnell hin.«

»Ist schon okay.« Wieder presste Miriam die Lippen fest aufeinander. Ob er sie um einen Nachholtermin bitten würde? Oder hatte sie ihm doch irgendeinen Grund geliefert, das Interesse an ihr komplett zu verlieren?

»Danke!«, sagte Karsten, verließ eiligen Schrittes das Café und vergaß dabei nicht nur, Miriam um ein neues Date zu bitten.

***

Ein mit allerhand Technik vollgestopfter Van parkte direkt vor dem Büro der Immobilienfirma, die dem Geldgeber von Philipp Büchlers Film gehörte. Karsten sprang aus dem Fahrzeug, ging zur Ladeluke des Kleintransporters, schaute sich kurz in alle Richtungen um und kletterte, als er sich unbeobachtet glaubte, schnell hinein.

Der Zugriff auf das firmeneigene Netzwerk war für ihn ein Kinderspiel. Mithilfe einer von ihm programmierten Software suchte er im Datenarchiv nach der letzten Rechnung des von der Firma beauftragten IT-Unternehmens. Nachdem er diese gefunden hatte, kopierte er das Firmenlogo aus dem Briefkopf und fügte es in eine selbst gestaltete Visitenkarte ein, die er anschließend nur noch ausdrucken und laminieren musste.

Dieses Mal legte er es nicht darauf an, die Festplatten sämtlicher PCs nach verdächtigen Dateien zu durchforsten. Vielmehr hatte er es darauf abgesehen, einen ganz bestimmten Computer innerhalb des Bürokomplexes lahmzulegen. Stichprobenartig checkte er daher die Anmeldedaten der einzelnen Rechner, bis er schließlich das Gerät fand, auf dem sich der Firmenchef eingeloggt hatte. Ein Mausklick genügte und Roman Glöckner – Gründer und Chef der Glöckner-Immobilien GmbH – saß vor einem pechschwarzen Bildschirm.

Nur wenige Minuten später stand Karsten am Empfang des Unternehmens, legte seine frisch gedruckte Visitenkarte vor und informierte die Empfangsdame über ein gravierendes Computerproblem, das er sofort beheben müsse.

»Ich weiß nichts von einem Computerproblem«, sagte die junge Mitarbeiterin, die hinter dem Empfangstresen saß. Ihrem Aussehen nach zu urteilen, konnte sie noch nicht besonders lang in der Firma beschäftigt sein. Sie warf einen skeptischen Blick auf ihren Monitor, bewegte die Maus und tippte etwas in ihre Tastatur. »Also, bei mir funktioniert alles.«

»Der Virus befällt zunächst nur einzelne Rechner und frisst sich von dort aus durch das ganze Firmennetzwerk. Nur wenn wir ihn früh genug stoppen, haben wir noch eine Chance, die Daten zu retten.« Karsten schlug einen Ton an, als würde gerade ein Meteoroid auf die Erde zurasen.

»Ich verstehe«, sagte die junge Mitarbeiterin, schaute den IT-Experten aber gleichzeitig vollkommen hilflos an. »Was soll ich denn jetzt machen?«

»Wir müssen die Quelle finden!«

»Die Quelle?«

»Den PC, der als Erster befallen wurde«, konkretisierte Karsten seine Aussage.

»Und wie soll ich das machen?«

Unbewusst rollte der Computerprofi genervt mit den Augen. »Telefonieren Sie ein wenig im Haus herum und fragen Sie in den einzelnen Abteilungen nach, ob irgendjemand Probleme hat.«

Die Assistentin wollte gerade nach dem Telefonhörer greifen, als der Apparat plötzlich läutete. »Glöckner-Immobilien GmbH, Sie sprechen mit Frau Reck«, begrüßte sie den Anrufer genauso, wie man es von ihr erwartete. Dann lauschte sie der hektischen Stimme am anderen Ende der Leitung. »Ein Mann von der Computerfirma steht gerade vor mir.« Die männliche Stimme am anderen Ende dröhnte jetzt so laut aus dem Hörer, dass selbst Karsten sie verstehen konnte. »Okay, dann schicke ich den Herrn gleich zu Ihnen rauf.« Sie legte auf, lächelte Karsten erleichtert an und bat ihn, sich mit ihr sofort in das Büro ihres Chefs zu begeben.

Karsten folgte der jungen Empfangsdame durch die Flure des Bürokomplexes, bis sie schließlich vor einer Tür am Ende eines Ganges stehen blieb. »Das ist das Büro von Herrn Glöckner«, sagte sie, klopfte vorsichtig an und öffnete nach der lautstarken Aufforderung ihres Chefs die Tür. »Der Mann von der …«, wollte sie den IT-Experten ankündigen, doch Roman Glöckner fiel ihr sofort ins Wort.

»Guten Tag!«, begrüßte Karsten den Firmengründer höflich.

»Guten Tag! Können Sie das schnell beheben? Ich muss dringend auf ein paar wichtige Dokumente zugreifen und einige E-Mails schreiben.« Sichtlich gestresst erhob sich der Immobilienfachmann aus seinem Chefsessel und bat den IT-Experten mit einer einladenden Handbewegung darum, vor seinem scheinbar funktionsuntüchtigen PC Platz zu nehmen.

»Ich denke schon«, antwortete Karsten und setzte sich an den edel wirkenden Schreibtisch. Vollkommen sinnfrei begann er damit, willkürliche Tastenkombinationen zu drücken. Dabei wusste er genau, dass er den Computer nur mit einer ganz bestimmten Befehlsabfolge wieder reanimieren konnte. »Wusste ich es doch«, murmelte er nach einiger Zeit, in der er scheinbar in seine Arbeit vertieft war, vor sich hin.

»Sie haben den Fehler?«, fragte Roman Glöckner hoffnungsvoll.

»Ich denke schon, aber Genaueres kann ich Ihnen erst in ein paar Minuten sagen.« Während er sprach, hämmerte er weiterhin wirkungslos auf der Tastatur herum. Dann stoppte er plötzlich, lehnte sich in dem bequemen Chefsessel zurück und verschränkte die Hände vor seinem Bauch.

»Was ist?«, fragte der Firmenchef nervös. Er konnte nicht verstehen, warum der IT-Fachmann plötzlich seine Arbeit einstellte. Sein PC schien offensichtlich noch nicht wieder in Ordnung zu sein.

Karsten warf mit ein paar wichtig klingenden Fachbegriffen um sich, die mit dem eigentlichen Problem selbstverständlich nichts zu tun hatten, und erklärte dem Firmenchef anschließend in leicht verständlichen Worten, dass sein Computer nun einige Minuten

›arbeiten‹ müsse, um sich selbst von dem Virus zu befreien, von dem er angeblich befallen worden war.

»Na gut!« Mit vor der Brust verschränkten Armen lehnte Roman Glöckner sich an die Fensterbank und starrte nervös auf den unverändert leblosen Bildschirm.

Währenddessen schaute Karsten sich in dem großzügigen Büro des Immobilienmaklers um. Er musste irgendeinen Anlass finden, um das Gespräch auf dessen Filmsponsoring zu lenken. An den Wänden hingen mehrere gerahmte Fotos von Immobilien. Anscheinend besaß die Firma mehrere Hotels, Ferienwohnanlagen und Restaurants im ganzen norddeutschen Raum. Doch neben einem Jesuskreuz in einer Ecke des Raumes entdeckte er Plakate, die ihn viel mehr interessierten. »Sind das alles Ihre Immobilien?«, versuchte er, ihn zunächst in ein belangloses Gespräch zu verwickeln.

»Nicht meine, aber die der Firma. Wobei mir natürlich auch immer noch ein Großteil der Firma gehört.« Sein angespannter Gesichtsausdruck wich für einen kurzen Moment einem stolzen Grinsen.

»Und was sind das für Filmplakate?« Karsten zeigte auf die gerahmten Poster an der Wand.

»Das ist zum Teil mein Hobby, zum Teil aber auch Werbung fürs Geschäft. Das sind alles Filmproduktionen, die ich mitfinanziert habe. Alle Filme spielen dabei aber an Orten, in denen auch unsere Immobilien stehen. So kann ich gleich zwei Fliegen mit einer Klappe schlagen, verstehen Sie?«

Karsten nickte. Das Konzept schien nachvollziehbar. Ob Roman Glöckner wirklich an den Finanzierungen der plakatierten Filme beteiligt war, würde er später überprüfen. Doch eigentlich ging es ihm aktuell ja nur um eine ganz bestimmte Produktion, deren Plakat natürlich noch nicht an der Wand hängen konnte. Der Film war ja schließlich noch nicht abgedreht und würde nach den jüngsten Ereignissen auch wohl niemals fertig werden. »Das klingt nach einem sehr aufregenden Hobby. Besuchen Sie manchmal auch die Dreharbeiten und kommen mit berühmten Schauspielern in Kontakt?«

»Wenn ich es einrichten kann, tue ich das tatsächlich. Aber immer ist das leider nicht möglich. Aktuell wird beispielsweise gerade ein Film auf Borkum gedreht.« Er zeigte auf einen großen Bilderrahmen, in dem Fotos von drei verschiedenen Immobilien angeordnet waren.

»Auf der Insel gehört uns ein Hotel, eine Immobilie mit acht Ferienwohnungen und ein italienisches Restaurant. Ich wäre sehr gerne dort vorbeigefahren, um bei den Dreharbeiten vorbeischauen zu können, aber leider musste ich die letzten zehn Tage beruflich nach Lübeck reisen, um dort ein paar wichtige Deals unter Dach und Fach zu bringen. Ich bin erst heute Nacht zurückgekommen.« Enttäuscht verzog er das Gesicht. »Aber vielleicht schaffe ich es in den nächsten Tagen ja noch, mal schnell für ein paar Stunden auf die Insel zu fliegen.«

»Ich drücke Ihnen die Daumen!« Karsten hatte genug gehört. Dieses Mal drückte er die richtigen Tasten und ... SIMSALABIM ... der Computer funktionierte wieder, als wäre nichts geschehen.

Nachdem er sich von Roman Glöckner verabschiedet hatte, stieg er in seinen Transporter und fuhr zu seiner Wohnung. Dort setzte er sich an seinen PC und überprüfte die neu gewonnenen Informationen. Doch sowohl die bisherigen Filmfinanzierungen als auch der zehntägige Aufenthalt in Lübeck ließen sich durch Vertragsdokumente, Zeitungsartikel und Handyortungen nachweisen. Somit schien auch Roman Glöckner aus dem Kreis der Verdächtigen ausgeschieden zu sein.

Enttäuscht griff Karsten zum Telefon und rief Jörg an. Er hasste es, seinem Chef negative Nachrichten zu übermitteln. Nach dem Gespräch schloss sich der Geheimdienstleiter sofort mit Hedda und Enno kurz, um sie ebenfalls auf den neuesten Stand zu bringen. In einem waren sich die drei sofort einig: Es musste noch jemanden geben, der das Drehbuch gelesen hatte.

## 25. Kapitel

## Die Party

Wie alle übrigen Mitglieder der Filmcrew standen auch Hedda und Enno vor dem Heimatmuseum am alten Borkumer Leuchtturm und lauschten der Rede von Philipp Büchler, der das versammelte Team gerade über den Mord an Alexander Wagner informierte. Schon zu Beginn der polizeilichen Pressekonferenz hatte man alle Mitglieder versammelt, um so zu verhindern, dass sie über die Medien vom Tod ihres Schauspielkollegen erfahren würden. Mit offen stehenden Mündern und weit aufgerissenen Augen hingen die Schauspieler, Kameraleute und Techniker an seinen Lippen. Die Nachricht vom Tod des bekannten Schauspielers löste bei allen Fassungslosigkeit und Bestürzung aus.

Hedda und Enno versuchten so zu tun, als hörten sie die erschütternde Nachricht gerade ebenfalls zum ersten Mal. Gleichzeitig suchten sie in den Gesichtern der Anwesenden nach verräterischen Anzeichen. War irgendwer sonst vielleicht noch genauso wenig überrascht wie sie?

Über seinen eigenen Betrug und die daraus resultierenden Ermittlungen gegen ihn sagte der Regisseur nichts. Aus »Respekt« vor dem Verstorbenen und aus »Rücksichtnahme« auf die gesamte Filmcrew verkündete Philipp Büchler allerdings eine zweitägige Drehpause.

»Ist dir etwas aufgefallen?«, fragte Hedda ihren Freund, nachdem der Filmemacher seine Ansprache beendet hatte.

Enno schüttelte den Kopf. »Alle sahen ehrlich überrascht aus.«

»Wie sollen wir denn jetzt weitermachen? Nachdem auch die Überprüfung von diesem Geldgeber aus Oldenburg nichts ergeben hat, stehen wir mal wieder ganz am Anfang.« Nachdenklich kaute Hedda auf ihrem Daumennagel herum.

»Wer könnte noch das Drehbuch gelesen haben?« Enno ließ seinen Blick erneut über die Menge schweifen, die sich nach dem Abgang des Regisseurs immer weiter auflöste.

»Hi!« Chantal drängelte sich durch zwei Statisten hindurch und stellte sich direkt neben die beiden Ermittler. »Krasse Neuigkeiten, oder?«, nuschelte sie, weil sie mit ihren Zähnen gleichzeitig ein riesiges Kaugummi bearbeitete.

»Das kannst du aber laut sagen«, schnaufte Enno.

»Wenn ich daran denke, dass ich ihn kurz vor seinem Tod noch gesehen habe …« Chantal schüttelte sich. »Ist schon eine komische Vorstellung, dass so ein Mensch plötzlich einfach nicht mehr da ist.«

Hedda wurde hellhörig. »Du hast ihn kurz vor seinem Tod noch gesehen?«

»Ja. Einen Abend, bevor ihr zur Filmcrew dazugestoßen seid, haben ein paar Leute eine geheime Party am Strand veranstaltet. Wir haben ein paar Fackeln angezündet, Musik gehört, Alkohol getrunken, und irgendwer hat auch ein wenig Gras organisiert. Dann tauchte plötzlich Alexander Wagner auf. Er war nicht eingeladen, musste aber irgendwie von der Party Wind bekommen haben.«

»Und, wie war er drauf?«, fragte Enno.

»Der war total betrunken und eher mies gelaunt. Er hat sich einfach zu uns gesetzt, sich ein Bier genommen und angefangen schlechte Stimmung zu verbreiten.«

»Weißt du, warum er so schlecht gelaunt war?«, fasste Hedda nach.

Chantal zuckte mit den Schultern. »Der war schon so betrunken, dass er nur noch wirres Zeug gelallt hat.«

»Kannst du dich an irgendetwas davon erinnern?«, wollte jetzt Enno wissen.

»Ihr seid aber neugierig.« Chantal lachte. »Ich war doch selber nicht mehr ganz bei Sinnen.« Sie überlegte kurz. »Er hat irgendetwas von Betrug gefaselt und dass er es demjenigen schon noch heimzahlen würde.« Die Schauspielerin stockte. »Meint ihr, das könnten Hinweise auf seinen Mörder sein?«

»Keine Ahnung!«, antworteten Hedda und Enno im Chor und zuckten nahezu synchron mit den Schultern. Sie wollten Chantal auf keinen Fall das Gefühl geben, Erfahrung in Mordermittlungen zu haben.

»Aber möglich wäre es natürlich. Ist dir denn sonst noch etwas Ungewöhnliches aufgefallen?«, fragte Hedda.

Wieder überlegte Chantal. »Da war so ein lauter Knall.«

»Ein lauter Knall?«, echote Enno.

»Ja, klang ein wenig so wie an Silvester. Wir sind alle nachschauen gegangen, konnten aber in der Dunkelheit nichts entdecken.«

»Wann genau war das?«, wollte Hedda wissen.

Chantal legte ihre Hand an das Kinn und schaute nachdenklich zum Himmel hinauf. »Das muss gewesen sein, kurz bevor Alexander

Wagner unsere Party wieder verlassen hat. Er hat danach nur noch aus der Bierbong getrunken und ist dann kurz darauf wütend davongetorkelt.«

»Bierbong? Du meinst diese Dinger, mit denen man sich in Sekundenschnelle große Mengen Alkohol in den Magen pumpt?« Enno kannte diesen Partybrauch noch sehr gut aus der Zeit, in der er aktiv Fußball gespielt hatte. Seine Mannschaftskameraden, und auch er, hatten sich fast jedes Wochenende auf diese Art und Weise die Lichter ausgeschossen.

Die Schauspielerin lächelte leicht beschämt. »Ja. Irgendwie voll peinlich, oder? Aber irgendwer hat das verdammte Ding angeschleppt, und am Ende hat es allen großen Spaß gemacht.«

»Weißt du, wer die Bierbong mitgebracht hat?« Heddas kriminalistischer Spürsinn arbeitete auf Hochtouren. Wer auch immer die Idee mit dem Trichtersaufen hatte, war mit großer Wahrscheinlichkeit auch der Mörder von Alexander Wagner. Auf jeden Fall war diese Art der Druckbetankung ein einfacher Weg, um jemandem unbemerkt eine große Menge Frostschutzmittel zuzuführen.

Chantal konnte ihnen zwar noch fast alle Personen aufzählen, die an der Party teilgenommen hatten, aber sie konnte sich beim besten Willen nicht mehr daran erinnern, wer für die Organisation der Bierbong verantwortlich gewesen war.

***

»Der Täter muss einer von denen sein!«, Hedda tippte mit dem Zeigefinger auf eine Namensliste, die sie nach dem Gespräch mit Chantal angefertigt hatte.

»Die Liste enthält über zwanzig Namen. Wie sollen wir die alle unauffällig befragen?«, gab Enno zu bedenken.

»Das müssen wir doch gar nicht! Das kann doch auch die Polizei für uns machen. Nachdem der unnatürliche Tod von Alexander Wagner öffentlich verkündet wurde, werden die Beamten doch sicherlich ohnehin eine Sonderkommission bilden und eigene Ermittlungen starten.« Nachdenklich schaute Hedda ihren Freund an. »Wenn die Kripo die gleichen Informationen hat wie wir, werden sie sicher schnell herausbekommen, wer die Bierbong mit zur Party gebracht hat.«

»Jörg wird sicherlich dafür sorgen, dass die Polizei alle Informationen erhält«, war Enno sich sicher. Er hatte seinem Vorgesetzten erst vor wenigen Minuten ein telefonisches Update gegeben. »Aber bedeutet das denn, dass für uns die Ermittlungen damit beendet sind?«

»Natürlich nicht!«, reagierte Hedda prompt. »Wir müssen weiterhin so viel wie möglich herausfinden und die Polizei unterstützen. Das sind wir Jörg und unserer Einheit schuldig. Je mehr wir zur Klärung des Falls beitragen, desto weniger wird man Jörgs anfängliche Entscheidung als Anlass nehmen können, um unser Projekt auf Eis zu legen.«

Zufrieden lächelte Enno seine Freundin an. Er hatte gehofft, dass sie genau das sagen würde. »Wir sollten uns den Ort der Party einmal genauer ansehen. Vielleicht können wir ja herausbekommen, was diesen ominösen Knall verursacht hat.«

»Gute Idee!« Hedda sprang auf, ging in den Flur und holte ihre Jacke von der Garderobe. »Kommst du?«

## 26. Kapitel

## Tatortbegehung

Eine halbe Stunde später erreichten die beiden jungen Ermittler den abgelegenen Strandabschnitt, an dem Chantals Angaben zufolge die Party stattgefunden hatte. Der Fundort der Leiche lag nur wenige Gehminuten entfernt. Soweit Hedda es im Internet recherchieren konnte, zeigten sich die Anzeichen für eine Frostschutzmittel-Vergiftung oft erst nach etwa einer halben Stunde. Auch das sprach für die Theorie, dass Alexander Wagner zwar auf der Party vergiftet, aber erst etliche Minuten nach seinem Abgang allein am Strand zusammengebrochen war.

Auf den ersten Blick war nichts mehr von der verhängnisvollen Feier zu erkennen, die hier vor wenigen Tagen stattgefunden haben sollte. Wind, Sand, Möwen und spazierende Touristen hatten wahrscheinlich dafür gesorgt, dass von den Überbleibseln dieser Party nichts mehr zu entdecken war.

»Lass uns mal dort in den Dünen nachschauen!«, schlug Hedda vor und zeigte auf die mit hohen Gräsern bewachsenen Sandberge, die sich in unmittelbarer Nähe befanden.

»Aber das Betreten der Dünen ist doch nicht erlaubt«, gab Enno zu bedenken.

Hedda schaute ihren Freund aus zusammengekniffenen Augen an. »Manchmal steckt noch zu viel Polizist in dir«, lachte sie und ging direkt auf die Sanddünen zu.

Sie versuchten, die Fläche systematisch abzusuchen. Mit einer Armlänge Abstand erklommen sie die meterhohen Sandberge, den Blick immer starr auf den Boden geheftet. Jeder Gegenstand, der nicht hierher zu gehören schien, wurde dabei in die Hand genommen und genauestens untersucht. Doch meistens förderten sie dabei nur Müll zutage.

»Was ist das denn?« Enno bückte sich und hob einen kleinen schwarzen Kasten auf, von dem nur noch eine winzige Ecke aus dem Sand herausragte.

»Sieht aus wie eine Fernbedienung«, mutmaßte Hedda. »Aber warum hat sie nur einen einzigen Knopf?«

»Das ist bestimmt der Fernzünder für das Feuerwerk.«

»Fernzünder?«, wiederholte Hedda überrascht.

»Aber sicher doch. Stell dir doch die Szene mal vor. Alexander Wagner ist auf der Party und soll gerade seine Ladung aus der Bierbong bekommen. Aber der Mörder muss ja irgendwie noch heimlich das Frostschutzmittel in den Trichter füllen, ohne dass die anderen Gäste etwas davon mitbekommen. Also zündet er per Fernbedienung …«, symbolträchtig tat Enno so, als würde er auf den kleinen Knopf des schwarzen Kästchens drücken, »… den Knallkörper, und während die anderen nach der Ursache der Lärmquelle suchen, füllt er die todbringende Substanz in den Trichter.«

»So könnte es gewesen sein«, stimmte Hedda ihm zu. »Aber warum hat er gleich einen ganzen Liter davon genommen? Deutlich weniger hätte doch wahrscheinlich auch schon gereicht.«

»Vielleicht wollte er auf Nummer sicher gehen?«

»Aber ist er nicht dadurch auch ein höheres Risiko eingegangen? Einen Liter Flüssigkeit versteckt man ja nicht mal eben so unter seinem T-Shirt. Das ist ein ganzer Milchkarton.«

Der Einwand seiner Freundin machte Enno stutzig. »Vielleicht war eine der Bierflaschen manipuliert?«

Hedda schüttelte energisch den Kopf. »Das glaube ich nicht. Chantal hat gesagt, sie hätten die Bierkisten erst auf dem Weg zum Strand bei einem Supermarkt gekauft. Außerdem war es an dem Tag sehr heiß und der Abend entsprechend schwül. Wenn bei der Party jemand lange Sachen angehabt hätte, um darunter das Frostschutzmittel zu verstecken, wäre das den anderen mit Sicherheit aufgefallen.« Sie überlegte kurz. »Außerdem passt in eine Bierflasche niemals ein Liter Frostschutzmittel hinein.«

»Aber wie hat er das Zeug dann unbemerkt in die Bierbong bekommen?«

## 27. Kapitel

## Strandgut

»Schau mal, Papa!« Aufgeregt rannte der kleine Anton zu seinem Vater und streckte ihm das Mobiltelefon entgegen, das er beim Buddeln im Sand gefunden hatte.

Der Mann blickte von seiner Zeitschrift auf und begutachtete den Fund seines Sprösslings. Seine Frau und er hatten eine Decke am Strand ausgebreitet und sich zum Ausruhen daraufgesetzt. »Wo hast du das denn her?«

»Das habe ich dort im Sand gefunden.« Der Junge zeigte auf die Stelle, an der er gerade erst begonnen hatte, ein Loch für seinen Schlossteich zu graben. »Darf ich es behalten?«

Der Vater tauschte einen fragenden Blick mit seiner Frau aus, doch die schob als Reaktion lediglich ihre Unterlippe leicht vor. Er drückte den Knopf an der Seite des Gerätes. Das Display blieb schwarz. »Vielleicht ist der Akku leer«, mutmaßte er, kramte eine Powerbank aus seinem Rucksack hervor und verband den externen Akku mit dem Smartphone. Kurz darauf versuchte er erneut das Gerät einzuschalten.

»Es geht ja noch!«, jubelte Anton, als das Display plötzlich aufleuchtete. »Darf ich es behalten, Papa, bitte?« Er setzte sich auf den Schoß des Vaters und schaute ihn mit großen, flehenden Kinderaugen an.

Der Vater kämpfte mit seinem Gewissen. Er kannte sich mit Technik gut aus und hatte daher schnell erkannt, dass es sich bei dem Gerät um ein iPhone der neuesten Generation handelte. Aufgrund seines jungen Alters sollte sein Sohn ohnehin noch kein eigenes Handy haben, aber er selbst konnte durchaus ein Upgrade seines in die Jahre gekommenen Modells brauchen.

Er vertröstete seinen Sohn und vollzog zunächst eine umfangreichere Überprüfung des Handys. »Komisch, in dem Gerät steckt weder eine SIM-Karte noch eine SD-Karte«, sagte er zu seiner Frau, nachdem er sich das Mobiltelefon genauer angesehen hatte.

»Also gehört es keinem und ich kann es behalten?« Anton hatte die ganze Zeit über in der Nähe gesessen und nur so getan, als ob er weiter im Sand spielen würde. Stattdessen hatte er seinen Vater permanent aus den Augenwinkeln heraus beobachtet.

»Ich …«, wollte der Vater gerade antworten, als ihm seine Frau das Wort abschnitt.

»Hör mal, Anton«, sagte sie mit ruhiger, einfühlsamer Stimme. »Es kann trotzdem sein, dass dieses Handy jemandem gehört, der es ganz doll vermisst. Wenn du dein Lieblingsspielzeug verloren hättest, würdest du dich doch auch freuen, wenn es dir jemand zurückbringen würde, oder?« Verständnissuchend schaute sie ihren kleinen Sohn an.

»Aber es gehört ja gar keinem«, protestierte Anton energisch. Schmollend schob er die Unterlippe vor und verschränkte die Arme vor der Brust.

Die Mutter kannte diesen Anblick nur zu gut und wusste genau, dass sie in diesem Fall nicht mehr auf das Verständnis ihres Sohnes hoffen durfte. Also entschied sie sich spontan für eine neue Strategie. »Es kann aber auch sein, dass dies ein geklautes Modell ist. Dafür spricht auf jeden Fall die fehlende SIM-Karte. In diesem Fall müssen wir es zur Polizei bringen.« Mit einem erneuten tiefen Blickkontakt versuchte sie an das Pflichtbewusstsein ihres Sohnes zu appellieren. »Du willst doch immer noch Polizist werden, wenn du groß bist, oder?«

Doch auch mit dieser Strategie hatte sie keinen Erfolg. Im Gegenteil, die Miene des Jungen verfinsterte sich sogar noch mehr. »Dann will ich eben kein Polizist mehr werden.«

Hilfesuchend schaute sie zu ihrem Mann hinüber. Dass dieser ebenfalls Interesse an dem Gerät zeigte, ahnte sie nicht. Ebenso wenig wie sie zu diesem Zeitpunkt wusste, um wessen Mobiltelefon es sich handelte.

## 28. Kapitel

## Junggesellen

Auf dem Rückweg vom Strand kamen Hedda und Enno eine Gruppe junger Männer entgegen. Alle waren einheitlich mit Flip-Flops, kurzen Hosen und Unterhemden bekleidet. Auf dem Kopf trugen sie große Strohhüte und in der Hand jeweils eine Bierflasche. Einer von ihnen zog einen Bollerwagen hinter sich her, in dem jede Menge alkoholische Getränke, aber auch allerlei Krimskrams aufbewahrt wurden.

Der Einzige von ihnen, der anstelle eines Strohhuts einen rosafarbenen Cowboyhut trug, steuerte direkt auf die junge Ermittlerin zu. Keifend, lallend und grölend folgten ihm alle anderen.

*Scheiße, ein Junggesellenabschied!*, schoss es Hedda noch durch den Kopf. Doch es war bereits zu spät, um der Horde noch auszuweichen.

»Hallo, schöne Frau«, begrüßte der vermeintliche Bräutigam in spe Hedda und schaute ihr tief in die Augen. Dabei kam er ihr so nahe, dass sie seinen alkoholgetränkten Atem riechen konnte.

»Moin!«, sagte Hedda.

Enno sagte nichts, legte aber demonstrativ seinen Arm um seine Freundin.

»Ein norddeutsches Mädel!«, freute sich der junge Mann, drehte sich zu seinen Kumpels um und schrie die Neuigkeit noch einmal in deren Richtung. »WIR HABEN HIER EINE ECHTE NORDDEUTSCHE SCHÖNHEIT!«

Die Menge grölte, jubelte und applaudierte.

»Hör mal zu, ich werde in wenigen Tagen heiraten und wollte dich fragen, ob du vielleicht einen guten Grund kennst, warum ich das lieber bleiben lassen sollte?« Er zwinkerte ihr mit einem schelmischen Grinsen zu.

Enno lag sofort eine schlagfertige Antwort auf der Zunge, aber er hielt sich lieber zurück. Aus seiner Tätigkeit als Polizist wusste er nur zu gut, wie schnell die alkoholbedingte Hochstimmung ins Gegenteil umschlagen konnte.

Im Gegensatz zu ihm konnte Hedda sich nicht beherrschen. »Du würdest deiner Verlobten mit Sicherheit eine Menge Ärger ersparen«, antwortete sie dem zukünftigen Ehemann, ohne dabei auch nur mit der Wimper zu zucken.

Ein anerkennendes Raunen ging durch die Männerrunde.

»Hübsch und schlagfertig!« Der Junggeselle klopfte Enno kumpelhaft auf die Schulter. »Die solltest du nicht wieder laufen lassen!«

»Keine Sorge«, antwortete Enno. »Das habe ich nicht vor.« Er lächelte Hedda verliebt an.

»Möchtest du deiner Freundin nicht vielleicht ein kleines Schmuckstück schenken?« Der angetrunkene junge Mann griff in den Bollerwagen und holte eine kleine Plastikschüssel mit goldenen Ketten und Anhängern heraus. »Nur fünf Euro pro Stück!«

»Ist das auch echtes Gold?«, fragte Enno, wohl wissend, dass es sich natürlich nur um billigen Modeschmuck aus Fernost handelte.

»Aber klar doch«, grinste der angehende Ehemann.

»Und in dem Amulett befinden sich sogar noch zwei echte Edelsteine«, rief einer seiner Begleiter aus dem Rückraum und erntete dafür das zustimmende Gegröle der Umherstehenden.

Enno hatte keine Lust, noch mehr Zeit mit der Gruppe zu verschwenden. Schließlich hatten sie weiß Gott Wichtigeres zu tun. Da er aber anerkannte, dass die Männer trotz ihres hohen Alkoholpegels sehr friedlich waren, hielt er den Kauf einer Kette für den schnellsten Weg, um der Situation zu entkommen.

»Okay, ich nehme eine«, sagte er, kramte sein Portemonnaie hervor und reichte dem vorübergehenden Verkäufer einen Zehneuroschein.

»Vielen Dank!« Er machte eine Verbeugung und reichte Enno eine Kette samt Amulett. »Aber erst öffnen, wenn wir weg sind«, sagte er noch, während der Tross bereits weiterzog.

»Hey, mein Wechselgeld!«, rief Enno ihnen hinterher.

»Fünf Euro für die Kette und fünf für das Amulett«, antwortete die Gruppe im Chor und zog lachend weiter.

Enno tat so, als würde er den Männern das Amulett wütend hinterherwerfen, musste aber über so viel sympathische Dreistigkeit selber lachen. »Darf ich dir dein neues Schmuckstück anlegen?«, wandte er sich an Hedda.

»Zuerst will ich wissen, was da drin ist!« Sie nahm das Schmuckstück in die Hand und öffnete es. Das Foto, das sich darin befand, schockierte sie, brachte sie gleichzeitig aber auch zum Grinsen.

»Zeig mal!«, sagte Enno und nahm ihr das Amulett aus der Hand. Als auch er einen Blick auf das Foto geworfen hatte, konnte er es nicht fassen. Das Bild zeigte den kompletten Genitalbereich eines Mannes. Im Deckel des Amuletts stand etwas geschrieben. Der junge Ermittler musste die Augen zusammenkneifen, um die kleine Schrift entziffern zu können. »Eigentum von Maria«, las er vor. »Nun ja, gelogen haben sie jedenfalls nicht. In dem Anhänger befinden sich tatsächlich zwei Kronjuwelen.«

Hedda lachte. Es imponierte ihr, dass ihr Freund auf den derben Scherz der Männer mit Humor und nicht mit überzogener Eifersucht reagierte. Als Enno ihr die Kette um den Hals legte, musste sie plötzlich wieder an das Amulett von Alexander Wagner denken. *Warum hatte er es nie abgelegt? Ob da doch etwas anderes in dem Anhänger war als das Bild seiner verstorbenen Mutter? Etwas, was für ihn, aber vielleicht auch für den Mörder von besonders hohem Wert war?*

***

Als Miriam gegen Abend kurz auf ihrer Arbeitsstelle vorbeischaute, empfing sie ihre Kollegin Kirsten bereits mit erwartungsvollen Blicken.

»Und?«, fragte sie aufgeregt. »Wie war es?«

Miriam und Kirsten verbrachten häufig ihre Mittagspausen zusammen, und daher wusste die junge Empfangsdame fast alles über die Versuche ihrer älteren Kollegin, gleichzeitig einen neuen Partner und einen Vaterersatz für ihren Sohn Max zu finden.

»Frag nicht!« Miriam machte eine wegwerfende Handbewegung.

»War es so schlimm?« Kirsten schaute ihre Arbeitskollegin mitleidig an.

»Eigentlich lief es ganz gut«, begann Miriam über ihr Date mit Karsten zu berichten. »Aber plötzlich bekam er einen Anruf von seinem Boss und musste sofort verschwinden. Stell dir vor, er hat nicht einmal seinen eigenen Cappuccino bezahlt.«

»Lass mich raten«, sagte ihre Kollegin. »Das war bestimmt, nachdem du ihm von Max erzählt hast, oder?«

Ratlos schüttelte Miriam den Kopf. »So weit bin ich dieses Mal überhaupt nicht gekommen.«

»Merkwürdig. An deinem Aussehen kann es ja wohl kaum gelegen haben. Du bist so eine attraktive Frau. Jeder Mann müsste glücklich sein, dich an seiner Seite zu haben.«

»Danke«, murmelte Miriam verlegen, aber gleichzeitig auch stolz. Sie fand auch, dass sie trotz ihres Alters und der Geburt ihres Sohnes durchaus noch mit jüngeren Frauen konkurrieren konnte.

»Oder sieht er etwa so gut aus, dass er meint, sich nur mit absoluten Topmodels Mitte zwanzig umgeben zu können?«

»Er sieht schon recht gut aus«, gab Miriam zu.

»Zeig mal ein Foto«, forderte Kirsten sie auf.

Eigentlich zeigte Miriam die Bilder ihrer Dating-Partner nur recht ungern weiter. Irgendwie hatte sie das Gefühl, ansonsten die Privatsphäre der Männer zu verletzen. Aber dieses eine Mal wollte sie eine Ausnahme machen. Vielleicht konnte ihre Kollegin ihr ja nach Ansicht des Fotos irgendwelche erklärenden oder beruhigenden Worte liefern. Sie kramte ihr Handy heraus, rief das Porträtbild auf, mit dem sich Karsten auf der Dating-Seite angemeldet hatte, und zeigte es ihr.

»Der war doch hier«, sagte ihre Kollegin zögerlich. Dann nahm sie das Handy in die eigene Hand und hielt sich das Display direkt vors Gesicht. »Ja, jetzt bin ich mir ganz sicher. Das ist der Typ von der IT-Firma, der den PC vom Chef wieder zum Laufen gebracht hat.«

Überrascht schaute Miriam sie an. »Dann hat er den Anruf von seinem Chef vielleicht doch nicht nur vorgetäuscht, um mich schnell wieder loszuwerden«, sagte sie. Ein hoffnungsvolles Lächeln huschte über ihr Gesicht.

In diesem Moment verkündete ein akustisches Signal ihres Mobiltelefons den Eingang einer neuen E-Mail. Kirsten gab ihrer Kollegin das Handy zurück und Miriam prüfte den Posteingang. »Ich habe eine E-Mail von Karsten«, stellte sie zufrieden fest.

»Was schreibt er denn?« Aufgeregt rollte ihre Kollegin mit dem Bürostuhl an ihre Seite, um die Nachricht mitlesen zu können.

*Liebe Miriam,*
*es tut mir leid, dass wir unser Gespräch so abrupt beenden mussten.*
*Aber es war wirklich ein Notfall.*
*Ich würde dich sehr gerne noch einmal treffen.*
*Lieben Gruß*
*Karsten*

## 29. Kapitel

## Trojanischer Schmuck

»Ob Jörg wohl schon etwas über das Amulett herausgefunden hat?« Unruhig ging Hedda in ihrem Pensionszimmer auf und ab.

»Er hat versprochen, uns gleich anzurufen, wenn er etwas weiß«, versuchte Enno sie zu beruhigen.

Seit die beiden auf den Junggesellenabschied gestoßen waren und von den angetrunkenen Männern eine Kette mit Anhänger nebst pikantem Inhalt gekauft hatten, war Hedda davon überzeugt, dass auch in Alexander Wagners Amulett irgendetwas gewesen sein musste, was für ihn und seinen Mörder von unvorstellbarem Wert gewesen war. Warum sonst sollte er die Kette so gut wie nie abgelegt haben?

Nachdem sie ihrem Vorgesetzten von diesem Verdacht berichtet hatten, hatte dieser ihnen versprochen, so schnell wie möglich herauszufinden, wo Alexander Wagner das Schmuckstück erworben hatte und ob der Verkäufer genauere Details zu dem Amulett benennen konnte.

»Vielleicht sollten wir uns nicht zu sehr auf den Anhänger versteifen«, schlug Enno vor. »Vielleicht hatte er ja wirklich nur ein Bild seiner verstorbenen Mutter da drin.«

Hedda schaute ihren Freund fragend an. »Aber was sollen wir denn dann machen? Willst du jetzt etwa doch alle Teilnehmer der Strandparty einzeln befragen? Den Job hat doch mit Sicherheit schon längst die Kriminalpolizei übernommen.«

»Kann schon sein. Aber rumsitzen und abwarten wird die Zukunft unserer Geheimeinheit auch nicht retten. Wir müssen andere Wege gehen, um vor den Beamten den entscheidenden Hinweis zu finden. Nur wenn uns das gelingt, wird man die Entscheidung von Jörg und damit auch die weitere Existenz unserer Einheit nicht weiter hinterfragen.«

»Du hast recht!« Hedda begann zu grübeln. »Aber was wissen wir, was die Polizei noch nicht weiß? Über die Frostschutzmittel-Vergiftung und die Party hat Jörg die Kripo mit Sicherheit längst informiert.«

»Wir wissen von der Fernbedienung, die höchstwahrscheinlich für den Ablenkungseffekt am Strand gesorgt hat«, sagte Enno.

In diesem Moment klingelte ihr Diensthandy.

»Das ist Jörg«, rief Hedda aufgeregt und nahm das Gespräch entgegen.

Der Geheimdienstleiter hatte in Augsburg, dem Wohnort von Alexander Wagner, den Juwelier ausfindig gemacht, der ihm vor Jahren das Amulett verkauft hatte. Darüber hinaus wusste er zu berichten, dass es sich bei dem Schmuckstück um eine Sonderanfertigung handelte, die Alexander Wagner höchstpersönlich bei dem Goldschmied in Auftrag gegeben hatte. Das Innenteil des Anhängers war nämlich nicht für die Aufbewahrung einer Fotografie bestimmt, sondern war so angefertigt worden, dass zwei Micro-SD-Speicherkarten darin aufbewahrt werden konnten.

Gemeinsam beschloss man, diese Information genauso wie den Fund der Fernbedienung noch ein wenig vor der Kriminalpolizei geheim zu halten. Vielleicht hatte Hedda wirklich den richtigen Riecher gehabt, und der Schlüssel zur Lösung des Falls lag jetzt wieder in ihren Händen.

»Zwei Micro-SD-Karten-Fächer«, überlegte Hedda laut. »Wozu brauchte er in seinem Amulett Platz für zwei Micro-SD-Karten-Fächer?«

»Und vor allem, was genau war auf den Karten gespeichert?«, stieg auch Enno in die Überlegungen mit ein. »Es muss auf jeden Fall etwas ziemlich Geheimes sein.«

»Vielleicht Informationen, die der Mörder auch unbedingt haben wollte«, spekulierte Hedda.

»Oder aber Daten, die Alexander Wagner gegen seinen Mörder hätte verwenden können«, wandte Enno ein.

Plötzlich durchzuckte Hedda die Erkenntnis wie ein Geistesblitz. »Erinnerst du dich noch an die Kamera, die wir in seinem Hotelzimmer gefunden haben?«

Enno nickte. »Du meinst, die fehlende Speicherkarte könnte in dem Amulett gewesen sein?«

»Vielleicht«, stimmte Hedda ihm zu. »Und das zweite Fach war dann für die Speicherkarte …«

»… aus seinem Handy bestimmt«, beendeten die beiden den Satz gleichzeitig.

***

»Du bist doof!«, schrie Anton so laut, dass sämtliche Passanten es hören konnten. Und als wäre das noch nicht peinlich genug, fing er auch noch lauthals an zu weinen.

Sein Vater kniete sich zu ihm auf den Boden und versuchte, ihn in die Arme zu nehmen. Doch der kleine Junge hatte keine Lust auf eine Umarmung oder die erneute Erläuterung seines Vaters, warum er das gefundene Smartphone nicht behalten durfte. Er wollte nur sein Handy zurück. Er hatte es gefunden, also war es auch seins! BASTA!

»Das Handy gehört uns nicht«, erklärte ihm sein Vater zum hundertsten Mal. »Und vielleicht bekommst du ja sogar einen Finderlohn.«

»Ich will keinen Finderlohn! Ich will mein Handy!«, brüllte Anton und schlug dabei wild um sich. Dabei traf er seinen Vater so ungünstig am Kopf, dass dessen Brille von der Nase rutschte und auf den Boden fiel.

Wütend hob er seine Sehhilfe auf. Der Bügel war verbogen und ein Glas war aus der Fassung gerutscht. »Jetzt reicht es aber!«, schrie er. »Ich bringe das verdammte Ding jetzt zum Fundbüro und damit hat es sich!« Energischen Schrittes ging er auf die vor ihm liegende Tür zu.

»Timo, beruhige dich!«, rief ihm seine Frau hinterher, während sie gleichzeitig versuchte, ihren kleinen Sohn zu trösten.

Timo drehte sich um und warf seiner Frau einen stechenden Blick zu. Immerhin war sie es gewesen, die beschlossen hatte, das Mobiltelefon nicht zu behalten. ›Wenn Anton es nicht behalten darf, kannst du es auch nicht haben. Wie soll der Junge das denn verstehen?‹, hatte sie zu ihm gesagt. Und: ›Wir müssen dem Jungen beibringen, was das Richtige ist.‹

*Blablabla*, dachte Timo genervt, drehte sich wieder um und griff nach der Türklinke des Fundbüros.

***

Hedda und Enno waren sich schnell darüber einig, dass sie sich auf die Suche nach Alexander Wagners Handy und dem Amulett konzentrieren sollten. Doch wo sollten sie anfangen? Sollten sie noch einmal den Strand absuchen? Konnten sie beim ersten Mal etwas übersehen haben?

»Ich glaube nicht, dass wir am Strand noch etwas finden«, sagte die junge Ermittlerin.

»Wo sollen wir sonst suchen?« Auch Enno glaubte nicht an den Erfolg einer neuerlichen Suchaktion, aber ihm fiel auch kein anderer Ort ein, an dem sie die gesuchten Objekte finden könnten.

»Stell dir mal vor, du hättest die Sachen verloren. Abgesehen vom vermeintlichen Ort des Verlustes, wo würdest du danach suchen?«, versuchte Hedda ihre Überlegungen neu zu justieren.

»Im Fundbüro!«, sagte Enno reflexartig, so als wäre es die einzig logische Antwort.

Nach ein paar weiteren Überlegungen, die allesamt aber nicht wirklich wahrscheinlich erschienen, beschlossen die beiden schließlich sich aufzuteilen. Enno machte sich erneut auf den Weg zum Strand, um den entlegenen Abschnitt abermals abzusuchen. Hedda hingegen marschierte so schnell wie möglich zum Fundbüro der Insel.

Als die junge Ermittlerin an ihrer Zieladresse ankam, fiel ihr sofort ein kleiner Junge ins Auge, der heulend in den Armen seiner Mutter lag.

»Ich will mein Handy zurück!«, brüllte er mit herzzerreißender Stimme. Sein Kopf war knallrot angelaufen, und aus seinen Augen rannen dicke Tränen seine Wangen hinab.

»Timo, warte doch bitte!«, rief seine Mutter einem Mann hinterher, dessen Hand bereits auf dem Türgriff des Fundbüros ruhte.

»Was ist denn jetzt noch?« Genervt verdrehte der Mann die Augen. »Nur weil der Junge jetzt weint, sollen wir plötzlich nicht mehr das Richtige tun?« Der Sarkasmus in seiner Stimme war unüberhörbar. Er ging zu seiner Frau und seinem Sohn zurück, zog etwas aus der Hosentasche und streckte es den beiden entgegen. »Hier! Macht doch damit, was ihr wollt.«

Den Gegenstand, den er in der Hand hielt, erkannte Hedda sofort. Es war ein iPhone der neuesten Generation. Es war genau das Modell, das auch Alexander Wagner besessen hatte.

»Entschuldigen Sie!« Die Familie in dieser intimen Streitsituation direkt anzusprechen, war der jungen Ermittlerin sehr unangenehm, aber sie musste unbedingt verhindern, dass das Mobiltelefon in die Hände des Fundbüros oder gar der Polizei geriet. Nur so konnte sie Jörgs, aber auch Ennos und ihren eigenen Job retten.

Die verständnislosen Blicke der jungen Familie ruhten auf Hedda, während sie langsam näher kam.

»Es tut mir leid, dass ich mich in Ihre Diskussion einmische, aber ich glaube, Sie haben da mein Handy gefunden.« Sie zeigte auf das Gerät, das sich noch immer in der Hand des Vaters befand.

»Das würde ich an Ihrer Stelle jetzt auch behaupten!« Der Mann glaubte der jungen Ermittlerin offensichtlich kein Wort. »Sie wollen sich doch nur das iPhone unter den Nagel reißen.«

Hedda beachtete den wütenden Familienvater nicht weiter, sondern konzentrierte sich stattdessen lieber auf die Mutter und den kleinen Jungen. Sie hockte sich zu den beiden, lächelte zunächst die Frau und dann ihren verheulten Sohn an. »Ich bin Hedda, und wie heißt du?«, sprach sie das Kind direkt an.

»Anton«, antwortete der Kleine mit brüchiger, verweinter Stimme.

Hedda erklärte ihnen, wann und wo sie das Telefon verloren hatte. »Ich habe es gebraucht gekauft und wollte es meinem Freund zum Geburtstag schenken«, begann sie ihr Lügenmärchen. Dem kleinen Anton dabei direkt in seine gutgläubigen Kinderaugen schauen zu müssen, fiel ihr unglaublich schwer. »An dem Tag, an dem ich das Handy gekauft habe, haben mein Freund und ich uns aber ganz doll gestritten, und darum habe ich einen Spaziergang am Strand gemacht, um auf andere Gedanken zu kommen.« Hedda spekulierte darauf, dass der kleine Junge das Gerät in der Strandregion gefunden hatte, in der Hans auch die Leiche von Alexander Wagner entdeckt hatte. Daher beschrieb sie der Familie genau, an welchem Strandabschnitt sie ihren vermeintlichen Spaziergang absolviert hatte. »Dabei muss mir das Smartphone dann aus der Tasche gefallen sein.« Sie machte eine kurze Pause, in der sie sich fast in Antons treuen Kinderaugen verlor. »Hast du dich auch schon mal mit jemandem gestritten?«

Der Junge nickte. »Mit meinem Papa«, sagte er und zeigte dabei auf seinen Vater.

Hedda schaute die Mutter an und holte sich per Blickkontakt die Bestätigung, das Gespräch fortsetzen zu dürfen. »Und warst du dabei auch so wütend, dass du nicht mehr genau wusstest, was du gerade machst?«

Anton nickte, löste sich aus den Armen seiner Mutter, machte zwei Schritte auf seinen Papa zu und umarmte dessen Oberschenkel. »Ich habe dich lieb, Papa.«

Sämtlichen Anwesenden schossen vor Rührung die Tränen in die Augen.

»Ich habe dich auch furchtbar lieb«, sagte der Vater, hockte sich hin und schlang die Arme um seinen Sohn.

Hedda gab der Familie einen Augenblick, ihre Versöhnung zu genießen. Dann sprach sie erneut den kleinen Anton an. »Wenn du mir das iPhone zurückgibst, dann bekommst du natürlich auch einen Finderlohn von mir.«

Die verheulten Augen des Jungen begannen zu leuchten. »Wie viel krieg ich denn?«

Hedda tat so, als würde sie überlegen. Dann zückte sie ihr Portemonnaie aus der Gesäßtasche und zählte nach, wie viel Geld sie überhaupt dabeihatte. »Weil du so ein ehrlicher und süßer kleiner Junge bist, würde ich dir hundertfünfzig Euro geben«, sagte sie schließlich, ohne darüber nachzudenken, ob das ein angemessener Finderlohn war.

Antons Gesicht strahlte vor Begeisterung. So viel Geld hatte er in seinem ganzen Leben noch nicht besessen. »Dann habe ich ja sogar mehr Geld als du, Papa«, sagte er stolz und mit voller Überzeugung zu seinem Vater.

Timo kannte zwar den ungefähren Neupreis des iPhones, war sich aber unsicher, welchen Betrag ein gebrauchtes Modell dieser Art wert war. »Ist das nicht zu viel?«, fragte er daher vorsichtshalber. Die detaillierten Angaben der jungen Frau hatten ihn überzeugt, die wahre Eigentümerin vor sich zu haben. Woher sollte sie sonst gewusst haben, an welcher Stelle des Strandes Anton das Handy gefunden hatte?

»Das ist schon in Ordnung«, sagte Hedda lächelnd und drückte Antons Mutter mehrere Geldscheine in die Hand. »Ich gebe das Geld deiner Mama, damit sie es gut für dich aufbewahrt, okay?« Sie zwinkerte dem kleinen Jungen verschwörerisch zu.

»Okay«, lächelte der kleine Anton glücklich.

»Hier haben Sie Ihr Handy!«, sagte der junge Familienvater und reichte Hedda das Smartphone. »Das nenne ich mal Schicksal, dass wir uns zufällig direkt vor dem Fundbüro getroffen haben.«

## 30. Kapitel

## Das zweite gescheiterte Date

Es war dasselbe Café wie beim ersten Date. Es war sogar derselbe Tisch, an dem Karsten saß und aufgeregt auf Miriam wartete. Er war wirklich froh, dass sie ihm noch eine zweite Chance gab. Rückblickend betrachtet, hatte er bei seinem spontanen Abgang nämlich wirklich keine gute Figur gemacht.

*Wie konnte ich nur vergessen, den Cappuccino zu bezahlen?* Wenn er an dieses Versäumnis dachte, musste er über sich selbst den Kopf schütteln.

In diesem Moment sah er Miriam durch die Drehtür das Café betreten. Sie wirkte auf ihn noch schöner als bei ihrem ersten Treffen. Schlagartig fühlte sich sein Mund wie ausgetrocknet an, und er wünschte sich, er hätte dem Kellner vor wenigen Minuten nicht gesagt, dass er mit seiner Bestellung noch bis zum Eintreffen seiner Bekanntschaft warten wolle. Ein Schluck Wasser wäre jetzt eine reine Wohltat.

Er sprang auf, um seiner Verabredung den Stuhl zurechtzurücken.

»Danke!« Miriam lächelte ihn freudestrahlend an und setzte sich.

Nachdem beide etwas zu trinken bestellt und sich nach etwas Smalltalk darauf geeinigt hatten, das erste gemeinsame Treffen einfach zu vergessen, kam Miriam gleich zu einem Punkt, der ihr extrem wichtig war. Sie wollte unbedingt schon zu Beginn des Gespräches loswerden, dass es sie nur im Doppelpack mit ihrem Sohn gab.

»Du hast einen Sohn? Wie alt ist er denn?« Karsten schenkte ihr ein ehrliches Lächeln. Er hatte sich schon oft gefragt, wie es wohl wäre, gemeinsam mit einem kleinen Jungen die neuesten Videospiele zu zocken. Dass es sich bei dem Kind nicht um sein leibliches handelte, war ihm dabei vollkommen egal.

»Er ist acht!«, antwortete Miriam, zückte ihr Handy und zeigte Karsten ein Foto ihres Sonnenscheins.

»Mag er Computerspiele?«, fragte Karsten und strahlte dabei wie ein Kind, das gerade Super Mario höchstpersönlich getroffen hatte.

Miriam musste schmunzeln. Der hochgewachsene, durchtrainierte Mann mit dem kantigen Gesicht kam ihr plötzlich wie ein großes Kind vor. Vor einigen Jahren hätte sie um solch ein Exemplar noch einen großen Bogen gemacht, doch von ihren glücklich verheirateten Freundinnen wusste sie, dass die besten Väter gleichzeitig auch die besten Kumpels ihrer Söhne waren.

Nachdem Miriam ihrem Dating-Partner noch viel über ihren Sohn erzählt hatte, wechselte sie irgendwann das Thema und kam auf ihren aktuellen Arbeitsplatz zu sprechen. »Weißt du eigentlich, dass der Notruf, den du bei unserem ersten Treffen erhalten hast, quasi von meinem Chef kam?«

Die Frage traf Karsten so überraschend, dass er sich fast an seinem Cappuccino verschluckt hätte. »Sag bloß, du arbeitest bei der Glöckner-Immobilien GmbH?«

»Ja, schon seit fast zehn Jahren.«

»Und woher weißt du, dass ich dort war?«

Verlegen senkte Miriam den Kopf. »Ich habe mit meiner Kollegin über dich getratscht und ihr dabei auch ein Foto von dir gezeigt. Sie hat mir dann erzählt, dass du in der Firma warst, um den PC meines Chefs wieder zum Laufen zu bringen.«

»Ach so«, sagte Karsten nachdenklich. Er dachte an sein Gespräch mit Roman Glöckner zurück.

»Ich hatte mir an dem Tag ja extra für dich freigenommen.« Sie machte eine Pause und foppte ihn mit einem frechen Augenzwinkern. »Aber meinen übrigen Kollegen hast du echt den Tag gerettet. Mein Chef war früher ein ganz netter Typ, aber seit dem Tod seiner Tochter ist er oft schlecht gelaunt, besonders dann, wenn sein Computer nicht mehr funktioniert.«

»Seine Tochter ist gestorben?«, fragte Karsten entsetzt. Auch wenn er noch keine eigenen Kinder hatte, stellte er es sich grauenhaft vor, das eigene Kind zu Grabe tragen zu müssen.

Mit zusammengepressten Lippen nickte Miriam. »Sie hat sich selbst das Leben genommen.«

»Oh nein! Weißt du warum?«

»Keine Ahnung! Wenn sie in der Firma war, um ihren Vater zu besuchen, sah sie immer so fröhlich und unbekümmert aus. Außerdem war sie ein bildhübsches Mädchen. Mein Chef hat sie vergöttert und bei allen ihren Vorhaben unterstützt. Sie wollte Schauspielerin werden. Ich glaube, das ist auch der Grund, warum Herr Glöckner nach ihrem Tod damit begonnen hat, Filmprojekte finanziell zu fördern. Ich denke, er tut es im Andenken an seine verstorbene Tochter.«

In diesem Moment klingelte wieder Karstens Mobiltelefon. Ein Blick auf das Display genügte und er ahnte bereits, was kommen würde. »Moin, Chef«, begrüßte er Jörg und lächelte seine Dating-Partnerin dabei entschuldigend an.

Der Geheimdienstleiter berichtete ihm von dem Handyfund, den Hedda und Enno gemacht hatten. Er hatte die beiden bereits zum Borkumer Flugplatz beordert und ihnen aufgetragen, das Mobiltelefon an einen bestimmten Piloten auszuhändigen. »Der Flieger landet in einer Dreiviertelstunde auf dem Flugplatz Oldenburg-Hatten. Du musst den Speicher des Gerätes so schnell wie möglich analysieren.«

»Kann ich das nicht auch in ein bis zwei Stunden machen? Der Pilot könnte doch …«, versuchte der Computerprofi einen Kompromiss auszuhandeln. Er wollte seinc hübsche Begleitung nicht erneut versetzen.

»Wir können nicht eine Minute warten«, fiel Jörg ihm energisch ins Wort. »Die Zukunft unserer Einheit hängt von unserem Ermittlungserfolg im Fall Alexander Wagner ab.«

Karsten nickte betreten. Er verstand die Dringlichkeit der Untersuchungen, hatte aber gegenüber Miriam ein unglaublich schlechtes Gewissen. »Könntest du dann bitte meiner Verabredung kurz sagen, dass es sich erneut um einen Arbeitsauftrag handelt, der keinerlei Aufschub duldet?«

Jörg stutzte für einen Moment. Seit er Karsten kannte, hatte er ihn noch nie von einer Frau sprechen hören. »Klar, mache ich gerne! Reich mich mal rüber!«

Verdutzt nahm Miriam das Handy entgegen. »Hallo«, sprach sie zögerlich in den Hörer. Während sie Jörgs Worten lauschte, wurde das Lächeln auf ihrem Mund immer breiter.

»Was hat er denn alles zu dir gesagt?«, fragte Karsten neugierig, nachdem sie das Telefonat beendet und das Smartphone an ihn zurückgereicht hatte.

»Das darf ich dir noch nicht verraten«, antwortete sie verschwörerisch.

***

Nachdem Karsten das Handy am besagten Flugplatz abgeholt hatte, war er auf direktem Wege zu seiner Wohnung gefahren. In seinem

Büro verband er das iPhone per USB-Kabel mit seinem Laptop und startete seine Analyse-Software.

Es dauerte nur wenige Minuten und das Programm lieferte einen vielversprechenden Treffer.

»Was haben wir denn da?«, sprach der Computerspezialist mit sich selbst, stellte seinen Kaffeebecher zur Seite und beugte sich näher an den Monitor heran.

Wie nicht anders erwartet, hatte sein Programm auf Alexander Wagners Handy pornografische Dateien entdeckt. Aber dieses Video schien dabei doch etwas Besonderes zu sein. Er zoomte die Stelle, die seine Aufmerksamkeit erregt hatte, näher heran und betrachtete sie intensiv. »Dieser verdammte Schweinehund!«

Er machte einen Screenshot von dem vergrößerten Standbild und hängte dieses, zusammen mit dem kompletten Video, an eine E-Mail, die er daraufhin sofort an Hedda schickte.

## 31. Kapitel

## Das pikante Video

Hedda und Enno öffneten die Nachricht von Karsten gemeinschaftlich. Zunächst schauten sie sich den vergrößerten Bildausschnitt an.

»Das ist doch das gleiche Tattoo, das auch Alexander Wagner trägt«, sagte die junge Ermittlerin und zeigte auf den fiesen Clown, dem links und rechts Schamhaare aus dem Kopf zu sprießen schienen.

Dann klickte sie auf das Video. Der Clip fokussierte sich zunächst ausschließlich auf die sexuelle Penetration. Anhand der auffälligen Tätowierung war es nicht schwer, Alexander Wagner als männlichen Darsteller zu identifizieren. Nach wenigen Minuten schwenkte die Kamera jedoch zur Seite, erfasste zunächst die im Takt wippenden Brüste der weiblichen Darstellerin und dann schließlich auch den Kopf der Frau.

»Das ist doch Lisa!«, stellte Enno überrascht fest.

»Also haben die doch nicht nur zusammen Mittag gegessen«, kommentierte Hedda das Gesehene.

»Sollen wir das ausmachen?«, fragte Enno. Er hatte bereits die Hand ausgestreckt, um das Video zu stoppen.

»Warte noch!« Hedda griff nach seiner Hand. »Schau dir mal ihr Gesicht an!«

»Was meinst du?« Enno beugte sich näher an den Monitor heran.

»Ich meine ihre Augen. Sehen die nicht irgendwie …« Sie machte eine Pause, um nach dem richtigen Wort zu suchen. »… unnatürlich aus?«

»Du hast recht! Meinst du, sie steht unter Drogen?«

Hedda dachte an das Päckchen mit dem weißen Pulver, das sie in Alexander Wagners Zimmer gefunden hatten. »Es scheint mir zumindest so. Wir sollten unbedingt mit Lisa darüber reden.«

Enno leuchtete nicht sofort ein, wie sie ein solches Gespräch weiterbringen sollte. »Warum?«, fragte er deshalb. »Bisher wissen wir nur, dass sie mit Alexander Wagner Sex hatte und dass beide dabei wahrscheinlich Drogen genommen haben.«

»Die Aufnahme scheint nicht mit einem Handy gemacht worden zu sein. Das Bild wackelt nicht und die Körperregionen der Darsteller sind perfekt ausgeleuchtet«, begann sie zu erklären. »Kannst du dich noch an die Kamera erinnern, die wir im Schrank der Hotelsuite gefunden haben?«

Enno nickte. »Sicher weiß ich das noch. Aber das spricht doch alles dafür, dass er die Aufnahmen nicht heimlich gemacht hat. Ich meine, das Stativ, die Kamera und die Beleuchtung werden Lisa doch wohl aufgefallen sein.«

»Das schon«, stimmte Hedda ihm zu. »Aber war Lisa unter dem Drogeneinfluss, unter dem sie in diesem Augenblick vermeintlich stand, überhaupt noch zu einer rationalen Entscheidung in der Lage?«

»Du meinst, Alexander Wagner könnte sie mit der Droge gefügig gemacht haben?«

»Das sollten wir herausfinden. Vielleicht hat er noch mehrere solche Videos gemacht und die Speicherkarten mit den brisanten Filmen immer in seinem Amulett versteckt. Wenn das allerdings stimmt, müssen wir außerdem noch herausbekommen, warum Alexander Wagner dann das Video von der Speicherkarte der Kamera auf den internen Handyspeicher transferiert hat.«

In diesem Moment fiel Enno sein Gespräch mit Chantal wieder ein. »Aber sie hat doch gegenüber Chantal auch so Andeutungen gemacht. Sie muss also den Geschlechtsakt auf jeden Fall mitbekommen haben. Und aus welchem Grund sollte jemand Alexander Wagner wegen der Sexfilme umgebracht haben?«, überlegte Enno weiter.

»Vielleicht hat er die unfreiwilligen Darstellerinnen hinterher erpresst?«, mutmaßte Hedda.

»Erpresst?«, lachte Enno. »Womit denn? Er war ein reicher Filmstar und Lisa ist nur eine unbekannte junge Schauspielerin mit viel zu großen Träumen. Sie hätte ihn wahrscheinlich besser mit dem Film erpressen können als umgekehrt.«

»Es gibt auch andere Dinge als Geld, die man durch Erpressung erzwingen kann«, gab Hedda zu bedenken. »Vielleicht hat er ja auch deshalb das Video von Lisa kurzzeitig auf seinen internen Handyspeicher geladen. Vermutlich wollte er ihr den Film bei nächster Gelegenheit unter die Nase halten, um danach noch weitere sexuelle Gefälligkeiten von ihr zu fordern.« Da fielen ihr die Worte wieder ein, mit denen Marvin sie vor Alexander Wagner gewarnt hatte: ›Ach, vergiss es einfach. Durch deine neue Rolle wirst du ihn ja noch persönlich kennenlernen. Mach dir einfach dein eigenes Bild. Aber sei vorsichtig.‹

***

»Was willst du denn von mir?« Mit einer Mischung aus Verärgerung und Angst reagierte Lisa auf das plötzliche Auftauchen von Hedda. Sie konnte sich noch sehr gut an die Szene auf dem Leuchtturm erinnern, in der Hedda ihr Gesicht gegen das Absperrgitter gepresst hatte.

»Ich will dir nur etwas zeigen«, sagte Hedda, packte die junge Frau am Arm und schleifte sie mit sich zu einer abgelegenen Stelle. Dann zog sie ihr Handy aus der Handtasche und präsentierte ihr das Sexfilmchen, das Karsten ihr geschickt hatte.

»Warum zeigst du mir das?«, fragte Lisa verärgert.

Hedda hatte die junge Frau während der ersten Filmsekunden genau beobachtet. Mit großen Augen schaute Lisa auf das kleine Display. *Erkennt sie sich wieder oder weiß sie etwa gar nicht, dass sie in diesem Film zu sehen ist?* Die junge Ermittlerin war sich unsicher, wie sie den Blick der Schauspielerin deuten sollte. Sie spulte das Video daher schnell bis zu der Stelle vor, an der zum ersten Mal Lisas Gesicht zu sehen war.

»Scheiße, was ist das denn?« Lisa riss der jungen Ermittlerin das Handy aus der Hand und starrte ungläubig auf das kleine Display. Sie war so aufgebracht, dass es ihr vollkommen egal zu sein schien, dass einige der umherstehenden Passanten entsetzt zu ihnen hinüberschauten.

»Wir haben das Video auf dem Handy von Alexander Wagner gefunden. Wusstest du nicht, dass er euch beim Sex gefilmt hat?«, versuchte Hedda ihr mit ruhiger Stimme zu begegnen.

»Ich hatte keinen Sex mit ihm!«, protestierte Lisa energisch.

*Lügt sie jetzt oder hat sie damals bei Chantal nur angeben wollen?* Hedda wurde aus der hochnäsigen Schauspielerin einfach nicht schlau. »Aber wir haben dieses Video gefunden und es wurde definitiv nicht bearbeitet.«

»Wir? Wer ist denn bitte ›wir‹?«, tobte die junge Schauspielerin weiter. Sie war völlig außer sich. »Bist du jetzt bei der Polizei, oder was? Machst du hier etwa einen auf Sandra Bullock und spielst Miss Undercover?«

»Ich kann dir die Zusammenhänge jetzt nicht im Detail erklären, aber Fakt ist, dass dieses Video auf dem Handy eines Mordopfers gefunden wurde. Wir gehen davon aus, dass es entstanden ist, als du, kurz vor seinem Tod, mit Alexander Wagner vermeintlich nur zu Mittag gegessen hast.« Hedda achtete bewusst darauf, weiterhin leise und möglichst sachlich zu sprechen. »Dafür haben wir bereits Zeugen. Die Frage, die sich jetzt stellt, ist natürlich: Was ist damals wirklich in der Suite vorgefallen?«

»Bin ich jetzt etwa eine Verdächtige?« Geschockt schlug Lisa die Hände vor das Gesicht. »Brauche ich etwa einen Anwalt?« Hektisch entfernte sie sich ein paar Schritte von Hedda, ehe sie dann doch wieder zu ihr zurückkam. »Hör mal, ich weiß, die Aktion mit dem Badekarren war scheiße. Aber eins musst du mir glauben, ich habe Alexander Wagner nicht ermordet.«

»Das sagt ja auch keiner«, versuchte die junge Ermittlerin sie zu beruhigen. »Aber wir müssen jeder Spur nachgehen. Also, was weißt du noch von eurem gemeinsamen Mittagessen? War er irgendwie komisch? Hat er vielleicht irgendwelche Andeutungen gemacht, die seinen Tod erklären könnten?«

***

Enno war bereits seit Längerem auf der Suche nach Marvin. Er hatte sich mit Hedda darauf geeinigt, die Befragung des Schauspielers zu übernehmen. Mit dieser Aufgabenteilung war er sehr zufrieden. Einerseits hätte er sich nicht vorstellen können, Lisa mit ihrem eigenen Sexvideo konfrontieren zu müssen, andererseits hätte er seine Freundin auch nur ungerne mit dem schockverliebten Marvin alleine gelassen.

Als er den jungen Schauspieler an einer der Milchbuden entdeckte, die entlang der Strandpromenade aufgestellt worden waren und den Touristen einfache Speisen, Getränke und Meerblick zu humanen Preisen boten, näherte er sich ihm vorsichtig von hinten. Behutsam tippte er ihm auf die Schulter. »Können wir kurz reden?«

Als Marvin erkannte, wer mit ihm sprechen wollte, zuckte er erschrocken zusammen. Er befürchtete, das Gespräch könnte etwas mit seinen Gefühlen für Hedda zu tun haben. »Was willst du denn?«, fragte er daher ängstlich.

»Es geht um den Mord an Alexander Wagner. Ich möchte dir nur eine Frage stellen.«

Marvin erklärte seinen beiden Begleitern kurz, dass er gleich zurückkommen würde. Dann stand er auf und folgte Enno ein paar Schritte die Promenade entlang. »Was willst du denn wissen?«

»Du hast meine Freundin mal vor Alexander Wagner gewarnt. Warum hast du das getan?«

Marvin legte die Stirn in Falten und zog die Augenbrauen zusammen. In diesem Moment wusste er wirklich nicht, worauf Enno anspielte.

»Du hast zu ihr so etwas gesagt wie: Du wirst Alexander Wagner ja schon noch kennenlernen. Dann hast du ihr noch geraten, vorsichtig zu sein, und bist anschließend gegangen, weil du nicht mehr sagen konntest oder wolltest«, versuchte der junge Ermittler dem Schauspieler auf die Sprünge zu helfen.

»Ach das!« Seine Erinnerung schien schlagartig zurückgekehrt zu sein. »Das habe ich doch nur so dahingesagt«, versuchte er, seine damaligen Worte herunterzuspielen.

»Nun komm schon. Es geht hier schließlich um einen Mord. Jedes noch so kleine Detail kann das fehlende Puzzlestück sein, das uns endlich die gesamten Zusammenhänge erkennen lässt.«

»Bist du Polizist?«, fragte Marvin, wirkte dabei aber nicht sonderlich überrascht. Er hatte bisher noch nicht darüber nachgedacht, womit Heddas Begleiter seine Brötchen verdiente. Darum hielt er es durchaus für möglich, dass er neben seiner Statistenrolle auch irgendwo als Polizeibeamter arbeitete.

Enno wollte ihn nicht anlügen, hielt es aber für gut, Marvin in seinem Glauben zu lassen. Daher ging er gar nicht auf seine Frage ein, sondern fragte den Schauspieler einfach noch einmal, warum er Hedda damals vor seinem berühmten Kollegen gewarnt hatte.

»Ich möchte eigentlich keine Gerüchte über Verstorbene verbreiten. Man soll ja nichts Schlechtes über die Toten sagen. Wenn sich herausstellt, dass meine Informationen nicht stimmen, ich diese aber trotzdem weitergetratscht habe, kann ich mich in der Branche nirgends mehr blicken lassen.«

»Ich verspreche dir, dass ich niemandem sagen werde, dass ich die Informationen von dir habe.« Wie ein Angeklagter bei Gericht hob Enno die rechte Hand zum Schwur.

Seine Optionen abwägend, wiegte Marvin den Kopf hin und her. »Ich habe lediglich gehört, dass Alexander Wagner gerne seine erfolgreiche Position genutzt hat, um sich an junge, ambitionierte Schauspielkolleginnen heranzumachen. Dass er aber nur einer von ihnen zu einem Karrieresprung verholfen hätte, ist zumindest mir nicht bekannt.«

## 32. Kapitel

## Namen über Namen

Hedda und Enno saßen vor dem Tisch in ihrem kleinen Pensionszimmer. Es war bereits spät und beide rieben sich gelegentlich vor Müdigkeit die Augen. Auf der Tischplatte lag ein handgeschriebener Zettel, auf dem alle Vor- und Nachnamen der Strandpartygäste aufgelistet waren.

Nachdem sie sich gegenseitig von ihren Befragungen berichtet hatten, hatten sie die Theorie aufgestellt, dass Alexander Wagner sterben musste, weil irgendjemand an seine pikante Videosammlung kommen oder zumindest deren Verbreitung verhindern wollte. Auf jeden Fall waren sie sich sicher, dass der unfreiwillige Videodreh mit Lisa kein Einzelfall war. Darüber, wie das Video auf dem internen Handyspeicher gelandet war, konnten sie jedoch weiterhin nur mutmaßen, da Lisa das Video ja zum allerersten Mal gesehen zu haben schien. Zum jetzigen Zeitpunkt gingen sie davon aus, dass der Film zwar mit der Kamera gedreht wurde, die sie im Schrank der Hotelsuite gefunden hatten, Alexander Wagner aber die Datei anschließend auf den internen Speicher seines Handys kopiert hatte, um Lisa das Video bei nächster Gelegenheit unter die Nase halten zu können. Obwohl sie noch keinerlei Beweise dafür hatten, dass dies wirklich Alexander Wagners Plan gewesen war, hielt Hedda ihre Erpressungstheorie noch immer für sehr glaubwürdig.

Über Jörg hatten sie sich außerdem eine Namensliste besorgt, welche die Namen aller Darstellerinnen enthielt, mit denen Alexander Wagner in den vergangenen Jahren zusammen gedreht hatte. Doch von denen war keine Einzige am aktuellen Filmdreh beteiligt. Trotzdem waren beide mittlerweile felsenfest davon überzeugt, dass sie auf der Suche nach einer Mörderin waren. Denn sowohl das Motiv als auch die Tötungsart sprachen eher für eine weibliche Täterin.

»Die Mörderin muss bei der Party gewesen sein«, wiederholte Hedda den Satz, der fast schon zum Mantra des Abends geworden war. »Wie sonst sollte sie das Frostschutzmittel in seinen Drink gekippt haben?«

»Vielleicht hat sie sich genauso unbemerkt auf die Party geschlichen, wie sie das Frostschutzmittel transportiert hat. Schließlich wurde auf der Feier viel getrunken und Gras geraucht. Es könnte also sein, dass unsere Namensliste überhaupt nicht vollständig ist«, gab Enno zu bedenken.

»Aber die Polizei hat mittlerweile doch mit allen Mitgliedern der Filmcrew gesprochen.« Hedda und Enno wurden von Jörg laufend über den Stand der polizeilichen Ermittlungen informiert. »Alle haben entweder ein glaubhaftes Alibi oder zu Protokoll gegeben, zur Tatzeit geschlafen zu haben. Oder sie waren Gäste der Strandparty und konnten lediglich bezeugen, gemeinsam gefeiert zu haben. Die Beamten gehen daher aktuell weiter davon aus, dass es einer von ihnen gewesen sein muss. Aber wer?« Hedda stützte den Kopf in beide Hände und überflog immer wieder die Liste mit den Namen. Keiner von ihnen hatte in einer früheren Produktion bereits mit Alexander Wagner zusammengearbeitet. »Es bleibt also nur noch die Möglichkeit, dass er mit einer der anwesenden Schauspielerinnen die gleiche Nummer abgezogen hat wie mit Lisa«, schlussfolgerte Hedda. Sie nahm einen Textmarker und markierte alle weiblichen Namen auf der Liste. Es waren insgesamt sieben. »Eine von denen muss es gewesen sein«, murmelte sie.

Irgendwann sahen beide ein, dass sie an diesem Abend einfach nicht mehr weiterkommen würden. Sie entschieden daher, ins Bett zu gehen und sich am folgenden Tag intensiver mit den verbliebenen Kandidatinnen zu beschäftigen.

Als Hedda im Bett lag und die Augen schloss, dachte sie viel über den morgigen Tag nach und erwischte sich selbst bei der verzweifelten Hoffnung, dass ihr das von Jörg schon so oft beschriene übersinnliche Gefühl vielleicht helfen würde.

***

Die Kirche war immer noch genauso schön wie in Heddas ersten beiden Träumen. Die Sonne schien noch immer durch die bunten Kirchenfenster und brachte in Kombination mit den riesigen gläsernen Kronleuchtern das gesamte Gotteshaus zum Funkeln. Orgelmusik setzte ein und Hedda schaute den erwartungsvoll dreinblickenden Gästen entgegen.

In ihrem wunderschönen Hochzeitskleid schritt sie den schmalen Gang entlang, an dessen Ende Enno im schwarzen Anzug vor dem Altar auf sie wartete. Sie widerstand dem Drang, sich umzudrehen und Richtung Ausgang zu schauen. Es war ihr vollkommen egal, ob die große, hölzerne Eingangstür offen stand oder nicht. Sie hatte einzig und allein Augen für ihren Enno. Sie stellte sich neben ihn und griff nach seiner Hand, und wieder strömte ein wohliges Gefühl der Sicherheit durch ihren Körper.

Ins Gebet vertieft, hatte der Pastor ihnen den Rücken zugewandt. Die Orgelmusik verstummte und Hedda hörte in ihrem Rücken vereinzelte Gäste miteinander tuscheln. Das Gemurmel interessierte sie jedoch nicht. Sie war nur gespannt darauf, ob der Geistliche gleich wohl wieder als böser Clown oder in Person des geschminkten Marvin vor ihnen stehen würde.

Ruckartig breitete der Prediger seine Arme aus. Mit dem schwarzen Umhang und der Kapuze über dem Kopf sah er immer noch wie der Superschurke aus den Comicheften aus. Ansatzlos wirbelte der vermeintliche Pastor herum und riss sich im selben Moment die Kapuze vom Kopf. Doch zu ihrer großen Überraschung verbarg sich dieses Mal unter der Kutte niemand anderes als Jörg.

*Mein Unterbewusstsein versteht es doch tatsächlich, mich immer wieder zu überraschen*, dachte Hedda im Traum. *Zum Glück ist Jörg nicht als Clown geschminkt.*

Die weitere Trauung verlief so, wie Hedda sich eine kirchliche Eheschließung immer vorgestellt hatte. Jörg hielt eine rührende Predigt über die Kraft der Liebe, es wurde zwischendurch gesungen und sie tauschte immer wieder verliebte Blicke mit ihrem Zukünftigen aus. Als sie jedoch an die Stelle kamen, an der Jörg den zukünftigen Familiennamen des Brautpaares verkündete, lag sie plötzlich hellwach in ihrem Bett.

Sie nahm ihr Handy vom Nachttisch und checkte die Uhrzeit. *03:33 Uhr. Die gleiche Uhrzeit wie bei den vorherigen Träumen! Das kann kein Zufall mehr sein!*

Ob es nun ihr Unterbewusstsein, eine übersinnliche Fähigkeit oder einfach nur der pure Zufall war, war Hedda in diesem Moment vollkommen egal. Sie hatte einfach nur das Gefühl, endlich auf der richtigen Spur zu sein. Hellwach saß sie aufrecht in ihrem Bett. »Wir brauchen die Geburtsnamen der Schauspielerinnen«, sprach sie in Gedanken versunken vor sich hin und war dabei so laut, dass Enno ebenfalls erwachte.

»Was ist los?«, murmelte er verschlafen.

»Wir müssen Karsten anrufen!« Hedda sprach mit ihrem Freund, als wüsste er bereits über ihre Gedankengänge Bescheid. Voller Tatendrang hüpfte sie aus dem Bett, um ihr Handy aus der Handtasche zu holen, die an der Garderobe neben der Wohnungstür hing.

»Jetzt?«, rief Enno ihr verzweifelt hinterher. Er hatte sich die Decke über den Kopf gezogen, um seine Augen vor dem grellen Zimmerlicht zu schützen, welches Hedda beim Verlassen des Raumes eingeschaltet hatte.

»Ja, jetzt!«, bestätigte Hedda und schüttelte verständnislos den Kopf. Ihr war noch immer nicht bewusst, dass ihr Freund zwar Bestandteil ihres Traumes war, dessen Inhalt aber in der Realität selbstverständlich nicht kennen konnte. Mit gesenktem Kopf wischte sie auf dem kleinen Display ihres Smartphones herum.

»Du weißt aber schon, wie spät es ist?«, dröhnte Ennos Stimme unter der Decke hervor.

Hedda hob seine Bettdecke an und beförderte sie dann mit einem Ruck auf den Fußboden.

»Ey!«, schrie Enno genervt und hielt sich die Hände schützend vor die Augen. »Was soll das?«

»Ausruhen kannst du dich später! Jetzt müssen wir einen Mordfall aufklären!«

## 33. Kapitel

## Das fehlende Puzzlestück

Karsten bemerkte das brummende Mobiltelefon, das neben ihm auf dem Nachttisch lag, zunächst nicht. Als das nervige Summen, das er zuvor noch für einen Teil seines Traumes gehalten hatte, jedoch auch nach mehreren Minuten nicht verstummte, schlug er genervt die Augen auf.

Ungläubig schaute er auf die Uhr. *Wer zum Teufel ruft mich denn um diese Zeit an?* Er drehte sich um und griff nach dem Gerät. Erst jetzt bemerkte er, dass nicht sein privates, sondern sein dienstliches Handy bereits seit mehreren Minuten Sturm klingelte. Pflichtbewusst griff er nach dem Telefon. Als er auf dem Display jedoch Heddas Nummer entdeckte, spielte er kurz mit dem Gedanken, den Anruf abzulehnen und das Mobiltelefon für den Rest der Nacht einfach auszuschalten. Doch er entschied sich dann doch anders. »Was ist?«, brummte er müde in den Hörer. »Weißt du eigentlich, wie spät es ist?«

»Ja, weiß ich«, antwortete Hedda, ohne auch nur im Ansatz über ein paar entschuldigende Worte nachzudenken. Dafür war aus ihrer Sicht einfach keine Zeit.

»Wenn du mir jetzt erzählst, du hast gerade von der Lösung des Falls geträumt, dann …«, begann Karsten eine nicht ganz ernst gemeinte Drohung zu formulieren. Er wusste, dass sein Chef auf die vermeintlich übersinnlichen Kräfte seiner jungen Mitarbeiterin setzte, er selbst hielt dies jedoch für großen Hokuspokus.

Da Hedda selbst auch nicht an übernatürliche Fähigkeiten glaubte, erzählte sie ihrem Kollegen lieber nichts von ihrem Traum. Stattdessen tat sie einfach so, als habe sie gerade eine ganz spontane Eingebung gehabt. »Du musst für mich die Mädchennamen der Schauspielerinnen herausfinden, mit denen Alexander Wagner bereits gedreht hat.«

»Warum?«, fragte Karsten.

»Der Abgleich zwischen den Gästen der Strandparty und deiner Liste hat leider keinen Treffer ergeben, aber mir ist gerade eingefallen, dass eine der jungen Schauspielerinnen ja inzwischen geheiratet haben könnte. Wenn sie dabei den Nachnamen ihres

Mannes angenommen hat, heißt sie heute ja gar nicht mehr so wie bei den damaligen Dreharbeiten«, erklärte Hedda ihren Wunsch.

Die Gedankengänge seiner Kollegin leuchteten dem IT-Fachmann ein. »Und das kann nicht bis nach dem Frühstück warten?«

»Wir dürfen keine Zeit verlieren. Du weißt doch, was auf dem Spiel steht. Oder willst du etwa riskieren, dass die Polizei den Täter vor uns findet?«

Karsten liebte seinen Job bei der Geheimeinheit. Wenn er nicht gerade einen Einsatz hatte, konnte er große Teile des Tages damit zubringen, Computerspiele zu zocken. Wenn er diese Stelle verlieren würde, müsste er zukünftig wahrscheinlich wieder mindestens fünfunddreißig Stunden pro Woche an einem Schreibtisch in irgendeinem miefigen Büro sitzen. Das durfte auf keinen Fall geschehen. »Gib mir eine halbe Stunde.«

Er legte sein Handy zur Seite, rollte sich aus dem Bett und tapste schwerfällig zu seinem Schreibtisch hinüber. Sein Highend-Computer brauchte zum Hochfahren nur wenige Sekunden. Nur unwesentlich länger benötigte Karsten, um sich Zugang zu einer geheimen Regierungsdatenbank zu verschaffen, auf der zu jedem deutschen Staatsbürger wenigstens die Personalausweisdaten gespeichert waren.

Da er keine Lust hatte, jeden Namen einzeln in die Suchmaske einzutippen, scannte er die Liste stattdessen ein und ließ sie durch eines seiner selbst geschriebenen Programme in ein PDF umwandeln, welches von der Regierungsdatenbank verarbeitet werden konnte. Erst während des Umwandlungsprozesses fiel ihm auf, dass die manuelle Eingabe der Namen wahrscheinlich doch die deutlich schnellere Option gewesen wäre. Aber er tröstete sich schnell mit dem Gedanken, dass er diese Funktion seines Programmes ohnehin schon immer einmal testen wollte.

Nur wenige Sekunden darauf sah er die Daten zu allen Namen auf seinem Monitor. Langsam scrollte er die Liste herunter und glich mit den Augen krampfhaft die Spalte der Nachnamen und Geburtsnamen miteinander ab. Er war überrascht, wie wenige Schauspielerinnen demnach bereits verheiratet waren. Oder hatten sie etwa nach der Hochzeit alle ihre Mädchennamen behalten?

*Was ist denn das?*

Er kniff die Augen zusammen, um sicherzugehen, dass seine müden Pupillen ihm keinen Streich gespielt hatten. Nach- und

Geburtsname der betreffenden Schauspielerin waren zwar identisch, dennoch stach ihm der Familienname wie ein glühendes Messer ins Auge.

Warum war ihm das bei der Erstellung der Liste nicht gleich aufgefallen?

Hektisch tippte er auf seiner Tastatur herum, um sich weitere Informationen über die Schauspielerin mit dem auffälligen Nachnamen einzuholen. Als er wenige Minuten später alle Daten beisammen hatte, konnte er Hedda nicht nur einen Verdächtigen, sondern auch ein handfestes Motiv präsentieren.

## 34. Kapitel

## Zwillinge

Hedda legte das Handy zur Seite und schaute Enno ungläubig an. Sie hatten gerade von Karsten erfahren, was ihm bei der Recherche der Geburtsnamen aufgefallen war.

Sofort holte die junge Ermittlerin die Namensliste mit den Darstellerinnen hervor, mit denen Alexander Wagner während seiner Karriere gedreht hatte. »Da!« Aufgeregt tippte sie auf einen Nachnamen, der zu den Angaben des IT-Fachmannes passte. »Dass uns das allen bisher nicht aufgefallen ist.«

»Wir konnten ja nicht wissen, dass die Stefanie Glöckner aus unserer Liste zufällig auch die Tochter von diesem Roman Glöckner aus Oldenburg ist. So selten ist der Nachname ja nun auch nicht. Aber selbst wenn wir es geahnt hätten, der Unternehmer konnte für die Tatzeit doch ein Alibi vorweisen und seine Tochter ist weder Teil der Filmcrew noch war sie Teilnehmerin der Strandparty. Daher kann sie ja auch nicht seine Mörderin sein«, gab Enno zu ihrer eigenen Verteidigung an.

»Deshalb, und weil sie sich vor Jahren selbst das Leben genommen hat. Wir hätten das überprüfen müssen«, entgegnete Hedda.

»Zum Glück hat Karsten nicht nur ihren Suizid herausgefunden, sondern auch, dass ihr Zwillingsbruder nicht nur Teil der Filmcrew, sondern in der Tatnacht auch noch bei der Strandparty zugegen war. Dass ausgerechnet er inzwischen geheiratet und den Nachnamen seiner Ehefrau angenommen hat, konnten wir ja nun wirklich nicht ahnen. Auf der Liste der Partygäste wäre uns der Nachname Glöckner sicher sofort ins Auge gefallen.«

»Wer weiß, wir waren zuletzt so sehr auf eine weibliche Täterin fixiert, dass wir ihn selbst dann wahrscheinlich übersehen hätten, wenn er seinen Geburtsnamen nach der Hochzeit behalten hätte.« Hedda ärgerte sich noch immer über sich selbst.

»Aber die Tatsache, dass sich Stefanie Glöckner das Leben genommen hat und dass ihr Zwillingsbruder zum Todeszeitpunkt in Alexander Wagners Nähe war, bedeutet doch noch lange nicht, dass er auch der Mörder ist«, versuchte Enno weiterhin seine Freundin zu beruhigen.

»Aber möglich wäre es. Vielleicht hat Stefanie Glöckner sich ja umgebracht, weil Alexander Wagner von ihr ebenso heimliche Filmaufnahmen gemacht hat wie von Lisa?«, spekulierte Hedda.

»Genau das müssen wir jetzt herausfinden«, sagte Enno.

***

Stefan Schulze, der Zwillingsbruder der verstorbenen Stefanie Glöckner und der Sohn des Immobilien-Unternehmers Roman Glöckner, wohnte nicht wie die meisten Schauspieler in der Borkumer Jugendherberge, sondern hatte sich ein Zimmer in einem Hotel direkt gegenüber dem neuen Leuchtturm gebucht.

»Dass er als Statist in so einem teuren Hotel absteigt, ist doch auch irgendwie verdächtig«, meinte Hedda.

»Sein Vater ist ein reicher Unternehmer. Er wäre nicht der Erste, der das Lotterleben seines Filius finanziell unterstützt«, entgegnete Enno.

»Du hast ja recht«, stimmte Hedda ihm widerwillig zu. »Jetzt sag mir lieber, was wir jetzt machen sollen. Sollen wir einfach an seine Hoteltür klopfen und ihn befragen?«

Nachdenklich schaute der ehemalige Polizist zu dem Hotelgebäude hinüber. »Das könnte auch die Polizei machen. Ich bezweifle jedoch, dass die vorliegenden Verdachtsmomente für einen Durchsuchungsbefehl reichen. Ich würde ja viel lieber in seinem Zimmer nachsehen, ob wir dort vielleicht das Amulett finden.«

»Gute Idee …«, stimmte Hedda ihm zu, »… aber wie sollen wir da reinkommen?«

»Was macht ihr denn hier?« Chantal kam von hinten auf die beiden Ermittler zugelaufen. Unter dem rechten Arm trug sie ein großes Badehandtuch.

»Wir … wir wollten …« Hedda war vom spontanen Auftauchen der Dreadlocksträgerin so überrascht, dass ihr nicht sofort eine passende Ausrede einfiel.

»Kommt doch mit zum Strand. Die anderen haben bestimmt nichts dagegen.«

»Die anderen?«, fragte Enno.

»Alle Leute, die auf der Strandparty waren, treffen sich gleich da. Wir wollen uns über unsere Gespräche mit der Polizei austauschen«, wurde Chantal konkreter.

Hedda spielte die Ahnungslose. »Polizei?«, fragte sie verwundert.

»Na, wegen Alex. Die vermuten ja, dass ihm auf unserer Party was in den Drink gekippt worden ist, was am Ende zu seinem …« Sie legte sich beide Hände um den Hals und tat so, als ob sie sich selbst erwürgen würde.

Enno quittierte ihre Darbietung mit einem missbilligenden Blick. Er fand es nicht gut, über den Tod eines Menschen Witze zu machen.

»Sorry!« Chantal ließ die Hände sinken und schaute den ehemaligen Polizisten entschuldigend an. »Aber er war wirklich ein arrogantes Arschloch.«

»Mag sein«, sagte Hedda. Nach allem, was sie bisher über Alexander Wagner erfahren hatte, schien diese Einschätzung durchaus zutreffend zu sein. »Trotzdem muss der Mord aufgeklärt und der Schuldige zur Verantwortung gezogen werden.«

»Und die Polizei hat euch alle verhört? Haben die denn schon einen Verdächtigen?«, versuchte Enno das Gespräch wieder auf die Befragung der Beamten zu lenken.

Chantal blickte sich um, um sicherzugehen, dass niemand sie belauschte. »Ich glaube, die haben noch keinen Plan, wer es gewesen sein könnte«, sprach sie mit gedämpfter Stimme weiter. »Wir waren alle ziemlich voll und haben daher nur verschwommene Erinnerungen an den Abend. Wenn ich den Polizeibeamten richtig verstanden habe, muss es wohl eine große Menge Gift gewesen sein, die Alexander Wagner zu sich genommen haben soll. Wahrscheinlich hat er sich das Zeug durch die Bierbong direkt in den Magen gepumpt. Aber niemand von uns hatte ein Gefäß dabei, in dem man eine größere Flüssigkeitsmenge hätte transportieren können. Es war ja so schwül an dem Abend, dass wir alle nur sommerliche Klamotten anhatten. Die Getränke haben wir erst auf dem Weg zum Strand gemeinsam im Supermarkt gekauft. Keine Ahnung, wie da jemand eine große Menge Gift mitgeschmuggelt haben sollte.«

»Und du? Hast du einen Verdacht?«

Wieder schaute sich Chantal zu allen Seiten um. »Ich glaube ja, dass es dieser Stefan war. Der hat zumindest die Bierbong mitgebracht und auch den Trichter befüllt, bevor Alexander Wagner daraus getrunken hat. Auch sonst war der irgendwie komisch.«

»Ich dachte, du konntest dich nicht daran erinnern, wer die Bierbong mit zur Party gebracht hat?«, fragte Hedda stutzig nach.

»Konnte ich auch nicht, aber eine andere Schauspielerin war sich da ziemlich sicher. Sie muss wohl etwas weniger getrunken haben als der Rest.« Chantal grinste verlegen. »Die Polizei scheint aber nichts gegen ihn in der Hand zu haben. Auf jeden Fall haben sie ihn nach dem Verhör wieder auf freien Fuß gesetzt, genauso wie uns andere auch.«

»Aber du denkst, er könnte es gewesen sein?«, fragte Hedda.

Chantal presste nachdenklich die Lippen zusammen. »Keine Ahnung! Aber wenn ich den hübschen Polizeibeamten, der mich verhört hat …«, sie zwinkerte Hedda vielsagend zu, »… richtig verstanden habe, geht die Kripo davon aus, dass der Mörder auch auf der Party gewesen sein muss.« Sie machte eine kurze Pause. »Aber es ist schon irgendwie gruselig, wenn ich darüber nachdenke, dass ich mich gleich wahrscheinlich mit einem Mörder am Strand treffen werde.«

Hedda schaute Enno an. Die Polizei war ihnen dicht auf den Fersen. Aber würden sie ohne das Handyvideo auch eine Verbindung zwischen dem Selbstmord von Stefanie Glöckner und der Anwesenheit ihres Zwillingsbruders bei der Strandparty ziehen können? Würden sie trotz der ungleichen Nachnamen überhaupt herausfinden, dass Roman Glöckner sein Vater und gleichzeitig auch Geldgeber des Filmprojektes war? Wenn die Beamten kein Motiv fanden, wie sollten sie Stefan Schulze dann überhaupt auf die Schliche kommen? Ob noch Spuren der Substanz an der Bierbong festzustellen waren? Und falls ja, wo war das Saufspielzeug überhaupt?

»Wir holen nur unsere Badesachen und kommen gleich nach.« Enno hatte den fragenden Blick seiner Freundin richtig gedeutet und die Entscheidung getroffen, Chantal zum Strand zu folgen, um dort auch auf Stefan Schulze zu treffen. »Ich wollte schon immer einmal mit einem Mörder am Strand liegen«, scherzte er. »Wird sicher lustig.«

Chantal lächelte. Sie mochte Ennos trockenen Humor. »Na dann, bis gleich!«, sagte sie und schlenderte weiter in Richtung Strandpromenade.

»Hältst du das für eine gute Idee?«, fragte Hedda ihren Freund.

»Ich habe einen Plan!«, antwortete Enno, legte seinen Arm um die Hüfte seiner Freundin und ging mit ihr zum Pensionszimmer zurück.

## 35. Kapitel

## Das Versteck

Zwanzig Minuten und ein Telefonat mit Karsten später fanden sich auch die beiden jungen Ermittler am Strand ein. Aufgrund des strahlenden Sonnenscheins war die riesige Sandfläche sowohl mit Strandkörben als auch mit Handtüchern und Strandmuscheln bedeckt. Trotzdem brauchten Hedda und Enno nicht lange, bis sie Chantal und die übrigen Filmcrewmitglieder entdeckten. Als sie sich weiter näherten, erkannten sie aber auch die Reporter, welche die Gruppe von allen Seiten bedrängten.

»Können Sie uns nicht endlich in Ruhe lassen? Wir haben der Polizei bereits alles gesagt, was wir wissen. Mehr können und wollen wir Ihnen auch nicht verraten«, versuchte Bianca, eine der Nebendarstellerinnen, mit Vernunft auf die Medienvertreter einzuwirken.

»Erzählen Sie uns etwas Neues und wir sind weg«, antwortete einer der älteren Paparazzi gelassen. Er sah so aus, als habe er sein halbes Leben einfach nur irgendwo herumgesessen und abgewartet.

»Das ist perfekt!«, sagte Enno zu Hedda. »Warte hier!«

Hedda wusste zwar nicht, was ihr Freund vorhatte, aber sie vertraute ihm und blieb daher einfach stehen. Immerhin hatte er auch den Plan gehabt, Chantal zum Strand zu folgen. Vielleicht hatte er ja auch eine richtig gute Idee, wie sie in das Hotelzimmer von Stefan Schulze gelangen konnten.

Enno ging zu der kleinen Gruppe hinüber und hockte sich direkt neben Chantal. Da er selbst noch überhaupt nicht als Mitglied der Filmcrew in Erscheinung getreten war, war er sich nicht sicher, ob ihn überhaupt alle erkennen würden. Dafür war er sich aber umso sicherer, dass alle Chantal folgen würden, wenn sie einen Vorschlag machen würde. Unter den wachsamen Augen und Ohren der nebenstehenden Reporterin schob er ihr mit der Hand ein paar Dreadlocks zur Seite und flüsterte ihr etwas ins Ohr.

Chantal nickte, stand auf und fing lautstark an, mit der ganzen Gruppe zu sprechen. »Hört mal, Leute, was haltet ihr davon, wenn wir uns dieser Parasiten entledigen und uns ein wenig in der Nordsee abkühlen. Mal sehen, ob die uns ohne Badeklamotten und mit ihren Tonbandgeräten und Kameras auch dorthin folgen.« Sie ruderte mit ihrem Arm auffordernd durch die Luft, dann rannte sie auf die Brandung zu.

Enno folgte ihr, schaute dabei zurück und schickte eine weitere lautstarke Aufforderung an die verbliebenen Zweifler. »Nun kommt schon!«

Der Herdentrieb sorgte dafür, dass sich alle Mitglieder des Teams von ihren Handtüchern erhoben und gut gelaunt zum Wasser rannten. Die verdutzten Reporter blieben zurück, schossen ein paar vereinzelte Fotos von der flüchtenden Gruppe und schauten sich danach achselzuckend an. Dann setzten auch sie sich in Bewegung, blieben aber einige Meter vor der Wasserkante stehen und schauten ihren badenden Zielobjekten dabei zu, wie sie immer weiter ins kalte Wasser hinauswateten.

*Keiner will nachgeben. Ein wirklich skurriler Anblick*, dachte Hedda. Sie setzte sich auf eines der frei gewordenen Handtücher und schaute dem merkwürdigen Schauspiel zu. Die Reporter verharrten stur am Strand, während die Mitglieder der Filmcrew so taten, als könnten sie noch stundenlang Spaß im Wasser haben.

Als sie sich von den übrigen Badegästen unbeobachtet glaubte, machte sie sich an dem Rucksack von Stefan Schulze zu schaffen. Vorsichtig wühlte sie in den diversen Fächern herum, bis sie schließlich fündig wurde.

*Das muss die Zugangskarte zu seinem Hotelzimmer sein*, dachte Hedda, als sie das weiße Stück Plastik in ihrer Hosentasche verschwinden ließ. Dann warf sie noch einen Kontrollblick aufs Meer und beeilte sich, zurück zu Stefan Schulzes Hotel zu laufen.

Karsten hatte sich auf Ennos Bitte hin in die Reservierungsdatenbank des Hotels eingeloggt und so die Zimmernummer des Verdächtigen herausgefunden. Jetzt musste die junge Ermittlerin nur noch hoffen, dass sie wirklich die richtige Zugangskarte in den Händen hielt.

Der Nebeneingang war mit einem automatischen Schließsystem ausgestattet. Um an der Rezeption nicht aufzufallen, hatte Hedda sich für den unauffälligeren Zugang entschieden. Sie hielt die Karte vor den Summer und atmete erleichtert auf, als ein mechanisches Geräusch die Tür entriegelte.

Sie stieg in den wartenden Fahrstuhl, fuhr in den dritten Stock hinauf und stand nur kurz darauf vor der Zimmertür des Verdächtigen. Auch hier zückte sie die Zugangskarte, doch dieses

Mal blieb das mechanische Summen aus. Sie versuchte es noch zwei weitere Male, aber wieder ohne Erfolg. *Das kann doch nicht wahr sein*, fluchte sie innerlich. *Die Karte wird doch wohl nicht etwa nur für den Nebeneingang sein?*

»Kann ich Ihnen helfen?«

Erschrocken wirbelte Hedda herum. Hinter ihr stand plötzlich eine Frau mittleren Alters, die, ihrer Kleidung nach zu urteilen, zum Hotelpersonal gehörte.

»Manchmal reagieren diese neumodischen Dinger nicht richtig.« Ohne eine Antwort abzuwarten, nahm sie Hedda die Zugangskarte aus der Hand, hielt sie vor den Türsensor und bewegte sie langsam hin und her. Nach nur wenigen Sekunden hatte sie das Schloss entriegelt und die Tür geöffnet.

»Vielen Dank!«, sagte Hedda freundlich. Sie betrat den Raum, als wäre es wirklich ihr Hotelzimmer. Innerlich sah es aber ganz anders in ihr aus. Ob die Hotelangestellte wirklich nicht wusste, dass sie überhaupt nicht hierher gehörte?

»Wenn es wieder Probleme gibt, melden Sie sich bitte an der Rezeption. Dort können Sie mich heute am besten erreichen. Ich werde aber auch immer wieder im Haus unterwegs sein. Probieren Sie es also bitte erneut, wenn Sie mich nicht gleich beim ersten Versuch am Apparat haben.« Freundlich lächelnd ging die Hotelangestellte ihres Weges. Sie war bemüht, es sich nicht anmerken zu lassen, aber sie schien sehr gestresst zu sein.

Hedda schloss die Tür hinter sich. Ohne zu zögern, begann sie mit der Durchsuchung der Räumlichkeiten, achtete dabei aber penibel darauf, keine Spuren ihrer Anwesenheit zu hinterlassen. In dem kleinen Badezimmer konnte sie nichts Auffälliges entdecken, aber auch an der Garderobe, im Kleiderschrank und im Schlafbereich wurde sie nicht fündig.

*Ob er etwas im Safe eingeschlossen hat?* Unsicher starrte Hedda auf den kleinen Tresor, der im Wandschrank untergebracht worden war. Der Zugriff war durch einen vierstelligen Zahlencode gesichert. Willkürlich tippte sie ein paar Kombinationen ein, hatte damit aber keinen Erfolg. Hektisch schaute sie auf ihre Armbanduhr. Wie viel Zeit würde ihr noch bleiben, bis Stefan Schulze das Fehlen seiner Zimmerkarte bemerken würde? Ob Enno noch immer mit ihm in der Nordsee badete?

*Enno!* Bei dem Gedanken an ihren Freund entspannte sich Hedda wieder ein wenig. Solange Enno in der Nähe des Verdächtigen war, würde er sicherlich verhindern, dass dieser das Verschwinden der Karte bemerkte. Auf jeden Fall würde er sie warnen, wenn sich Stefan Schulze auf den Rückweg zum Hotel machte. Sie warf einen flüchtigen Blick auf ihr Handy, konnte aber keinen verpassten Anruf feststellen.

***

»Das ist mir jetzt echt zu blöd! Die hauen doch sowieso nicht ab.« Genervt zeigte Stefan Schulze auf die wartenden Reporter. »Ich gehe zurück ins Hotel. Da habe ich hoffentlich meine Ruhe vor denen. Ansonsten rufe ich die Polizei.« Energisch watete er Richtung Strand.

Erschrocken schaute Enno ihm nach. Er musste unbedingt verhindern, dass der Verdächtige in seinem Hotelzimmer auf Hedda treffen würde. Aber wie sollte er ihn aufhalten? »Stefan, warte!«, rief Enno ihm hinterher, ohne zu wissen, was er als Nächstes zu ihm sagen sollte.

Aber der Verdächtige reagierte überhaupt nicht auf ihn. Unbeirrt stapfte er dem Strand entgegen. Das Wasser reichte ihm inzwischen nur noch bis zu den Oberschenkeln.

Enno legte einen Zahn zu und versuchte, den Abstand zu seinem Zielobjekt zu verkürzen. Trotz aller Bemühungen konnte er jedoch nicht verhindern, dass Stefan Schulze den Strand vor ihm erreichte. Sofort stürzten sich gleich mehrere Reporter auf ihn. Doch auch auf den jungen Ermittler hatten die Paparazzi ein Auge geworfen. Sobald er das Wasser verlassen hatte, umringten sie auch ihn.

***

Ratlos setzte Hedda sich auf die Bettkante und starrte auf den Hotelsafe. *Wie soll ich das blöde Ding nur aufbekommen?* Kurz dachte sie darüber nach, ob sie erneut die Rezeptionistin um Hilfe bitten sollte, verwarf diesen Gedanken aber schließlich als viel zu gefährlich. Die junge Mitarbeiterin hatte ihr zwar unbedacht dabei geholfen, die Tür zu einem fremden Hotelzimmer zu öffnen, aber beim Entriegeln eines Zimmertresors gab es mit Sicherheit genaue

Vorschriften, an die sie sich zu halten hatte. Das Risiko, dabei als Eindringling enttarnt zu werden, schien der jungen Ermittlerin einfach zu groß.

Aus dem Nebenzimmer hörte Hedda plötzlich ein Baby weinen. *Das arme Ding*, dachte sie voller Mitgefühl, während sie die Mutter dabei belauschte, wie sie mit einfühlsamer Stimme auf ihren Säugling einredete. Dann überkam sie ein Geistesblitz. *Er wird doch nicht?*

Sie sprang vom Bett auf, öffnete erneut den Kleiderschrank und zog das zusammengefaltete Reisebettchen hervor, das im obersten Fach für Urlauber mit Kleinkindern bereit lag. Sie klappte das Bett auseinander und stieß einen kleinen Jubelschrei aus, als sie die Gegenstände entdeckte, die darin versteckt worden waren.

In diesem Moment klopfte es an der Tür. Erschrocken zuckte Hedda zusammen. Wer konnte das nur sein? War Stefan Schulze etwa schon vom Strand zurück? Die junge Ermittlerin schüttelte heftig mit dem Kopf. *So ein Quatsch*, versuchte sie sich zu beruhigen. *Warum sollte er an seinem eigenen Zimmer anklopfen? Und außerdem hätte Enno mich doch auch vorgewarnt.* Vorsichtshalber warf sie einen weiteren Kontrollblick auf ihr Handy.

Dann klopfte es erneut. »Polizei, machen Sie bitte auf!«

***

Hilflos versuchte sich Enno aus dem Pulk der Reporter zu befreien. Er wollte keine Gewalt anwenden, aber am liebsten hätte er um sich geschlagen und gebrüllt. »Ich gehöre doch gar nicht zur Filmcrew«, rief er immer wieder. Aber die Paparazzi schienen ihn entweder nicht zu hören oder sie glaubten ihm einfach nicht. Stattdessen schrien sie ihm unablässig ihre Fragen und Vermutungen ins Ohr und machten dabei Bild- und Tonaufnahmen.

Zwischen den Presseleuten hindurch erspähte er Stefan Schulze, der offensichtlich mehr Erfolg gehabt hatte als er. Er war bereits wieder bei den Handtüchern angekommen und trocknete sich gerade ab.

*Jetzt muss ich mich aber beeilen!*, dachte Enno und griff in seiner Verzweiflung zu einer List, die ihm im Nachhinein auch ein wenig peinlich war. Er streckte beide Hände in den Himmel und schrie, so laut er nur konnte: »FEUER! HILFE! FEUER!«

Ungläubig ließen alle Reporter die Arme sinken und schauten den großen, durchtrainierten jungen Mann in ihrer Mitte an. Dann tauschten sie untereinander fragende Blicke aus. Eine derartige Situation hatte noch keiner von ihnen erlebt.

Diesen kurzen Moment der kollektiven Verwunderung nutzte Enno. Er erkannte die Lücke zwischen einer jungen Reporterin und einem deutlich älteren Kollegen, schlüpfte hindurch und rannte so schnell wie möglich davon. Einige Presseleute nahmen sofort seine Verfolgung auf, stellten diese aber ebenso schnell wieder ein, nachdem sie einsehen mussten, dass sie dem barfüßigen, sportlichen Mann auf dem sandigen Untergrund hoffnungslos unterlegen waren.

Als Enno bei den Strandtüchern ankam, war Stefan Schulze bereits umgezogen und im Begriff zu gehen. »Warte!«, keuchte er.

»Wer bist du?«, fragte Stefan und beäugte den ehemaligen Polizisten misstrauisch.

»Ich bin der Freund von Hedda …«, er schnappte nach Luft, »… der Hauptdarstellerin.«

»Aha! Wo ist sie eigentlich? Ihr seid doch zusammen gekommen.«

Enno spürte, dass es ein unmögliches Unterfangen war, das Vertrauen seines Gesprächspartners zu gewinnen. Er konnte nur auf Zeit spielen und hoffen, dass ihm dabei etwas Neues einfallen würde. »Sie musste nochmal zurück. Hat was Wichtiges vergessen«, log er.

»Ach so«, antwortete Stefan Schulze gleichgültig, drehte sich um und ging weiter.

»Du willst schon gehen?«, rief Enno ihm hinterher. »Warum denn?«

»Ich habe was Wichtiges vergessen«, antwortete er grinsend, ohne sich dabei umzudrehen.

***

Irritiert schaute der Polizeibeamte Hedda an, dann warf er einen Kontrollblick auf das nummerierte Schild neben der Zimmertür. »Moin! Ich wollte eigentlich zu Stefan Schulze. Ist er da?«

Hedda versuchte, sich ihr Unbehagen nicht anmerken zu lassen. »Nein, er ist mit ein paar anderen Schauspielern zum Strand gegangen.«

»Und wer sind Sie?«, brachte der Beamte ohne Umschweife seine Bedenken zum Ausdruck.

»Ich?« Die junge Ermittlerin dachte krampfhaft über eine sinnvolle Ausrede nach. »Ich bin eine Freundin.« Sie betonte das letzte Wort so komisch, dass es ihr beim Sprechen selbst merkwürdig vorkam.

»Eine Freundin?«, wiederholte der Polizist Heddas Antwort und schaute sie dabei prüfend an.

»Ja, eine Freundin«, bestätigte Hedda und setzte dabei das letzte Wort mit ihren Fingern symbolträchtig in Gänsefüßchen. Sie beschloss, in die Offensive zu gehen. »Sie wissen doch, dass Herr Schulze einen sehr vermögenden Vater hat. Solche Söhne haben neben ihren Ehefrauen oft noch eine ›Freundin‹.« Sie zwinkerte dem Beamten verlegen zu.

Der Polizist errötete. »Wenn Herr Schulze vom Strand zurückkommt, können Sie ihm dann bitte ausrichten, dass er sich bei mir auf der Wache melden soll?«

Hedda nickte ihm zu. »Klar doch!« Dann sah sie dem irritierten Staatsdiener hinterher.

Als dieser auf den Knopf für den Fahrstuhl drückte, wollte sie sich eigentlich schon wieder in das Hotelzimmer zurückziehen. Doch als der Polizist den Lift betrat, vibrierte im selben Moment ihr Handy. Die junge Ermittlerin warf einen flüchtigen Blick auf das Display und zuckte erschrocken zusammen, als sie bemerkte, dass es einen Anruf von Enno anzeigte.

»Hedda.« Ennos Stimme klang sehr aufgeregt. »Er ist auf dem Weg zum Hotel. Du musst so schnell wie möglich verschwinden!«

***

Als Stefan Schulze den Seiteneingang seines Hotels erreicht hatte, öffnete ihm ein Polizist die gläserne Tür.

»Das ist ja ein Zufall, dass ich Sie hier treffe. Ich wollte gerade zu Ihnen«, begrüßte ihn der Beamte.

»Zu mir?«, fragte Stefan Schulze verdutzt. »Haben Sie denn noch etwas vergessen?«

»Wir haben da tatsächlich noch eine Verständnisfrage zu der Strandparty. Wollen wir vielleicht kurz auf Ihr Zimmer rauf, damit wir das in Ruhe besprechen können? Ihre nette Freundin …«, unbewusst gab auch der Polizist dem Wort einen zweifelhaften Klang, »… wird uns sicherlich für ein paar Minuten alleine lassen.«

»Freundin?« Verdutzt schaute er den Beamten an.

»Na, Sie wissen schon. Die Frau, die in Ihrem Hotelzimmer auf Sie wartet. Vor mir brauchen Sie sich deswegen doch nicht zu genieren. Ich bin ja schließlich nicht hier, um Ihren Lebenswandel zu bewerten. Mich interessiert einzig und allein die Aufklärung des Todesfalls.«

»Sind Sie sicher, dass die Frau in meinem Zimmer war?«, fragte Stefan Schulze aufgebracht nach.

Der Beamte nannte die Nummer des Zimmers, in dem er die junge Dame angetroffen hatte. »Das ist doch Ihr Zimmer, oder?«

Ohne zu antworten, rannte Stefan Schulze los. Er hatte keine Zeit, um auf den Fahrstuhl zu warten. Mit riesigen Schritten spurtete er durch das Treppenhaus nach oben.

***

»Vielen Dank nochmal!«, sagte Hedda, als sie im Erdgeschoss aus dem Fahrstuhl stieg. Sie war erleichtert, das Hotelzimmer noch vor dem Eintreffen von Stefan Schulze verlassen zu haben. Dass sie ihn dabei nur um wenige Sekunden verpasst hatte, ahnte sie nicht.

»Gern geschehen«, antwortete die Hotelangestellte freundlich und machte sich auf den Rückweg zur Rezeption.

Auch Hedda verließ das Gebäude, dieses Mal jedoch über den Haupteingang, da sie davon ausging, dass Stefan Schulze ebenfalls den Nebeneingang benutzen würde, da er vom Strand aus gesehen die deutlich kürzere Alternative darstellte.

Aus Sicherheitsgründen ging die junge Ermittlerin auch nicht zum Strand zurück, sondern begab sich auf direktem Wege zu ihrem Pensionszimmer. Unterwegs rief sie Enno an.

»Hedda, endlich!« Er klang aufgeregt. »Geht es dir gut?«

»Ja! Vielen Dank für deine Warnung. Wir treffen uns so schnell wie möglich in unserem Pensionszimmer.«

## 36. Kapitel

## Der Abschiedsbrief

Etwa fünfzehn Minuten später saßen die beiden auf dem kleinen Sofa in ihrer Unterkunft. Hedda hatte ihrem Freund gerade davon berichtet, wie sie auf das raffinierte Versteck von Stefan Schulze gestoßen war, dessen Inhalt sie, in einem Stoffbeutel verpackt, aus dem Hotel geschmuggelt hatte. Nach Ennos telefonischer Warnung musste alles so schnell gehen, dass sie keine Zeit gehabt hatte, die Gegenstände genauer in Augenschein zu nehmen.

»Wollen wir uns die Sachen anschauen?«, fragte Hedda.

Enno nickte. Der ehemalige Polizist in seinem Inneren sperrte sich zwar ein wenig gegen die Begutachtung des Diebesgutes, aber seine Neugierde und der Wunsch, den Mordfall aufzuklären, überwogen dieses Gefühl bei Weitem.

Hedda griff in den Beutel und holte eine kleine Pappschachtel, eine Bibel und einen zusammengefalteten Plastikhaufen heraus.

»Was ist das?« Enno griff nach dem Plastikbündel, faltete es auseinander und hielt es mit ausgestreckten Armen von sich weg, um es besser begutachten zu können. »Sieht aus wie ein langärmliges Unterhemd.«

»Da ist ein kleines Ventil dran«, bemerkte Hedda und zeigte auf die kleine verschließbare Auswölbung an der rechten Seite des ungewöhnlichen Kleidungsstückes.

»Und da ist noch eines!« Enno wies auf den rechten Ärmel. »Ob er in dem Ding das Frostschutzmittel versteckt hatte?« Er öffnete eines der Ventile und schnupperte daran.

»Die Idee wäre auf jeden Fall genial«, sagte Hedda. »Dann war es definitiv eine geplante und keine spontane Tat.« Sie griff nach der Bibel und blätterte darin herum. Es war eine in Leder gebundene Ausgabe nach Martin Luther, die sowohl das Alte als auch das Neue Testament enthielt. Beim Durchblättern fiel ihr ein zusammengefalteter Zettel auf, der genau zwischen den Seiten steckte, auf denen die zehn Gebote abgedruckt waren. Sie nahm ihn heraus, faltete das Papier auseinander und las laut vor:

*Lieber Stefan,*
*dir diese Zeilen zu schreiben, fällt mir unglaublich schwer. Aber ich habe das Gefühl, dass ich nur dir die Wahrheit anvertrauen kann. Dass ich nur dir erklären kann, was mich zu dem trieb, was ich in wenigen Minuten tun werde. Als Zwillinge haben wir immer eine ganz besondere Bindung zueinander verspürt. Aber es gab eine Sache, die ich selbst dir bisher nicht anvertrauen konnte.*
*Ich weiß, dass ich dir damit eine unglaubliche Bürde auferlege, aber ich bitte dich trotzdem inständig, Mama und Papa nicht meine wahren Gründe zu verraten. Versuche sie bitte zu trösten. Sie werden es nicht verstehen, du wirst es nicht verstehen, aber ich sehe einfach keinen anderen Ausweg. Lüge, wenn es Mama und Papa helfen könnte. Erzähl ihnen irgendeine Geschichte, die meine Tat erträglicher für sie macht. Mir ist es egal. Ich hoffe und bete, dass mir Gott, aber vor allem auch Mama, Papa und du eines Tages vergeben werden.*
*Wenn du diese Zeilen hier liest, werde ich zumindest schon wissen, ob Gott mir meine Sünden verziehen hat. Mach dir bitte keine Vorwürfe. Du konntest es nicht ahnen, und du hattest keine Chance, es zu verhindern. Ich wollte meinen großen Traum leben und bin in einem Albtraum aufgewacht.*
*Du weißt, wie sehr ich mir immer eine Karriere als Schauspielerin gewünscht habe. Ich habe alles dafür getan, um erfolgreich zu werden. Ich habe geprobt, gelernt und trainiert. Ich habe auf vieles verzichtet und alles probiert. Aber am Ende bin ich bei meinem Streben nach Erfolg einen fatalen Schritt zu weit gegangen.*
*Ich habe bei Dreharbeiten diesen sehr bekannten Schauspieler kennengelernt. Er hat mich umgarnt, mit mir geflirtet und mir Komplimente für mein Talent gemacht. Ich mochte ihn nicht sonderlich, aber für meine Karriere war ich bereit, mich auf ihn einzulassen. Zu diesem Zeitpunkt ahnte ich noch nicht, dass er auch im wahren Leben ein äußerst talentierter Schauspieler war.*
*Er hat mich und meinen Körper benutzt und alles heimlich gefilmt. Mit dem erniedrigenden Video hat er mich anschließend erpresst und mit der Zeit immer perversere Handlungen von mir verlangt. Ich war gefangen in einem Teufelskreis, aus dem es kein Entrinnen mehr gab. Als ich ihm einmal gesagt habe, dass ich seine Perversitäten nicht mehr mitmachen werde, hat er mir all die Videos gezeigt, die er weiterhin heimlich von uns gemacht hat. Ich war so naiv, so dumm,*

*so gierig nach Erfolg. Niemals könnte ich es ertragen, wenn diese abscheulichen Aufnahmen irgendjemand zu Gesicht bekommen würde. Aber genauso wenig kann ich damit leben, mich immer wieder diesem Monster hinzugeben.*
*Niemand hat Schuld an dem, was mir passiert ist. Mama nicht, Papa nicht, du nicht, und selbst dieses perverse Schwein nicht. Ich ganz allein bin schuld an meinem Schicksal. Ich habe mich dem Wolf zum Fraß vorgeworfen und er hat genüsslich zugebissen – wieder und immer wieder.*
*Du bist mein Zwillingsbruder, mein Seelenverwandter und mein bester Freund. Durch dich wird auch immer ein Teil von mir weiterleben. Danke, dass du mich auf meinen irdischen Pfaden begleitet hast. Wir sehen uns im nächsten Leben!*
*Deine Stefanie*

Hedda spürte einen dicken Kloß in ihrem Hals, legte den Zettel auf den Tisch und wischte sich eine Träne aus dem Auge. Dann schaute sie Enno tief in die Augen. In diesem Moment brachen bei ihr alle Dämme. Sie warf sich an seine breite Brust und weinte hemmungslos. Sie fühlte sich, als wäre sie selbst gerade in der gleichen ausweglosen Situation, in der sich Stefanie damals glaubte. Die Verzweiflung war so übermächtig, dass sie am ganzen Körper zu zittern begann.

Es dauerte etwa zehn Minuten, bis Enno seine Freundin ein wenig beruhigen konnte. »Fühlst du dich stark genug, um dir den Inhalt der Schachtel anzusehen?«, fragte er behutsam. Nachdem sie mit dem ungewöhnlichen Unterhemd die vermeintliche ›Tatwaffe‹ und außerdem auch noch den Abschiedsbrief gefunden hatten, glaubte er, den Inhalt der kleinen Box bereits zu kennen.

Hedda richtete sich auf, wischte die verbliebene Feuchtigkeit von ihren Wangen und nickte Enno zu.

Der junge Ermittler nahm die kleine Schachtel in die Hand, hob den Deckel ab und zog eine Halskette mit einem goldenen Amulett heraus.

## 37. Kapitel

## Die Tatnacht

Endlich, nach so vielen Jahren, war der Tag der Rache gekommen. Sie hatten alles genau geplant, sich akribisch darauf vorbereitet. Das abgebrochene Studium; die Zauberschule; der Schauspielunterricht; die verfrühte Hochzeit – all das durfte nicht umsonst gewesen sein.

Zügigen Schrittes ging er den Strand entlang. Zur Sicherheit schaute er noch einmal über seine Schulter zurück, aber die anderen schienen nicht zu bemerken, dass er sich von der Gruppe entfernte. Dafür hatten alle schon viel zu viel getrunken und gekifft.

Jetzt musste er nur noch dieses Schwein finden und ihn irgendwie zur Party lotsen. Er eilte zu dem Hotel, in dem sein Opfer residierte. Der feine Herr Superstar wohnte natürlich nicht in der Jugendherberge oder in einer billigen Ferienwohnung, sondern in einem der teuersten Etablissements der Insel. Auf dem Weg dorthin holte er noch die Stofftasche, die er bereits vor einem Tag mitsamt deren unablässigem Inhalt in einem Gebüsch versteckt hatte.

Nur wenige Minuten später entdeckte er plötzlich Alexander Wagner zusammen mit Philipp Büchler. Verschwörerisch steckten sie die Köpfe zusammen. *Was die wohl zu besprechen haben?*, fragte er sich und versteckte sich hinter einem Strandkorb. Von hier aus konnte er die beiden zwar nicht hören, aber zumindest unauffällig beobachten.

Anfänglich sah alles nach einem ruhigen Gespräch unter Kollegen aus, bis Alexander Wagner plötzlich anfing, wild mit den Händen zu gestikulieren, mit der Faust zu drohen und schließlich den Regisseur mit ausgestreckten Armen von sich zu stoßen. Sein Gesicht hatte sich dabei zu einer wütenden Fratze verzogen. Er schimpfte, aber nicht laut genug, dass er auch hinter dem Strandkorb zu hören gewesen wäre.

Die Männer trennten sich. Während Philipp Büchler nach rechts – Richtung Ortskern – ging, stapfte Alexander Wagner in die entgegengesetzte Richtung.

*Das ist meine Chance!*, dachte er, kroch aus seinem Versteck und folgte dem Schauspielstar. Als sie nur noch wenige Meter voneinander trennten, spielte er wieder den betrunkenen Statisten, den er schon zuvor auf der Party mit den anderen Crewmitgliedern gemimt hatte. »Alex!«, lallte er laut.

Der berühmte Schauspieler drehte sich überrascht zu ihm um. Sein Gesicht war noch immer wie versteinert. Obwohl sie sich am Set schon begegnet waren, erkannte er den für ihn unbedeutenden Statisten nicht wieder.

»Dass ich dich hier treffe!« Er versuchte kumpelhaft den Arm um sein Opfer zu legen, doch Alexander Wagner wich ihm sofort aus und wies ihn vehement zurück. »Ist ja schon gut.« Er hob beschwichtigend beide Hände über den Kopf. »Ich bin auf dem Weg zur Strandparty. Willst du mit?« Er tat so, als würde er das Gleichgewicht verlieren, fing sich in letzter Sekunde aber wieder.

»Party? Was für eine Party?«, fragte Alexander Wagner.

»Ein paar Schauspieler haben sich hinten am Strand getroffen. Es gibt jede Menge Alkohol, Gras und geile Weiber!« Er zwinkerte ihm zu und knuffte ihn auffordernd mit dem Ellenbogen in die Seite. In den Augen seines Gegenübers konnte er erkennen, dass er damit zumindest sein Interesse geweckt hatte.

»Warum hat man mich nicht eingeladen?« Beleidigt verschränkte der Schauspielstar seine Arme vor der Brust.

»Wir … wir dachten …« Immer wieder tat er so, als habe er die Fähigkeit, flüssig zu sprechen, bereits eingebüßt. »Wir dachten, dass du bestimmt nicht kommen würdest. Aber …« Er hob den Zeigefinger, als habe er etwas ganz Besonderes zu verkünden. Dann kramte er in seiner Stofftasche herum. »Aber für den unwahr… unwahrscheinlichen …« Er schluckte und schnappte nach Luft. »Für den Fall, dass du doch auftauchen würdest, haben wir das hier besorgt.« Er zog eine Flasche mit bräunlichem Inhalt hervor und hielt sie triumphierend in die Luft. Nachdem er sicher war, dass sein Opfer die Flasche mit seinem teuren Lieblingswhiskey erkannt hatte, inszenierte er einen erneuten Gleichgewichtsverlust.

Alexander Wagner packte ihn unter der Achsel und verhinderte so den vermeintlichen Sturz. »Die solltest du lieber mir geben«, sagte er bestimmt, nahm die Flasche an sich, öffnete sie und trank einen ordentlichen Schluck. »Eigentlich sollte man so einen edlen Tropfen ja genießen, aber heute ist mir alles egal.« Er nahm einen weiteren tiefen Schluck.

»Na, wenn das so ist, dann komm doch mit mir. Die Party wird bestimmt super und ich habe …« Wieder tat er so, als ob er schlucken müsste. »… drei der heißesten Ladys darüber reden hören, dass sie mit dir …« Er zielte mit seinem Zeigefinger direkt auf die Brust seines Opfers. »… gerne einmal eine Orgie am Strand feiern würden.« Wieder knuffte er Alexander Wagner in die Seite. »Vielleicht gibst du mir ja eine davon ab. Die Hühner sind ohnehin so betrunken, die würden das gar nicht merken.«

Sein Lieblingswhiskey, die Aussicht auf kostenlose Drogen und notgeile Groupies hatten den Schauspielstar überzeugt. Während sie gemeinsam den Strand entlanggingen, forderte sein zukünftiger Mörder ihn immer wieder dazu auf, einen Schluck aus der Pulle zu nehmen. Je betrunkener sein Opfer bei der Party ankommen würde, umso einfacher würde er nämlich seinen Plan umsetzen können.

»Wie heißt du eigentlich?«, fragte Alexander Wagner. Seiner Stimme war zu entnehmen, dass der Alkohol bereits erste Wirkung zeigte.

Ein teuflisches Grinsen huschte über das Gesicht des zukünftigen Mörders. *Er hat wirklich keine Ahnung, wer ich bin*, dachte er zufrieden. »Ich heiße Stefan.«

»Stefan?« Alexander Wagner schaute sich seinen Begleiter genauer an. »Und wie weiter?«

Sein Grinsen wurde noch ein wenig breiter. Er konnte ihm problemlos seinen wahren Namen verraten, ohne dass sein Opfer irgendeinen Verdacht schöpfen würde. »Stefan Schulze.«

In der Ferne sahen sie bereits die Fackeln, die von den übrigen Partygästen in den Sand gesteckt worden waren.

»Gleich sind wir da!« Stefan deutete auf die Flammen und forderte seinen Begleiter auf, noch einen weiteren Schluck zu nehmen. Die Whiskeyflasche war bereits halb leer. Er warf den Stoffbeutel in den Sand. Es war wichtig, dass er ohne irgendwelche Taschen oder andere Aufbewahrungsbehältnisse zur Party zurückkehren würde. Alle sollten sehen, dass er nichts bei sich trug. Aber als sie den abgeschiedenen Strandabschnitt erreicht hatten, drohte sein Plan doch noch zu scheitern.

»Hey, seht mal, wer hier ist!«, rief Stefan fröhlich in die Runde.

IN VINO VERITAS! Der übermäßige Alkoholkonsum aller Beteiligten war zwar ein wesentlicher Bestandteil seines Plans, aber die allzu ehrliche Reaktion der Partygäste auf das Eintreffen des unbeliebten Schauspielstars hätte fast dazu geführt, dass sein Opfer auf der Stelle kehrtmachte. Nur mit großer Mühe konnte er

Alexander Wagner weismachen, dass der aufkommende Unmut nichts mit seiner Person zu tun hatte.

Während Stefan beobachtete, wie einige Partygäste nach und nach doch das Gespräch mit dem berühmten Neuankömmling suchten, schlich er sich zu dem Bollerwagen, mit dem man einen Großteil der Partyutensilien an den Strand gekarrt hatte. Das hölzerne Beförderungsmittel war inzwischen zum Müllcontainer verkommen, sodass er ein wenig darin herumwühlen musste, bis er die gesuchten Gegenstände wiederfand.

»Seht mal, was ich mitgebracht habe!«, rief Stefan laut und sicherte sich so die Aufmerksamkeit aller Anwesenden. Gleichzeitig reckte er den Trichter und den daran befestigten Schlauch in die Höhe.

Die Reaktionen reichten von spontanem Jubel bis hin zu verständnislosem Kopfschütteln. Doch im Laufe der Feier zeigte sich, warum der Alkoholkonsum der Anwesenden eine derart wichtige Rolle in seinem Plan spielte. Denn nachdem die ersten Partygäste sich mittels der Bierbong vollgetankt hatten, bröckelte auch bei den restlichen Feierwütigen immer mehr der Widerstand und nach und nach probierte es doch jeder einmal aus.

Stefan behielt dabei genau im Auge, wer bereits an der Druckbetankung teilgenommen hatte und wer noch nicht. Auch er selbst machte bei dem Spielchen mit, füllte sich aber immer nur geringe Mengen Alkohol in den Trichter. Er musste ja schließlich einen klaren Kopf bewahren, was ihm gelang, da er sich über die letzten Jahre eine beachtliche Trinkfestigkeit antrainiert hatte. Glücklicherweise reichten seine schauspielerischen Fähigkeiten aus, um einer Gruppe Volltrunkener weiszumachen, dass auch er selbst vollkommen dicht war.

Als er gerade die entscheidende Phase seines Plans einleiten wollte, drohte dieser ein weiteres Mal zu scheitern. Mit einem breiten Grinsen, wie es nur jemand im Gesicht tragen kann, der vollkommen betrunken und gleichzeitig bekifft ist, kam Chantal auf ihn zu. Sie hatte ihm schon den ganzen Abend über immer wieder vielsagende Blicke zugeworfen, denen er stets ausgewichen war.

»Ist das nicht eine geile Party?« Sie strahlte ihn an, breitete ihre Arme aus und kam direkt auf ihn zu.

Erschrocken wich Stefan zurück und hielt abwehrend seine Hände von sich gestreckt. Eine Umarmung durfte er auf keinen Fall zulassen. »Besser, du umarmst mich nicht«, lallte er künstlich. »Ich bin irgendwie total verschwitzt.«

Obwohl die Sonne bereits untergegangen war, war die Luft noch immer stickig und schwül. Auch die von der Nordsee herüberwehenden leichten Windböen verschafften kaum Abkühlung. Aber die eigentlichen Gründe, warum er tatsächlich stark schwitzte, waren die Aufregung und das Geheimnis, welches sich unter seinem Oberteil verbarg.

»Warum hast du auch ein langärmliges T-Shirt an?« Chantal griff so schnell nach dem Ärmel seines linken Arms, dass Stefan es nicht mehr verhindern konnte.

»Neurodermitis«, antwortete er schnell, zog seinen Arm zurück und zupfte den Ärmel wieder ordentlich bis zum Handgelenk hinunter. Da er nicht wirklich unter der Hautkrankheit litt, wollte er Chantal auf keinen Fall einen Blick riskieren lassen. »Sieht echt schlimm aus.«

»Das tut mir leid«, säuselte sie. »Hast du das überall?« Sie legte ihm eine Hand auf den Brustkorb und ließ sie langsam seinen Bauch hinuntergleiten. Erst auf Höhe seiner Gürtelschnalle konnte Stefan sie stoppen.

Sein Herz wäre vor Schreck beinahe stehengeblieben. Mit weit aufgerissenen Augen schaute er die Dreadlocksträgerin an. Hatte sie das spezielle Unterhemd bemerkt, das er sich in einem Fachgeschäft für Magier gekauft hatte?

»Vielleicht lässt du mich das mal anschauen?« Chantals Tonfall war unverändert anzüglich. »Da hinten gibt es eine Stelle, an der ich deinen nackten Körper mal ungestört untersuchen könnte.« Sie deutete mit einem Kopfnicken in Richtung der Dünen.

»Ich … ich bin …« Stefan stotterte nicht, weil er weiter den Betrunkenen spielen wollte, sondern weil diese Frau ihn mit ihrer Direktheit vollkommen aus dem Konzept brachte. »Ich bin verheiratet.«

»Wirklich?« Chantal streckte ihren Arm aus, um ihm direkt in den Schritt zu fassen, doch er konnte sie im letzten Moment daran hindern.

*Das war knapp!*, dachte er, während er immer noch ihr Handgelenk umklammert hielt. Hätte sie wirklich zugegriffen, hätte sie eventuell dabei den Knopf der Fernbedienung gedrückt, die er in seiner Unterhose versteckt hatte. Er musste diese aufdringliche Person loswerden, bevor sie noch seinen ganzen Plan gefährden würde. »Glücklich verheiratet!« Er betonte die Worte, so deutlich er konnte, und schaute seine aufdringliche Gesprächspartnerin dabei verachtend an.

»Alles klar, ich habe verstanden.« Enttäuscht und gleichzeitig auch ein wenig eingeschnappt kehrte Chantal ihm den Rücken zu. Normalerweise machte sie sich nichts daraus, wenn ein Mann ihre offensive Einladung zum Sex ausschlug, aber auch bei ihr zeigte die Mischung aus Alkohol und anderen Drogen Wirkung.

Stefan entschied sich, sein Ablenkungsmanöver genau jetzt zu starten. Er wollte nicht länger das Risiko eingehen, dass irgendjemand doch noch seine Pläne durchkreuzte. Durch den Stoff seiner Hose hindurch drückte er auf den Knopf der Fernbedienung und ließ damit eine Batterie Knallfrösche detonieren, die er in etwa zwanzig Metern Entfernung versteckt hatte.

Es knallte und blitzte, und wie erwartet drehten alle Partygäste ihre Köpfe in Richtung der Lärmquelle. Wie ein großer Magier hatte er ein ablenkendes Element eingesetzt, um die Unaufmerksamkeit seines Publikums zu nutzen und in dieser Zeit seinen ›Zaubertrick‹ zu vollziehen.

Er nahm eine große, leere Flasche, schob den winzigen Schlauch, den er unter dem rechten Ärmel seines Shirts versteckt hatte, in den Flaschenhals und pumpte das Frostschutzmittel, das in seinem Unterhemd aus dem Magier-Shop gespeichert war, in das Behältnis. Die Flüssigkeit war so gut über die gesamte Fläche des Wäschestückes verteilt, dass auch nach dem kompletten Entleeren kein Unterschied zu erkennen war.

Als die Partymeute zurückgekehrt war, ohne in der Dunkelheit die abgefeuerten Knallfrösche entdeckt zu haben, leitete Stefan das große Finale seines perfiden Plans ein. Er nahm die Bierbong zur Hand, presste seinen Daumen auf das untere Ende des Schlauches und füllte das abgezapfte Frostschutzmittel in den Trichter. Dann nahm er die halb volle Whiskeyflasche, die Alexander Wagner am Strand zurückgelassen hatte. Als er sich sicher war, dass sein Opfer das kostbare Behältnis in seiner Hand entdeckt hatte, kippte er den restlichen Inhalt ebenfalls in den Trichter.

»Ich würde sagen, jetzt hat unser Star seinen großen Auftritt«, rief er den Partygästen entgegen und präsentierte dabei die vorbereitete Bierbong in seinen Händen.

Wie auf Kommando begann die Menge zu applaudieren. Fast alle feuerten den Schauspielstar an. Alexander Wagner schaute sich zunächst unsicher um, griff dann aber entschlossen nach dem Ende des Schlauches und hielt ihn sich in den Mund.

»Drei, zwei, eins!«, rief Stefan, dann reckte er den Trichter mit dem tödlichen Cocktail empor und die Flüssigkeit pumpte sich sofort in den Magen seines Opfers. Zufrieden schaute er dabei zu, wie Alexander Wagner triumphierend die Faust emporreckte und er einen animalischen Siegeslaut ausstieß.

Jetzt musste er nur noch dafür sorgen, dass sein Opfer sich wieder von der Gruppe entfernte. Kumpelhaft legte er ihm den Arm um die Schultern, gratulierte ihm zu seinem beeindruckenden Auftritt und zog ihn ein wenig von der Gruppe weg. »Ich soll dir von der Doro ausrichten, dass sie da hinten am Strand auf dich wartet«, flüsterte er ihm zu.

»Doro?«, fragte Alexander Wagner. Mittlerweile war auch er vollkommen betrunken. »Wer ist denn Doro?«

»Na, die Dorothea. Der steile Zahn aus der Maske. Sag bloß, die ist dir noch nicht aufgefallen. Die hat bis vor einem Jahr noch in der Pornoindustrie gearbeitet, war da aber nicht für die Schminke zuständig, wenn du verstehst, was ich meine.« Wieder stieß er ihm mit dem Ellenbogen in die Seite. »Du bist so ein verdammter Glückspilz.«

Da Stefan sich Dorothea nur ausgedacht hatte, konnte sich Alexander Wagner natürlich auch nicht an sie erinnern. Der Schauspielstar schrieb diese vermeintliche Gedächtnislücke jedoch fatalerweise seinem Alkoholpegel zu, anstatt darauf zu vertrauen, dass er noch niemals eine gut aussehende Frau übersehen hatte.

»Ist sie da lang?«, fragte er und wies in die Richtung, in die sich selbst tagsüber kaum ein Mensch verirrte.

»Ganz genau! Schnapp sie dir!« Stefan klopfte ihm aufmunternd auf den Rücken. »Und tu nichts, was ich nicht auch tun würde!«, rief er ihm noch lachend hinterher, ehe sein Opfer von der nächtlichen Dunkelheit verschluckt wurde. In diesem Moment war er sich sicher, dass ihm letztendlich niemand würde nachweisen können, dass er dem Schauspielstar das Frostschutzmittel verabreicht hatte.

## 38. Kapitel

## Die Aufklärung

Nachdem man das modifizierte Unterhemd, den Abschiedsbrief, das Amulett und alle bisherigen Erkenntnisse der Kriminalpolizei übergeben hatte, war alles ganz schnell gegangen. Stefan Schulze wurde verhaftet und verhört. Parallel dazu wertete man den Inhalt der Speicherkarten aus, die man in dem Schmuckstück gefunden hatte.

Darauf befanden sich noch mehrere Videos von Frauen, die Alexander Wagner ebenfalls beim Geschlechtsverkehr gefilmt hatte. Während das Clown-Tattoo oberhalb seines Schambereichs den Schauspielstar eindeutig als männlichen Akteur der pornografischen Filme enttarnte, war die Identifikation der weiblichen Darstellerinnen etwas schwieriger. Aber nachdem man sich Porträtbilder von den Frauen besorgt hatte, die bereits mit Alexander Wagner zusammengearbeitet hatten, war der Abgleich dann doch relativ schnell gegangen.

Unzählige Beamte aus dem gesamten Bundesgebiet suchten die betroffenen Darstellerinnen auf und befragten sie zu den Ursprüngen der nicht jugendfreien Aufnahmen. Da der Mord an dem bekannten Schauspieler Alexander Wagner medial hohe Wellen geschlagen hatte, waren alle zur Verfügung stehenden Kräfte mobilisiert worden, um den Fall so schnell wie möglich aufzuklären.

Einige der durchweg jungen Schauspielerinnen sahen die Bilder zum ersten Mal und waren davon ebenso geschockt wie Lisa. Bei ihnen hatte die Mischung aus Alkohol und anderen Drogen wohl ebenfalls einen Filmriss ausgelöst. Andere konnten sich zwar an den Sex erinnern, wussten aber nicht, dass sie dabei gefilmt worden waren, und eine letzte Gruppe gestand, von Alexander Wagner mit den Aufnahmen zu weiteren sexuellen Handlungen erpresst worden zu sein. Sie alle waren wie Stefanie Glöckner aus Scham nie zur Polizei gegangen.

Auch die Herkunft des funktionalen Kleidungsstückes wurde überprüft. Bei dem Unterhemd, in dem der Täter das Frostschutzmittel transportiert hatte, handelte es sich um eine Spezialanfertigung, die ausschließlich in einem Fachgeschäft für Zauberei und Magie, dessen einzige Geschäftsstelle sich in London befand, verkauft wurde. Dort durfte nur einkaufen, wer den geschulten Verkäufern nachweisen konnte, dass er ein Mindestmaß an Zaubertricks beherrschte und gut genug war, um damit auf einer Bühne aufzutreten. Aus diesem Grund hatte das Geschäft auch keinen Onlineshop, dafür aber sehr hohe Preise. Bei der Überprüfung der Kreditkartenabrechnungen stellten die Ermittler fest, dass Stefan Schulze das magische Unterhemd bereits vor drei Jahren zu einem Preis von 599 britischen Pfund dort erworben hatte.

Als sie ihn daraufhin fragten, warum er eine derartig teure Anschaffung getätigt hatte, ohne jemals damit als Magier aufgetreten zu sein, sagte er nichts. Er verweigerte auch die Antwort auf die Frage, wie Alexander Wagners Amulett in seinen Besitz gelangt war. Stattdessen schwieg er beharrlich und verlangte nach einem Anwalt. Sein Rechtsbeistand riet ihm jedoch bereits nach kurzer Zeit, ein Geständnis abzulegen, auch wenn Stefans Vater sich inzwischen bereit erklärt hatte, die komplette Verantwortung für die Tat auf sich zu nehmen.

Roman Glöckner war zwar genauso Drahtzieher des Mordes, aber da er für die Tatzeit ein Alibi hatte, konnte er definitiv nicht dafür verantwortlich gemacht werden, Alexander Wagner das Frostschutzmittel verabreicht zu haben. Nachdem sein Sohn ihm, entgegen dem Wunsch seiner verstorbenen Zwillingsschwester, deren Abschiedsbrief doch gezeigt hatte, schworen die beiden Männer, blutige Rache an demjenigen zu nehmen, der Stefanie in den Tod getrieben hatte.

Im vermeintlichen Gedenken an seine verstorbene Tochter begann Roman Glöckner damit, diverse Filmprojekte zu fördern. Dabei achtete er bewusst darauf, sich nicht gleich auf das nächste Filmprojekt von Alexander Wagner zu stürzen, sondern begann mit sehr kleinen Produktionen und baute sein Engagement anschließend Stück für Stück aus, um so eine glaubhafte Historie seines neuen Betätigungsfeldes zu schaffen.

Sein Sohn plante in der Zwischenzeit die Tat und deren Vertuschung. Auf die Idee, Alexander Wagner ein flüssiges Gift durch einen Zaubertrick zu verabreichen, kam er, als er im Fernsehen eine Show angesehen hatte, in der ein maskierter Magier die Tricks der großen Illusionisten verriet. Er wollte es machen wie die großen Zauberer: mit einem Trick und etwas Ablenkung. Der Einfall mit dem Frostschutzmittel war ihm jedoch erst gekommen, als ihm sein

Vater von dem Ende des Drehbuches erzählt hatte, welches ihm Philipp Büchler kurz zuvor vorgelegt hatte.

Als ihm jedoch klar wurde, dass irgendjemandem bestimmt auffallen würde, dass er der Sohn des Filmförderers war, entschied er sich kurzfristig, seine damalige Freundin zu heiraten und ihren Nachnamen anzunehmen. So wollte er verhindern, dass man über seinen Vater die Verbindung zum Selbstmord seiner Zwillingsschwester und deren intimen Kontakt zu Alexander Wagner entdecken würde.

Nach einer intensiven Auseinandersetzung mit seinem Rechtsbeistand sah Stefan Schulze jedoch ein, dass die Beweislast gegen ihn erdrückend war. Er hatte die Bierbong mit zur Feier gebracht. Die Weste, an der Rückstände des Frostschutzmittels nachgewiesen werden konnten, wurde in seinem Hotelzimmer gefunden. Er hatte die Flüssigkeit in den Trichter gefüllt, aus dem Alexander Wagner kurz vor seinem Tod getrunken hatte. Das Amulett des toten Schauspielers befand sich ebenfalls in seiner Unterkunft. Aber was von allem am schwersten wog: Er hatte ein Motiv – den Selbstmord seiner geliebten Zwillingsschwester.

Als er die Ausweglosigkeit seiner Situation begriffen hatte, ging es ihm nur noch darum, Schadensbegrenzung zu betreiben. Er ging davon aus, dass ihm ein umfangreiches Geständnis zu einer milderen Strafe verhelfen würde, und hoffte gleichzeitig, die Beteiligung seines Vaters an den mörderischen Plänen geheim halten zu können. Zu diesem Zeitpunkt wusste er allerdings noch nicht, dass auch Philipp Büchler ein umfangreiches Geständnis abgelegt hatte. Bei der Befragung zu seinem eigenen Betrugsversuch hatte der Regisseur nämlich auch zu Protokoll gegeben, dass Roman Glöckner das Mitwirken von Alexander Wagner bei seinem Filmprojekt quasi zur Voraussetzung für seine finanzielle Unterstützung gemacht hatte.

# Epilog

Hedda, Enno und Hans saßen im Außenbereich einer Milchbude und schauten auf den Strand hinaus. Der Betreiber war bekannt für seine leckere Krabbensuppe, und sie warteten sehnsüchtig auf das Eintreffen von Jörg und Karsten, damit sie sich endlich eine Portion davon bestellen konnten. Jörg hatte ein Krisentreffen in Berlin gehabt, in dem es um nichts weniger als die Zukunft ihrer Einheit ging. Nach seiner Rückkehr aus der Hauptstadt wollte er Karsten abholen und mit ihm auf die Insel fliegen, um dort eine Besprechung abzuhalten.

»Ich halte diese Spannung bald nicht mehr aus«, sagte Enno.

»Und ich sterbe vor Hunger.« Hedda hielt sich demonstrativ den Bauch. Dabei hätte sie sofort tagelang auf Nahrung verzichtet, um nur endlich zu wissen, wie es mit ihrer Einheit weitergehen würde.

Hans schaute die junge Ermittlerin verwundert an, dann lachte er laut los. Enno tat es ihm gleich, dann Hedda. Wie bei einem Gewitter entlud sich ein Teil ihrer Anspannung in einem ungehemmten Lachflash, über den sie gar nicht mitbekamen, dass sie plötzlich unerwarteten Besuch bekommen hatten.

»Ist das ein Surfbrett?«, fragte ein kleiner Junge und zeigte auf das längliche Wassersportgerät, das zum Tisch umfunktioniert worden war.

»Hey, was machst du denn hier?« Hedda hatte den kleinen Anton sofort wiedererkannt. *Ohne ihn wäre der Fall wahrscheinlich noch immer nicht aufgeklärt*, dachte sie und lächelte ihn an.

»Ich bin mit meinen Eltern hier!« Er deutete auf die Promenade, aber weder sein Vater noch seine Mutter waren zu sehen. Anton schien das jedoch keinesfalls zu beunruhigen. »Schau mal!« Er streckte Hedda ein Spielzeughandy entgegen, das einem echten Mobiltelefon täuschend ähnlich sah. »Das habe ich mir von deinem Finderlohn gekauft«, berichtete er stolz.

»Wow!«, mischte sich Enno in das Gespräch ein. »Das ist ja besser als meins!«

Anton strahlte über das ganze Gesicht. »Ich kann damit sogar Stimmen aufnehmen.« Er drückte auf einen der Knöpfe und Ennos Stimme ertönte aus dem kleinen Lautsprecher: »Wow! Das ist ja besser als meins!«

Alle lachten, während der kleine Junge sich anschickte, auch noch die übrigen Funktionen seines allerersten Smartphones zu präsentieren.

»Anton!«, hörten sic plötzlich eine weibliche Stimme rufen.

»Ich glaube, deine Mama sucht dich«, sagte Hans.

Dem kecken Jungen war sofort anzusehen, dass ihm irgendein Kommentar zu der geringen Körpergröße seines Gegenübers auf den Lippen brannte.

Doch bevor er etwas dazu sagen konnte, hatte seine Mutter ihn bei den Schultern gepackt und zu sich herumgedreht. »Du sollst doch nicht immer einfach weglaufen«, schimpfte sie mit der liebevollen Stimme einer besorgten Mutter. Als sie aufblickte, erkannte sie Hedda sofort wieder. Lächelnd nickte sie ihr zu, nahm ihren Sohn bei der Hand und ging mit ihm davon.

»Wieso hat Stefan Schulze wohl das Amulett mitgenommen, aber das Handy seines Opfers im Sand vergraben?«, fragte sich Enno in diesem Moment zum ersten Mal. Auch ihm war bewusst, dass sie ohne das Auffinden des Mobiltelefons wahrscheinlich noch keinen geklärten Mordfall hätten vorweisen können.

»Dazu kann ich etwas sagen.« Jörg stellte sich zu ihnen an den Surfbrett-Tisch und nickte zur Begrüßung in die Runde.

Karsten gesellte sich ebenfalls dazu, ließ aber jede Form der Begrüßung einfach ausfallen.

»Er hatte wohl Sorge, dass die Polizei das Handy trotz der entfernten SIM-Karte würde orten können, und hat es daher lieber vergraben. Außerdem war er nur an den Videos auf den SD-Karten interessiert. Zumindest hat er das der Polizei gesagt«, erklärte Jörg.

»Und was wollte er mit den Videos? Also ich hätte das Amulett auch vergraben oder einfach ins Meer geworfen«, sagte Hans kopfschüttelnd.

»Er wollte die Videos wohl benutzen, um dafür zu sorgen, dass Alexander Wagner den Menschen nicht als Filmstar, sondern als perfides Sexmonster in Erinnerung bleiben würde«, gab der Geheimdienstleiter weitere Informationen aus der polizeilichen Befragung preis.

Alle Anwesenden schwiegen für einen kurzen Moment. In Anbetracht dessen, was Alexander Wagner den vielen jungen Frauen angetan hatte, konnten sie die Rachepläne von Stefanie Glöckners Familie irgendwie auch verstehen.

»Hat die Mutter von Stefanie Glöckner eigentlich nichts von dem Mordplan ihrer Männer gewusst?«, fragte Karsten.

»Zumindest konnte ihr das nicht nachgewiesen werden. Angeblich haben ihr sowohl ihr Ehemann als auch ihr Sohn das wahre Suizidmotiv ihrer Tochter verheimlicht, weil sie der Ansicht waren, dass sie die Wahrheit nicht ertragen hätte. Auch die Frau von Stefan Schulze muss wohl vollkommen ahnungslos gewesen sein«, antwortete Jörg.

»Was gibt es für Neuigkeiten aus Berlin?«, wechselte Enno das Gesprächsthema.

Jörgs Miene erstarrte augenblicklich.

»Oje!« Hedda schlug erschrocken die Hand vor den Mund. »War es das etwa für unsere Geheimeinheit?«

Karstens Mundwinkel begann verräterisch zu zucken, während sein Vorgesetzter den betretenen Gesichtsausdruck unverändert beibehielt.

*Weiß er etwa schon etwas?*, fragte sich Hedda, während sie den introvertierten Computerprofi beobachtete. *Immerhin sind die beiden zusammen hergeflogen.* »Willst du jetzt etwa auch Schauspieler werden?« Provozierend grinste sie ihren Vorgesetzten an.

Jetzt musste auch Jörg lachen. »Okay, ihr habt mich erwischt.« Er machte eine ergebende Bewegung mit seinen Händen. »Edgar ist zwar weiterhin von meiner anfänglichen Entscheidung, den Fund der Leiche zu verheimlichen, nicht begeistert, aber er musste zum Ende doch eingestehen, dass das Vorgehen unserer Einheit wesentlich zur Klärung des prominenten Mordfalls beigetragen hat.« Anerkennend nickte er Hedda und Enno zu. »Gut gemacht!«

Alle atmeten erleichtert auf.

»Und wie geht es jetzt weiter?«, fragte Enno.

»Zunächst einmal spendiere ich eine Runde Krabbensuppe für alle!«, lachte Jörg und verschwand in der Milchbude, um seine Bestellung aufzugeben.

Wenige Minuten später hatte jeder eine dampfende Suppentasse vor sich stehen. Genüsslich löffelten alle die Köstlichkeit in sich hinein, genossen die herrliche Stille und die Aussicht auf Strand und Nordsee.

»Wie läuft es eigentlich mit deinem Krimi?«, unterbrach Karsten die Stille.

Überrascht schaute Hedda zu dem großgewachsenen Kampfsportler hinauf. Sie hatte nicht damit gerechnet, dass er sich für ihre Schriftstellerkarriere interessieren könnte. Durch die Aufregung der letzten Tage hatte sie selbst nur noch sporadisch die Entwicklung ihres Krimis überprüft. »Ich habe seit der Veröffentlichung einige gute Bewertungen bekommen und über zweihundert eBooks verkauft«, verkündete sie stolz das Zwischenergebnis.

Alle gratulierten der jungen Schriftstellerin zu ihrem Erfolg.

»Dann haben wir ja jetzt noch einen Grund zu feiern«, rief Jörg, verschwand erneut in der Milchbude und kehrte mit einem Tablett voller alkoholischer Getränke zurück.

Jeder nahm sich, worauf er gerade Lust verspürte.

Doch als sie gerade gemeinsam anstoßen wollten, hielt Jörg plötzlich inne. »Einen kleinen Moment.« Er hob die Hand, griff mit der anderen in seine Hosentasche und holte sein Smartphone heraus. Dann überflog er die Nachricht, die er gerade bekommen hatte.

»Und?«, fragte Hans erwartungsfroh. »Gibt es noch einen Grund zu feiern?«

»Wie man es nimmt.« Jörg steckte das Handy wieder zurück. »Wir haben einen neuen Fall!«

»Wir?«, fragte Enno. »Wir alle?« Er schaute verunsichert in die Runde.

»Ja, wir alle«, bestätigte Jörg.

»Und, wer ist ermordet worden?«, fragte Hedda.

»Noch keiner«, war Jörgs geheimnisvolle Antwort.

**ENDE**

**Ostfrieslandkrimi-Empfehlungen des Klarant Verlages**

Kennen Sie auch schon die anderen Bände der Ostfrieslandkrimi-Serie **»Hedda Böttcher ermittelt«** von Thorsten Siemens?

**»Tod in Neermoor«, Band 1**
**Taschenbuch ISBN: 978-3-95573-782-5**
**eBook ISBN: 978-3-95573-783-2**

Im beschaulichen Neermoor wird eine grausam verstümmelte Leiche gefunden. Hedda Böttchers kriminalistischer Spürsinn wird geweckt und hartnäckig macht sie sich auf Spurensuche. Als kurz darauf ein weiteres Mordopfer gefunden wird, liegt der Verdacht nahe, dass man es mit einem Serienkiller zu tun hat. Aber welche Verbindung gibt es zwischen den Opfern? Die Polizei tappt im Dunkeln und auch Hedda kommt mit ihren Ermittlungen nicht wirklich weiter. So ist das sportliche Großereignis in Neermoor, die Ostfriesland-Olympiade, eine willkommene Abwechslung. Doch dann schlägt der Täter ein drittes Mal zu und Hedda gerät in tödliche Gefahr ...

**»Tod auf Langeoog«, Band 2**
**Taschenbuch ISBN: 978-3-95573-861-7**
**eBook ISBN: 978-3-95573-863-1**

**»Tod in Norddeich«, Band 3**
**Taschenbuch ISBN: 978-3-95573-915-7**
**eBook ISBN: 978-3-95573-916-4**

**»Tod in Emden«, Band 4**
**Taschenbuch ISBN: 978-3-95573-972-0**
**eBook ISBN: 978-3-95573-973-7**